カティンの森

アンジェイ・ムラルチク
工藤幸雄／久山宏一 訳

集英社文庫

アンジェイ・ワイダ監督のメッセージ

試行錯誤を重ね、熟考を続けた結果、わたしはある確信に至った。カティン事件についてこれから作られるべき映画の目的が、この事件の真実――その追究は、歴史的・政治的な次元で、すでになされている――を明るみに出すことだけであってはならない、と。

今日の観客にとって、史実は、出来事すなわち人間の運命の背景であるにすぎない。観客の心を動かすのは、あくまでもスクリーンに映される登場人物の運命なのだから。私たちの物語を展開するための場所が、あの時代のすでに記述されている歴史の中にある。

したがって、私の考えるカティン事件についての映画は、永遠に引き離された家族の物語である。それは、カティン犯罪の巨大な虚偽と残酷な真実の物語になるだろう。ひとことで言うならば、これは個人的な苦難についての映画であり、その呼び覚ます映像は、歴史的事実よりはるかに大きな感動を引き起こす。

この映画が映し出すのは、痛いほど残酷な真実である。主人公は、殺された将校たちではない。男たちの帰還を待つ女たちである。彼女たちは、来る日も来る日も、昼夜を問わず、耐えられようもない不安を経験しながら、待つ。貞節で揺るぎない女性たち、ドアを開けさえすれば、そこには久しく待ち受けた男性(息子、夫、父)が立っているという、確信を抱いた女性たちである。カティンの悲劇とは今生きている者に関わるものであり、かつ、当時を生きていた者に関わるものなのだ。

久しい年月が、カティンの悲劇からも、一九四三年のドイツによる発掘作業からも、我々を隔てている。九〇年代におけるポーランド側の調査探求にもかかわらず、さらには、部分的に止まるとは言え、ソ連関係文書の公開が行われた後でさえも、カティン犯罪の実相について、我々の知るところは、いまだにあまりにも少ない。一九四〇年四月から五月にかけての犯行実施は、スターリンと全ソビエト連邦共産党政治局に属するスターリンの同志らが、一九四〇年三月五日、モスクワで採択した決定に基づいている。

ひょっとしたら父親は生きている、カティンの被害者名簿一覧には、ワイダと姓があったが、名はカロルと出ていたのだから――このように長年にわたり、母親やわたしたちが信じていたのは、少しも不思議ではない。

母親はほとんど生涯の終わりに至るまで、夫の、すなわち、わが父親の生還を信じ続けた――ヤクプ・ワイダ、騎兵第二聯隊《れんたい》所属、第一次世界大戦（一九一四－一八）、ポーランド・ソ連戦争（一九一九－二〇）、シロンスク蜂起（一九二一）、並びに一九三九年九月戦役に従軍の勲功により、戦功銀十字架勲章を受けた。

とは言え、この映画がわが個人的な真実追究となること、ヤクプ・ワイダ大尉の墓前に献げる灯火《ともしび》となることを、わたしは望まない。

映画は、カティン事件の数多い被害者家族の苦難と悲劇について物語ればよい。ヨシフ・ヴィサリオノヴィチ・スターリンの墓上に勝ち誇る嘘、カティンはナチス・ドイツの犯罪であるとの嘘、半世紀にわたり、対ヒトラー戦争におけるソビエト連邦の同盟諸国、すなわち西側連合国に黙認を強いてきたその嘘について語ればよい。

若い世代が、祖国の過去から、意識的にまた努めて距離を置こうとしているのを、わたしは知っている。現今の諸問題にかかずらうあまり、彼らは、過去の人名と年号という、望もうと望むまいと我々を一個の民族として形成するもの――政治的なきっかけで、事あるごとに表面化する、民族としての不安や恐れを伴いながらであるが――を忘れる。

さほど遠からぬ以前、あるテレビ番組で、高校の男子生徒が、九月十七日と聞いて何を思うかと問われ、教会関係の何かの祭日だろうと答えていた。もしかしたら、わたしたちの映画『カティンの森』が世に出ることで、今後カティンについて質問された若者が、正確に回答できるようになるかもしれないではないか。「確かカティンとは、スモレンスクの程近くにある場所の名前です」というだけでなく。

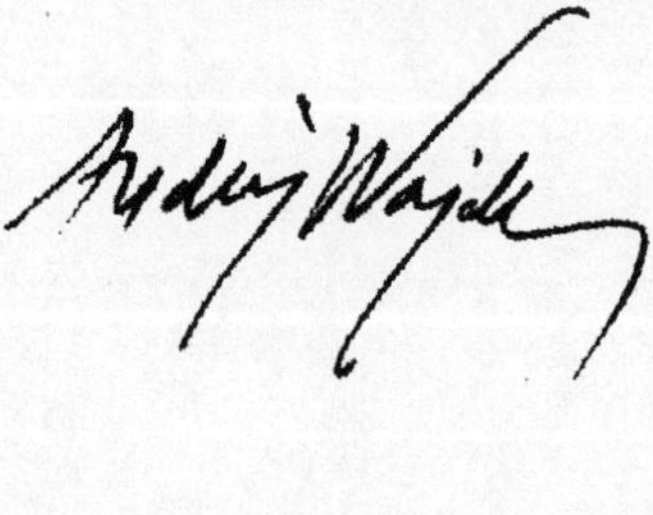

目次

主な登場人物

ヴェロニカ（愛称ニカ）……………考古学者。アンジェイ少佐の一人娘
アンジェイ・フィリピンスキ少佐……ヴェロニカの父。カティン事件の犠牲者
アンナ……………………………………アンジェイの妻。ヴェロニカの母
ブジャ……………………………………アンジェイの母。ヴェロニカの祖母
ヤロスワフ・セリム大佐………………アンジェイの部下。カティンの生き残り
イェジ・コスマラ（変名ユル）………地下運動家。画学生。ヴェロニカの恋人
ミハリナ…………………………………イェジの叔母。劇場の鬘師兼衣装係
トファルク司祭…………………………ヴェロニカが住む教区の司祭
ヴェンデ大尉夫人………………………夫をカティンで亡くす
スタヴォヴァク…………………………機関士。フィリピンスキ家の同居人
フランチシュカ…………………………フィリピンスキ家のもと家政婦
フィレル…………………………………写真館の経営者
フリドマン………………………………大学教授。「虐殺記録研究所」所長
ピョンテク………………………………弁護士。ヴェンデ夫人の婚約者

カティンの森

アンジェイ・シラスキと
その家族、及び
父親たちを歴史によって奪われた
すべての人々に
この物語を捧げる

1

石のなかに凝固した厳しい表情。頬骨の高い戦士たちの顔は、デスマスクのように不動である。しかし、その開かれた眼は、つり上がった石の眉毛の下から、はるか遠方を睨《にら》んでいる。彼らはその場を動かぬままで、パレード行進のように歩武《ほぶ》を進めている。先頭の横列から、次の横列へと順繰りに。全軍は、地下から掘り起こされた。歩兵、弓を持つ兵士、槍を手にする兵士が戦闘の隊列を組んでいる。三千二百十人の陶製の兵士……。

「現在は、二十一世紀の初め。この軍勢は紀元前三百年もの古《いにしえ》から行進を続けています。各人各様、顔付きも眼差しも別々です。とすると、一つ一つの像は、生きている誰かを模して造られたのでしょうか。それでは、生きていたその人々は、後にどうなったのでしょうか」

プロジェクターの光の流れが、黒板の上に掛かった映写幕《スクリーン》に射す。暗幕が掛けられた暗い教室で、聴講者たちの顔はわずかに明るい点々にしか見えない。スライドを映写する女性は、彼らに背を向けて立つ。スクリーンからの微光に照らされて、短く刈り上げた銀髪が後光のようである。彼女の語り口には講義くささがまるでなく、むしろ雑談のようだが、話し相手は沈黙で答えるのみだ。

スクリーンに映し出されるのは、始皇帝戦闘部隊の四十列の兵馬俑《へいばよう》。等身大に造られた兵士は、全員が手に手に槍などで重武装し、攻め寄るか、はたまた守ろうとするのか、永久にその身構えを崩さず、長い溝のなかに立っている。彩色は、異境の鳥かとも見紛《みまが》うばかり——あるいは、白い鋲《びょう》を打ち並べた黒い鎧《よろい》を着、金色の留め金を光らせ、濃紺のズボンの上に緑の長衣を羽織る。かと思えば、槍を持つ兵隊は赤い鋲を打った褐色の鉄鋼の鎧に、橙《だいだい》色の留め金、そして朱色の長衣。映される兵士らの面構《つらがま》えは、ひとりずつ異なる。小さなスクリーンいっぱいに広がる衣装の彩りがまばゆい。薄暗い教室のなか、水槽の分厚いガラス越しさながら、映像に見入る聴衆らのシルエットに比べるなら、切迫する現実感は、むしろ映し出される塑像《そぞう》のほうにある。

「この俑坑《ようこう》の全面積は、二平方キロです」淡々と伝える細部の説明を聞いていると、講師ヴェロニカにとっては、もっと重要な関心事のあることが次第に見えてくる——「一九七四年、別に発見された俑坑は長方形で、大きさは縦二百二十、横六十メートルです。ただし、同様の俑坑は、さらに三か所あります。秦の始皇帝の陵墓である驪山《りさん》には、皇帝軍団のモデルとなった人たちの遺骨が隠されているのでしょうか。次に発見される俑坑は、何を明るみに出すのでしょうか。人類の歴史とは、地下に秘め隠された犯罪の目録ではありませんか」

　奇妙な講義だ。解説より疑問が多い。考古学は、常に過去に目を向けるべきなのでしょうか？　未来に向けた結論を引き出す義務はないのか？　現代に近づくに従って、死の凡庸化が進行する、と言えるのではないか？　過去の秘密の発見にのみとどまって、そこに、今日・明日・明後日への警告を見すごすことが許されるのか？……といった疑問は、ヴェロニカがまず自分自身にぶつけたものだ。考古学科の仲間にとって、それらの疑問は、さほど重要に思えないようだった。薄暗がりに沈む受講者らはとまどっている——この先講義がどう展開していくのか。なぜ、ポーランドの新石器時代の解明に資した聖十字架山脈《グルイ・シフイエントクシスキエ》における発掘（講師自身、この作業に加わり、それについて博士論文まで書き上げた）をとりあげないのか。死のさまざまな様相を語るかと思えば、考古学の責務は隠された一切の暴露であって、それは過去の犯罪を繰り返さないためだ、などと語るのは、なぜなのか。

「今日、我々の追究すべきこと、それは、歴史において死が、どのようにしてその個人的な次元を失っていったか、また歴史は、個人の生きた足跡を定着する方法から、隠密裡に処理された、個人ではなく何千人もの大量死を隠蔽《いんぺい》する手段に、なぜなりさがってしまったのか、なのです。それぞれの死は、相異なります——古代の神々に捧げられた犠牲の死と、溶岩流の海にあえなく呑み込まれたポンペイ市民の死と、あるいはまた、石棺の巨大さで無理にでも後世に名を残そうとした権力者の死とでは」

講義の冒頭、彼女がスクリーンに映したのは、北京《ペキン》郊外で発掘された五十万年以前の北京原人の骨片で、それは彼らが食人風習の儀式の犠牲となって死んだことを示していた。その墓の映像を映したままで、彼女が強調して言ったことは、すでに講義の結語を聴衆に暗示していたのかもしれない。

「食人の悪習は存続しました。二十世紀になってその姿を変えはしましたが。それはもはや個人が対象ではなく、一国の国民が他の国民を食い尽くしたのであり、遺骸はすべて地中に埋められました。こうすれば、後々、何千年となく、発見されずに終わるとの悪企みによって……」

薄闇に満ちた教室を光の流れが切り裂いていた。部屋全体が、無際限の時間を横切って進む方舟《はこぶね》のようだった。ヴェロニカの指がボタンを押すたびに、方舟は一時代から別の時代へと飛躍した。数千年の時間は瞬時にして過ぎ去った。ヴェロニカは発掘事業の詳細に触れずに、考古学は歴史の黎明《れいめい》を出発点とし、現在で終わるものではないが故に、果てしなき物語であるという考えを繰り返した。殺人者と犠牲者との間に結ばれる、双方とも秘密を守るという一方的な契約に基づいて歴史が隠そうとしたものは、深い地下で、発見されるのを待ち続けている……。

そのときにヴェロニカの映写したのが、始皇帝軍団の兵俑だった。カラー・スライドには、数千年昔の戦士の一体が、肩の高さまで砂に埋もれているのが見える。続いて、また一体が。小枝のようなその眉に、細かな砂粒が付着している。砂は、素焼き《テラコッタ》の瞼《まぶた》や唇にもある。ヴェロニカは、スクリーンから聴衆のほうに向きなおる。陽光から断絶した教室の灰色の蜘蛛《くも》の巣の間に、席に並ぶ人々の白々とした顔が見える。目も口も見えない。ただ、そこに人の居並ぶことだけが感じられる。

「軍団の使命は、始皇帝の逝去後、その平安を守ることでした。死に先立ち、皇帝は思い立ちました——皇帝以前に生き、史上に名を留める物たちの記憶を温存させてはならないと。一切は始皇帝に始まり、始皇帝を以て終わらねばならなかったのです。そこで、始皇帝は焚書坑儒《ふんしょこうじゅ》の勅令を発して、『詩経』を始めとする賢者・聖人の古典を密かに保持する者は、一族もろとも死刑を宣告される、と布告しました。幾度、処刑が実施されたのか？　わたしたちは、それを知るすべがありません」

墓陵の永遠の守護を任ぜられた戦士らの墓は、これを遠くから眺めれば、現代都市の大広場に展開する派手やかな群衆かとも見紛う。ヴェロニカのボタン操作一つで、始皇帝の軍隊は二十一世紀初頭から紀元前三世紀へと後退した。石の顔はスクリーンから消える。入れ替わって、黒白のもやもやが映った。曇り空を背景にした明るい雲だろうか？　山裾を下る羊の群れの白色か？

期待に満ちた沈黙が続く。やがて見えてくるはずの映像で講義が締め括られるのだろう、と全聴衆は、感じている。ヴェロニカは、深い水のなかに飛び込む前の水泳選手のように、大きく息を吸った。

「永遠不死の軍隊もあれば、全滅させられた軍隊もあります。誰かの永遠の安静を見張る軍隊のある一方では、永遠の安静を宣告された軍隊もあるのです。ある軍隊は同じく砂をかぶせられましたが、その兵士の数はあの素焼きの軍隊よりずっと多かったのです。わたしたちの時代における、象徴性を剝奪された死、深々とした穴に押しやられ、土砂の層に埋もれている死は、今日に至るも犯罪が政治運営の手段として用いられることを証明しているでしょう。ここで忘れられがちなのは、砂まみれの犠牲者ばかりでなく、他にも被害者があることです。死者となった身内を手厚く葬る手立てのないまま、堪え抜いて生きて行かねばならない人々のことです……」

スクリーンの映像の焦点が絞られ、ぼやけていた輪郭が定まると、頭蓋骨の白っぽい形がくっきりと映し出される。スクリーンに次の写真が映り、誰かの手が、後頭部の縁がギザギザの穴に鉛筆を差し入れている。

「十グラムの鉛玉《なまりだま》があれば十分……」ヴェロニカは、一歩、後ずさり、プロジェクターから流れる光の帯がその頭の上を走り抜けるように立つ。片手を挙げる。指二本の間に何か小さなものが抓《つま》まれ、プロジェクターの明かりに反射する。聴講者たちは目を見合わせている――「これはゲコ社製7・65口径ピストル用銃弾の薬莢《やっきょう》です。ワルサー拳銃に込めて、カティンで使用されたものです」

そう言いながら、まだ手を下ろそうとしない。彼女の頭の上でスクリーンに当たり、彼女の銀髪を光らせる、鋭い光線に目を眩《まぶ》しそうにしている。指先に抓んだ薬莢が、指輪のように輝く。

「それは、現地で先生が見つけたのですか?」――質問だ。

ヴェロニカには、質問者が見えない。否定するように首《こうべ》を振り、光の筋の外に出て、スクリーンに次のスライドを映し出す。掘り起こされた土砂の下に、墓穴の底が曝《さら》け出されている。傷口のように空いたその奥には、ごろごろと死体らしきものが見える。全員、この不明瞭な画像を食い入るように見つめている。土坑《どこう》が並ぶ先に、暗色の森の縁が見える。彼らはヴェロニカと同じように目を凝らしているが、彼女と同じものが見えているのだろうか。

「その薬莢は、現場にあったのでしょうか」――男子学生の声だが、ヴェロニカには暗くてその姿が見えない。

「そうです」彼女は答える――「わたしにとって、このうえもなく大切な発掘品なのです」

「先生は、現地に行かれましたか」――今度は、女性の声だ。

「いいえ。これから出発します」

2

突然暗闇に飛び込む。疾走する列車の轟音を、トンネルが増幅する……。

この旅は昨日始まった。いや、もしかしたら、半世紀以上も前だったのだろうか？　誰かのお葬式に駆けつける旅で、時間はたっぷりかかる。人生の青年期が終わり老年期にさしかかるほどの時間、それでも遅すぎはしない。果てしのないこの旅を続けること。暗中をひた走る列車の轟音。窓外に見えていた雨に濡れる現実世界の映像は、隧道《すいどう》の壁によって断ち切られた――テレビの画面を消すように。そのとき、ヴェロニカの目の前に、別の光景が現れ出た。

上空には、早春の灰色の空。ひょっとしたら、紺碧《こんぺき》かもしれない。陽光が灰色の厚い雲に射し込み、濃霧の湿った懸濁《にごり》を解消させたのだろうか？　森は静寂のなかに立っている。林間の空き地を取り巻いている。森の深みには、まだ、残雪がうっすらと見える。手前に立ち並ぶ樹木のなかには、ところどころ、根が剝《む》き出ているのもある。土砂が大きく掘り返されたせいだ。巨大な土坑を見下ろして、木々は聳《そび》える。木の根っこの間から、砂はさらさらと細く流れ落ちる。坑《あな》の壁をよじ上ろうとあがく蟻どもを埋めていく。一発、銃声が鳴る。控えめな拍手のように響く。それから、次の一発、数発が同時に、次には、一発また一発。鳥が一羽、枝を飛び立ち、疎林の奥へと消える。再び、静寂が支配する。大穴の壁面の縁から、何かが落ちていき、それと共に、砂が波を成して流れた。その上に何やら小さな物体が落ちる。近寄れば確かめられるはず――口径7・65ミリ拳銃の弾丸の薬莢だ。薬莢は急な勾配に落ち、下へと流れ、土砂の深い層から突き出た、絡み合った木の根のようなものに引っかかって止まる。近寄って見れば、人間の手も目に映る――必死に何かにしがみつこうとする折り曲げた五本指までが……。

またも静寂が支配する。静けさのあまり、さらさらと落ちる砂の音さえも聞こえる。しかし、それも束の間、上から、喧《かしま》しい地響きが近づいてくる。その音が威嚇するような轟音に変わると、何か避けることのできないこと、そこから逃亡しようにも不可能なことが起こるのを予告する。

疎《まば》らな松林の間から、巨大なブルドーザーが出現する。朝靄《あさもや》を衝《つ》いて現れ出た、スターリン工場製の機械は、排土板《ブレード》をキャタピラーに載せたような形だ。強力な鋤《すき》を高々と持ち上げたまま、ブルドーザーは坑に接近する。排土板を降ろしてゆく。坑の縁に近づくほど、鋤は深く降下し、底の泥に到達すると、散らばる枯枝や枯葉を浚《さら》い、雑草の茂る土塊《つちくれ》を押し払う。森の下草と灰褐色の土が、底から掘り上げた清らかな砂と混じり合う。エンジンのリズミカルな唸りが強まる。土塊が、穴の底へこぼれ落ちる。機械の轟音に呑まれて、砂がさらさらと崩れていく音は聞こえない。砂は堰が切れた直後の川の水のように、急落していく。口径7・65ミリ拳銃の弾丸は砂の下に消え、薬莢が引っかかった、砂から突き出ていた片腕も消えてしまう。土坑の上、生命の営みが行われている辺りで、人声がする。掘り出し坑の断崖に、皺だらけの長靴《ちょうか》が現れる、軍服の喇叭《らっぱ》ズボンも一緒だ。吸いさしのタバコを挟んだ片手が下に見える。指を鳴らして、ひょいと吸い殻を下に投げ捨てる。吸い殻にはまだ赤い火が燻《くすぶ》り、青い煙が揺れ、砂地の黄色をバックに、勝手な唐草模様《アラベスク》を描いている——次に砂が崩れれば、永久にその火は消される運命だ……。

また、土塊を押していく機械の騒音が次第に大きくなっていくのが、聞こえる。砂が散り飛び、根っこの姿を隠し、空さえも見えなくなる。空は灰色だが、今しも、霧のにごりに陽光が射し貫けば、紺碧に見えるかもしれない。そのような暗闇のなかに、ただブルドーザーの轟音だけが喧しい……。

恐らくは、トンネル内を疾駆する列車の騒音が、あのスターリン工場製ブルドーザーの轟きを呼び寄せたのであろう。ヴェロニカが目を閉じると、瞼の裏に見えてくる——大坑の底から見上げる四角に断ち切られた空の端が。その天空は、四月らしい灰色にも、あるいは春の盛りの紺碧にも映る。それから、突き出た根っこやら崩れ落ちる砂の塊やらが見えたが、間もなく、真闇《まやみ》だけが残った。今や、ただ見えたのは掘られた穴、その土砂の腸《はらわた》が剝き出しになって秘密を白日の下に晒《さら》している光景だけ。やがて、砂でいっぱいの坑の一つだけが、ときたま、夢のように眼前に散らついた。真昼だというのに、この光景が彼女の夢に現れたのはなぜだろう。そんなとき、ヴェロニカは、瞼に、胸元に、ざらざらの砂の感触を感じ、坑から這い登るために、深々と息を吸い込まねばならない。現場に着いた後なら、わたしのこの夢想は消えてくれるかしら、あの地下に、夢は置き去りとなるのかしら。あそこで見つかった物は、いっそのこと、元の坑に返してしまいたい。この金属片、それは自分の見つけた物ではないが、彼女にとって最も大事な発掘物だ。その薬莢はハンドバッグのなかに持っている。ティッシュに包まれている。だいぶ以前から、わたしは心に決めていた――これは、落ちたその場所、狙撃の直後、拳銃の遊底から投げ出されたその場へと戻すのがよいと。そうすれば、いつか、考古学者たちが掘り出して、死の博物館の展示物にしてくれるかもしれない。母のアンナなら、それを絶対に許さなかったことだろう。父アンジェイの遺品と一緒に、彼女はこの薬莢も大切にフツル地方（ポーランド北東の山地）の彫刻のほどこされた木筺《きばこ》に納めておいたはずだ……。

　母親が原因で、この旅は延期された。東の国境の先への旅がようやく可能になったころ、アンナは病気になった。「わたし、どうしてもあの人の墓参りをしなくちゃ。待ってね、ニカ、わたしすぐ治るから。一緒に行きましょうよ、元気を取り戻したら……」

結局は、ヴェロニカ独りの旅である。彼女が旅に持参したのは、追憶への感謝の念であり、呪いの念であった。追憶は、他人の記憶をも引き受けるように命じるからである。数多《あまた》の風景、その数多の断片、数多のことば。ヴェロニカが死ねば、それらの思い出を引き受ける者は誰もいなくなる――なんどか意識に上ったその思いを、今また彼女は噛みしめる。リレー競走は中止になる。よくわかっている――記憶とは、事実そのものではない、それは誰かしらの手触り、ある一つの眼差し、メロディーの断片、また存在しないはずの者が痛々しいほどそこに存在することでもあると。

列車は安堵の吐息と共に、長いトンネルを抜け出る。車室に光が差し込んだと思ったが、太陽は雲に覆われていた。雨粒が客車の窓一面に降り注ぎ、ガラスの上から下のほう――ヴェロニカの顔が映っている辺りに向かって、幾本も長い筋を描く。羽織っている肩掛けの両端が、厚めのウール地のスカートに垂れる。彼女は雨に濡れる原野を見ているが、それは、この瞬間、思いが別の時間と場所に飛んでいる者の眼差しである。

同じ車室の斜め向かいに乗り合わせてきた男に、彼女は目を走らせる。男は靴下を穿《は》いた足をこちらの座席に投げ出した。残り少ない頭髪は、前方に向けてまとめてある。ブロンドの眉毛は低く垂れ、灰色の目の油断のない目付きを隠そうとするふうだ。新聞を手にしているが、読んではいない。その目はずっと横目遣いで、銀白髪の女性に向けられている。身なりや風体から、相手の素性や行く先を読み取ろうとする。目元の若々しさからみて、女の年は六十ぐらいか。もっと若いかな。いや、もっと上か。髪は短く切り詰めてある。肩に掛けた黒のショールは、かなり長い。雨に濡れる車窓をバックに、男は彼女の横顔を眺める。観察していると、彼女は脇に置いたバッグからカメラを取り出し、窓際の小テーブルに載せた。その後、大きめの手帳を出して、あちこちページを眺め出す。手帳はかなりの年代物、汚れや染みが目立つ。鉛筆書きの書き込みがたっぷりで、折られてボロボロになったページもある。

ヴェロニカは手帳を膝に置き、片手でそれを覆った――まるで命あるものに触れるかのように。やがて、眼鏡をかけて、手帳を開き、紅《ルージュ》をさしていない唇が、声のない祈りのように細かに動く。その様子は、無言のままで果てしのない会話を続けるように見える。すでに遠く去った時代、それでいて、まだ完了していない時代の秘密を開示してくれる声を待ち受けているかのようでもある。

彼女は、眼鏡の具合を直してから、めくれ上がって隅が折れ、黄ばんだページに目を配る。その紙は、長時間寒中に捨て置かれたふうに、ごわごわに硬くなっている。手帳は、長年、誰かが肌身離さず携えていた祈禱書を思わせる。骨董品のような匂いだ。折れた四隅、錆色《さびいろ》の染み。書き込みは、びっしりと細かな文字。鉛筆の跡は、思い出そのもののようにおぼろげだ。一九三九年の手帳。どのページの書き入れも、ヴェロニカは、全部そのまま暗誦できた。例えば、十一月十六日の記述。「フィンランドとベルギーで総動員令の噂。食べ物いよいよ悪くなる、しかし最悪なのは宙吊り状態だ。ここで我々はどうなる？　家族は？　毎晩、アンナとニカを夢に見る。どうしているか？」

瞼を閉じる。思い出したい——その十一月十六日、彼女の人生に何があったのかを。母親と荷馬車で運ばれたような気がする、夜中、野道に車が軋《きし》り、わたしは毛布に包まれていた。独ソ国境の川の向こうに手引きしてくれるはずだった。こちら側にはソ連赤軍がいて、川を渡った向こうには、祖母のブシャが住むクラクフがある……。

男の旅行者は、車室の片隅から女を見ている。彼女は、眼鏡を外し、目を閉じ、お祈りでもするかのよう。男は気になる。この女性は何者なのか？　どこへ行くのか？　ヴェロニカは、どこの日付に、何が書いてあるか、それを知るために、眼鏡は要らない。暗記しているのだ。目をふさぐと、十一月二十三日のメモが浮かぶ。「留守宅への手紙が許可された。月一回の制限つき、切り取り式の手紙発送許可証が交付された。それだけで、おまえたちへの思いがなにもかも伝えられようか。君らは、ぼくとここで一緒だよ、昼も夜も……」

手帳は、特別な袋に入れてある。この手帳は彼女にとって、過去とはすっかり過ぎ去ってしまったことではなく、人の感情は、その人が存在を止《や》めていたとしても推察できる……そんなことを証明する品となった。たとえ、「カティン以後」さえにも。彼女は眼鏡を外す。次の書き込みも記憶しているから。目をふさぎ、父の声の響きを思い出そうと努める。「同盟軍は我々を忘れない、その希望のなかでなんとか生きている。なんたる皮肉か、収容の場所がもと修道院だった建物だとは。祭壇の痕跡が見える。どんな神が我々を庇護してくださるのか、どこもかしこも、神を追放したこの国で？　安全剃刀も含め、刃物はすべて没収。戦友同様、ぼくも髭《ひげ》を伸ばす。総員が悪党並みの面構え……」

ヴェロニカは、窓外に目を移す。しかし、波打つような森林の線は眼中にない。髭の生えた父親の顔を、思い描こうとする。通りで擦れ違って、父とわかるかしら。他人と見分けがつかず、知らずに通り過ぎてしまうかもしれない。そう考えたとたん、彼女は、思わず胸が痛んだ。まるで、父の最晩年に到達する方法を失ったかのように。父はそのころ、まったく別の人間、いつもの父とはおよそ似ても似つかない人間になっていた。神の象徴を剝奪された修道院で、何百人もの俘虜《ふりょ》の群れに混じる父を見分けようとして、彼女は目を瞑《つむ》る。「悪党並み」のひとりとなった父の顔が、どうしても浮かんでこないが、そのほうがいいのかもしれない。別のころの面影を、記憶に留めるほうが、ずっとましだもの。あの日、わたしは白い大きなリボンを髪につけていた。特別観覧席にいるわたしが、お父さまに目立つようにだ。そしたら、お父さまが手を振って、合図してくれたっけ……。

　雨に打たれる車窓から野外に目を向けながら、ヴェロニカは通過駅も目に入らない。今、回想のなかで彼女が身を置く場所はプシェムィシル市（ポーランド東南部）。彼女は特別席に立ち、軍楽隊の演奏が高らかに鳴り響いている……。目の前にあるのは、とっくの昔に忘却のかなたに流れ去った風景だが、ヴェロニカの思い出としていつまでもそこにある。だが、誰とも分かち合えない回想なのだ。あのときあの場所にいた人たちは、みんないなくなってしまった。だから、あれが聯隊の祝賀行事なのか、もしくは、ポーランド独立記念日か、誰も教えてくれない……。聯隊の祝賀行事だとしたら、きっとワンピースを着ていたはず。四月の末だもの。でも、コート姿だとしたら、十一月十一日、独立記念日の光景の記憶ね。

　軍隊行進の入場。将校らは残らず馬上だ。遠すぎて、騎乗の人の顔も軍馬の毛の色も、区別は付かない。何もかも古い写真のようにセピア色だが、彼女は今、すべてを九歳の彼女が見たままの極彩色《ごくさいしき》で見ている。ラッパが鳴り渡り、練兵場の原っぱに、軍旗を翻《ひるがえ》す一隊がギャロップしてゆく。馬は烈しく首を振り、轡《くつわ》の金属音がする、大地は蹄《ひづめ》の下で呻《うめ》きをあげ、重砲の列が威風堂々と進む、先駆けは将校たちの馬だ。なんという華麗さ、万難に立ち向かう全軍の決意は固い。三角形の小旗と派手やかなその縁取りの色、全体がまるで絵葉書そっくり。重砲までが、陽を受けて輝いている。「かしらぁー、みぎっ！」の号令、それに応じる士官らの仕種《しぐさ》の洗練されていること――ヴェロニカは目を見張る、活動写真を観るみたいに。ライ麦や刻んだ飼い葉の匂いまで、鼻に感じる。聯隊祭りには、特別な観覧席が組み立てられた。松材が使われ、そこに立つと松脂《まつやに》とおがくずの香りがした。その特別席にお母さんと並んで立っていたら、先頭に立つ愛馬ヴェジルに跨るお父さまがすぐ前を通り、わたしたちのいる観覧席に向かって、「かしらぁー、みぎっ！」をなさった。サーベルの柄《つか》がきらっと光り、軍馬がバレエの踊り子のように脚を踏み、その後ろから、お父さまの率いる第十重砲聯隊の隊列が続く。大地は馬蹄に鳴り、重砲の重みに震動する。もう一隊、重砲隊がやってくる——隊長が先に立つ。あの将校のお名前はなんと言ったろうか、それが思い出せない。けれど、力強く振り下ろしたときの、稲妻にも似たサーベルの閃光《せんこう》、剣の柄の輝きは目に焼き付いている。ああ、なんと美しい部隊だったことか。あのころは、まだにこやかな微笑があった——その後に何が待つかは、毛頭知ることなく。踊るような速足になった馬たちが脚を高く上げ、軍楽隊のラッパが太陽に光っている。フィリピンスキ少佐はもう一度、特別席の正面を通り過ぎる。ヴェジルが頭を大きく振る。お父さまは、今さっきそうしたように、「かしらぁー、みぎっ！」を捧げ、何もかももう一度繰り返される。色付き絵葉書そっくりのその場面を、もう一度見たいという愛娘ニカのおねだりを聞き入れてくれてのことだ。そこで、父親は特別席の正面に馬を止め、サーベルを高々と掲げてから、最敬礼を行って見せた。彼女は、父のその姿を、映画の一コマのように脳裏に焼き付ける。栗毛の愛馬の鞍に跨る父親は、聯隊長ボクシュチャニン大佐（ヤヌシュ・ボクシュチャニン（一八九四－一九七三）。一九三九年九月戦役で軍功をあげるが負傷、軍を離れる。大戦中は、抗独組織国内軍の指導者のひとり。戦後はフランスに亡命）が立つ、特別席のほうに顔を向けている。だが、娘にはわかっている——パパはわたしに目を向けているの。こちらを向いて、いつものように微笑んでいる。今にも、言い出しそうだ——「どこのお店に売っているのかな。こんなにかわいらしいお人形さんは」と。それが、娘の顔を見るたびに繰り返す、父の口癖だった……。

絵葉書に印刷されたようなその映像だけは、車室の窓に降りしきる雨にも洗い流されることはない……。

同乗者の新聞紙が音を立てる。男は、全然それを読んでいないが、何か自分のことだけに集中しているふうに見せたがる。そのくせ、窓際の女性の面《おもて》が内側からの光のようなもので明るくなったのはなぜか、好奇心にかられる。

ヴェロニカは、もういくどとなく繰り返し脳裏に上映してきたカラー映画から離れる。眼鏡をかけ、一九三九年十一月に戻る。上体を屈めて手帳を眺める——次のメモは少しかすれているからだ。「肝臓がやられた。昼夜を分かたぬ寒冷と点呼が原因。血尿が出る。なんとか持ち堪《こた》えたい。夜間、幾度か外に出る。冬外套《シューバ》があって助かる……」

冬外套！ 真っ黒で、丈が恐ろしく長く、皮の裏毛の埃臭い——あれのことね。祖父《じい》ちゃまに言わせると、熊の毛だとか。毛皮は、ずぶ濡れ犬の臭いがした。お父さまが真冬の狩猟に着込んだり、秋期大演習に持参したりの愛用の品だった。伯父の領地へと、馬車で出かける母親アンナの膝を父が包んでやったこともあれば、狩猟のときには、命中した散弾に野ウサギの吹っ飛ぶ様を見せまいと、ニカの頭にすっぽり被せてくれた。出征する父とお別れした日、シューバのことで、揉《も》め事が起こった——不思議なことにそんなことを覚えている。母は、父の荷物に持たせたがったのに、父はそのシューバを元どおり玄関に吊るしたのだった。とうとう、別離のときがやってきた。野戦用の略帽を被り、その庇《ひさし》の下から見せた父の最後の眼差しを、ヴェロニカは今、目の当《ま》たりに見る。それが見納めになろうとは、夢にも思わなかったが、復活祭の日、司祭の前で告解《こっかい》する直前のように胸が早鐘を打ったのを覚えている。微笑を浮かべようとする父の顔に、心なしか暗い影がある。いつもの自信満々な目付きでなく、なぜか奇妙な緊張が漂う。娘に手を差し出すが、厳めしい軍服姿に、将校用の地図入り袋を腰に吊るす父は、なんとなく近寄り難《がた》い。野戦服の襟元に見える喉仏《のどぼとけ》が、ヒマワリの種にむせ慌てて呑みこむかのようにぴくぴくと動く。あの軍服の匂いを忘れない——あれは、軍用毛布と革具と「エジプト」タバコの匂いのまぜこぜだ。父の口から出たことばが聞こえる——勇ましく響くはずが、動揺のため声が弱々しい——「すぐ戻るさ。女がふたりもいて、そう長いこと留守するわけにはいかんよ」父の背後に立つのは、頬骨が突き出し、なんでも、混ぜっ返したがる剽軽者《ひょうきんもの》の当番兵マカールだ（そんな彼でも、フランチシュカに命じられて、肉汁用《ブイヨン》に雌鶏の首を刎《は》ねるときには、ロシア正教徒らしく、大仰な身振りで神妙に十字を切ったものだった）。出発のあの日、マカールは父のトランクを片手に控えていたっけ——と、ニカは振り返る。そう、そのときだ、お祖母《ばあ》ちゃんのブシャが、羊の毛の襟付きの黒いシューバを抱えて現れたのは。シューバは、ニカから見れば、冬の寒さと結びつく。今は八月、日中は暑く、夕方になっても暑苦しかった。シューバなんて、なんのために？　お父さまが持って行くのを拒んだのも、無理はない。「戦争に行くんですよ、狩猟じゃないもの、お母さん」それを聞き捨てて、ブシャは当番兵を呼び、「マカール、これを少佐殿の荷物に入れてちょうだい」と命じ、今度は息子に言う。「九月だって、冷え込みますよ。だって、アンジェイ、あんた、腎臓が弱いくせに！」そうして、立ち去りがけの当番兵の後ろから、大声に叫ぶ。「マカール、そのシューバ、無くさないように、気をつけるのよ！」言われた当番兵は、隊長に答えるようにカチッと靴の踵を合わせ、元気いっぱいに返事する。「畏《かしこ》まりました！　なんでも役に立つのが、前線であります！」

実際、あれが役に立ったのだ。そのせいか、後々も、ブシャはしきりに口にしたものである。「戦争するのは男だけど、負傷兵の世話は女の仕事ですからね」

ヴェロニカはページをめくる。十二月初めにきている。このころだったわ——ピクリツェ（プシェムィシル近郊の村）の将校宿舎を出て、お母さんと一緒に、フランチシュカの住む村に避難したのは。あの村にいたとき、ブシャからの便りで知らされた――クラクフのヤギェロン大学の教授だった祖父が、同僚たちと共にドイツ軍に逮捕され、ザクセンハウゼンに収容されたと。祖父は、ついに戻らなかった。ニカは母親に連れられて、村の教会へ通っては、父の無事を祈った。母アンナは、フランチシュカの勧めで、占い師のところにまで出向いた。軍外科医夫人の見立てでは、フィリピンスキ少佐には、好ましくない電流が交差しているが、絶対に挫《くじ》けることのない人だと言われた。ひょっとしたら、父アンジェイが細々した字でこう書いたのと同じ日だったか。「野戦病院行きを申し出る。持ち堪《こた》えることだ。わが命は、自分だけのものに非ず。万が一に備え、アンナと母の住所をS中尉に伝えた」

S中尉。ヴェロニカと初対面のとき、中尉はすでに大佐へと昇進していた。ヤロスワフ・セリム大佐である。目を瞑《つむ》ると、戦場で陽灼けした男の顔が浮かぶ。ヤロスワフの緊張した目の表情は、今しも、小銃の照準を定めるかのようだ。誰を見る目も、敵を睨む目付きで、敵はおれより強いか、おれの弾が命中する前に、相手の銃弾が眉間を貫くかどうか――そんなことを計るような鋭さがあった。あれは、まさしく、狙撃兵の眼光。今、引き金を引くか、しばし待つべきか。フィリピンスキ家の三人の女性（アンナ、ブシャ、そしてヴェロニカ）にとって、セリム大佐のことが理解できるまでには、かなり手間取った。地獄を無事に生き延びてきた大佐であり、その地獄には金輪際戻るつもりはないこと、しかし、同時に、そこで負った借りを返さねばならぬ立場にあることなどである。その借りを背負ったままで、大佐が、クラクフのフィリピンスキ家に現れたのは、一九四五年である。ニカは、最初のその出会いを憶えている。敷居の手前に立った大佐は、まじまじとニカを見つめた。「カラス」の徽章の付いた野戦帽（中世以来のポーランドの国章は「王冠をかぶった白鷲」であるが、ソ連で編成されたコシチュシュコ師団の徽章は「王冠のない鷲」だった。ポーランド人の軽蔑の対象）の庇の下から、彼女の顔と、記憶に残るその幼顔とを照らし合わせていたのだ。「ニカさんですね？　失礼、ヴェロニカさん……。きれいな娘さんに成長なさった」実物に会う前に、写真で見知っていた。大佐の口から、ニカは聞かされた——父が何を考え、どう話していたか、手帳に手記を書き留めていたことなどを。「少佐殿は、奥さんや娘さんのことをいつも心配しておられた。始終、あなたがたの話題ばかり。お蔭で、しばらくするうちに、わたしまで奥さんや娘さんのことを、本当に存じ上げているような気がし始めて」

大佐は、母親アンナの表現によるなら、「カティン以後」と規定される時代の代表者として現れた。大佐は、アンジェイについて語れる唯一の存在だった。生前のアンジェイについてである。フィリピンスキ少佐が、アンナとヴェロニカの写真を見せたのも、クラクフにいる母親の住所を教えたのも、野戦病院入院に先だってシガレット・ケースを預けたのも、この将校だった。手帳にはS中尉として登場していた。その人物が、ヤロスワフ・セリム大佐として一家の生活に姿を現した。誰も生還できなかったあの場所からの使者。この人も、また、今ではニカの記憶のなかにしか生きていない。大佐の写真さえ持っていない。一家三人の女性たちの前に、出し抜けに出現し、それと同じくらい不意打ちに、大佐は消えた。記憶のほかに、一つだけ、記念の品が遺った。ニカにとっては、数千年も昔の発掘場から見つかった鏃《やじり》よりもっと貴重な品……。

同じ車室の男が見ていると、窓から振り返った女は、突然何かを思い出したように、革の大きなバッグの口金のなかに手を入れる。しばらくなかを探り、カメラを取り出すと、窓際の小テーブルの上に手帳と並べて置く。それから、大きなバッグの片隅から、掌に握れるほどの代物を取り出す。女はティッシュを開く。長い指で、小テーブルのカメラの脇に、大事そうにその中身を置く。男の目には、そこまでが遠すぎて、正体は判然としない。真鍮《しんちゅう》のブローチか何か。カメラの部品かも。お守りかな。

それが、弾丸の薬莢だ。手に取って、その底の周囲を確かめれば、ワルサー拳銃の撃針でできた凹みの見える辺りに、ゲコ社製の口径7・65と製造工場の刻みが見て取れる。薬莢はカメラの側に立てられている。列車の振動に合わせて、カタカタと軽く弾む。そのほうにチラと目を向けたヴェロニカの記憶に、またもヤロスワフの顔が、忽然《こつぜん》と呼び出される。あのとき、熱のこもる話のやりとりがあり、何やら興奮の色を見せ、抑制の利かぬまま、絶対的な証拠を探すふうだった大佐が、やにわに軍服の隠しから取り出した物を、掌に載せた。それがこの薬莢だ。薬莢は、今、列車の揺れで、小テーブルの端のほうへと近寄って行く。「射殺に用いたのは、ワルサー拳銃です」——問答無用と言いかねない指揮官の口調で、セリム大佐は、言い切った。「ゲコ社製の口径7・65の拳銃弾、その薬莢がこれです！　ドイツ製の武器です！」「そんなものをどこから？」——仰天して母が訊ね、薬莢に手を伸ばした。大佐は返答もせず、アンナの手に薬莢を載せると、強《こわ》ばった一礼をして客間《サロン》を出て行った。すかさず、母が洩らした——「妙な人ね」「妙って、どういう意味で」——ヴェロニカが訊いた。アンナは、肩を竦め、言いにくそうに答えた。「なんて言うか……どっちつかずでしょうが」母は、そのとき、頭にある考えが、うまく説明できなかったが、ユルがこの機に乗じて言った——「そうですよ、おっしゃるとおり、裏表のある人。ぼくには、あの大佐は生死を代償にロシアに身を売った男という感じがする」

ああ、神ならぬ身のわたしたちは、当時、このユルが、後々まさか大佐を売って死に至らしめることになろうとは、知るよしもなかった。それが起きたのは、ヤロスワフが初めのうち正体の隠れ家とした殻を自ら脱ぎ棄てたときだった。真の英雄とは、自分のうちに侵入した敵に打ち勝つ人物なのだと、一家の者たちが納得して、大佐を見直したその直後のことだった。

ヴェロニカは、また窓外に目を向けるが、目に映るのは、今度も、好みの過去の光景ばかり——母アンナを見入るヤロスワフ、そういう大佐を男として見まいと努力する母、自分が若い女性であることを世間に忘れさせるためならなんでもする母。ヴェロニカは、ヤロスワフを男性扱いしまいとする母の努力は無駄におわる、と判断した。それを口にして母親の虚を突いたときの驚きよう——「ママ、だって、あのかた、ママに夢中なのよ!」と。

窓のほうを見てこちらに背を向けた女を、同乗者の男は見ている。何か見るものがあるのだろうか? おや、軽く首を振ったりして、何かに同意するか、誰かを説得しようとしているみたいだ。過去の時間の果てしない深みに嵌《は》まり込む女は、薬莢らしき物体が車輛の振動に揺られ、少しずつ小テーブルの端に近づくのに気づかない。男は催眠術に陥ったかのように目を離せずにいた——薬莢がパタリと揺れて落ちる瞬間を待ち受けているようだった。

ヴェロニカは眼鏡をかけ、古手帳を開く。いちばん最初のページである。一冊きりしかない手帳だったから、一九四〇年一月の出来事は一九三九年一月の欄に書き込まれるほかない。こうして、後の出来事が前の出来事として書き込まれ、前年に経験されたことは喪《うしな》われた。一九三九年四月三日に父が経験したことは知るべくもないが、その一年後に起きたことなら、はっきりしている——「次の移送隊出発。約三百名。行く先は不明。残された我々を待ち受けるのも、未知の場所への旅なのだろうか?」

列車の車輪が震動を伝え、薬莢は落ちる寸前だ。男の相客は、相変わらず、読まない新聞を広げている。微かに移動する薬莢から、男は目が離せない。余すところ三センチくらい、間もなくテーブルの端に引っかかって床に落ちるだろう。女は気づくだろうか。それを待つが、相変わらず窓を見ている。

男は待つ。あと一分か二分で、薬莢は床に落ちる。理由はないが、薬莢が振動するのを観察している。退屈な列車の旅のたった一つの気晴らしだからだろうか？

ヴェロニカは眼鏡の具合を直し、四月六日の項を読む――「三時三〇分、コジェルスク駅より西の方角へ向け出発……移送は囚人輸送車による……」

列車は、ブレーキをかけ、小さな駅に停止した。ちょうど、四月七日のメモを読むところだ――「九時四五分、イェルニャ駅に停車中」そのとき、父がどう感じていたか、それを思いやろうと、ヴェロニカは努める。鉄格子付きの小窓から何が見えたろう。今見えている建物と変わりなかったのだろうか。雨に濡れた小駅の壁、色は腐った野苺の実のようだ。

男が見ていると、女は、そそくさと古手帳を膝に置き、カメラを手にして、雨に濡れるちっぽけな駅に向けシャッターを切る。

列車が動き出すと、急な衝撃で薬莢は転がり、小テーブルの端に巡らせた金属の縁にぶつかって、床に落ちる。

男の相客は向かい側の座席に投げ出していた靴下を穿いた足を引っ込め、ざわざわ新聞を除《の》けると、落ちた薬莢を拾い上げようとするが、ヴェロニカのほうが素早い。電光石火、身を屈め、手中にそれを握りしめる。男は、伸ばした手を止めて、気まずそうに微笑する。女は相手の目を睨んで、こうも言いたげな目付きだ——さわるな！

女は薬莢を、貴重な品物であるかのように握っている。それをバッグにしまう。手帳もそこへと消えてしまう。

男は相変わらず彼女を観察している。彼の目のなかで、通常の好奇心と猜疑心が混じっている。新聞をたたみ、窓辺に近く身体をずらして、女の顔を覗き込み、ロシア語で会話を切り出す。何やら、不審尋問めいている。

「失礼、どちらに行かれるのですか」

「スモレンスクまで。その後、コジェルスク。さらにカティンまで」——ポーランド語で答える。

「写真家？」

「いいえ《ニエト》」

「失礼、じゃ、ご職業は？」

「考古学者です」

「観光ですか？」

ヴェロニカは打ち消すように首を振る。これから言う返事は、相手にとって意味をなさないかもしれないと弁《わきま》えているが、それでもこう答える。

「違います、わたしの父は……」

3

目を開けたとき、彼女には、今が何時なのかわからなかった。一体、どの時代にいるのかも、わからなかった。周囲のすべてが夢の薄布《モスリン》のようなものにくるまれ、不分明な明暗のなかにあった。

この瞬間、彼女のいる場所を誰かに問われても、恐らく、返答に窮しただろう。今いるのがクラクフであること、祖母のブシャのアパートであること、ときは一九四五年四月だということ、朝になれば、いつもどおり通学カバンを提げて、「本物の高校」へ登校すること。これまでの「地下学校」ではない。目が開いたとたんに、夢の繋がりの絶えたことが惜しまれた——燦々《さんさん》と陽光に照らされる谷間を飛んで行く夢、どこから来てどこへ行くか、それはどうでもよい、大事なのは飛行それ自体、その身軽さ、なんでもできるし、体の重みで、地面に叩き付けられることもないという感覚だった。再び瞼を閉じれば、夢に追い付けたかもしれない。でも、何かがそうさせてくれなかった。家のなかで、何かが進行しているような感じ——不動のなかの動とでも言おうか。

家具がいっぱい並べられた客間《サロン》の暗がりを、老女の小柄な姿が手探りしながら、横切っている。長いネグリジェの上からウールの夜着をはおった恰好は、幽霊かと見紛う。窓越しに洩れる街灯の明かりが、白髪を光輪のように見せた……。

衣装箪笥の向こうに置かれた寝床にいるニカに、それは見えなかった。「グダンスク家具」として知られる頑丈な衣装箪笥は、バリケードのようだった。彼女の寝場所の置かれている一隅とサロンを区切っていた。サロンは、近ごろ、ガラクタ置き場の観を呈していた。白赤のポーランド国旗を腕章に巻いた「人民警察」たちが、ソ連軍の砲撃で家が全壊した鉄道員のスタヴォヴャク一家のために、一部屋を明け渡すようにと命令したときからだ。すべての家具を寝室の外に運び出さなくてはならなかった。その後、今度は「なんとか委員会」の連中が、コートの腕に同じ腕章を巻いて乗り込んできた。こうして、フィリピンスキ教授の書斎の扉には、大きな朱印をふたつ並べた横長の公文書がぺたりと貼られた。「公務上の目的を以て接収」――市当局者が口頭で伝えたのとまったく同文だ。抗議などできないし、命令撤回もあり得ない。なにせ、彼らは軍司令官の名において、公共の利益のために行動したのだから……。

ニカには、見当がつかなかった――半暗がりと半静寂のにごり液のなかで、やはり、何かが進行していると感じさせる大本は何なのか。現在は他人の住まいと化した元の寝室で、ドアの軋《きし》る音がした。そちらを向くと、ガラス付きのサロンの扉を通して、慎重に動く人影が見えた。鉄道勤めの機関士の出勤だ。闖入者と思われたくないので、この人は、目立たぬようにといつも気を遣う。今のように、明け方前、仕事へ向かうときは、きまって靴を片手に提げ、靴下跣《はだし》で玄関口まで行く。ドアを出て、階段口のところで靴を履くらしい。それほど気遣う亭主に比べて、枯れ草の大束ほどに肥えた女房のほうは、大振りな体軀でキッチンを立ち塞ぎ、心中、密かに、フィリピンスキ教授一家に文句を付けたがっているかのようだ。政権が代わろうが代わるまいが、いつだって良い暮らしをしてきた連中じゃないか！「いちばん良かったのが、ドイツ時代でしたよ」見下すように、頷いて見せるのは、ブシャである――「なにしろ、主人はザクセンハウゼン送りとなって、とうとう戻りませんでしたから……」スタヴォヴァク機関士の妻も負けていない。でも、だからといって、七歳の娘が老夫人のお砂糖入れから盗み食いしたなどと疑いをかけられてはたまらない、と屁理屈をまくし立てた。お上から押し付けられた同居人に向かって、ブシャは反論する気にもなれない。あの砂糖を織物会館《スキエンニツェ》で手に入れるために、以前夫が買ってくれた、ガラスの目を嵌めた黒ギツネの襟巻きを売り払った話は持ち出したくない……。

スタヴォヴァクが出勤して、その妻もひとり娘も寝込んでいる時間なのに、衣装簞笥の向こう、家中の家具を詰め込んだサロンでは、何か進行中の気配がする。それは生活が立てる音だ、よもや夢ではない。ニカは、目を見開いたまま聞き耳を立てた。衣装簞笥に妨げられて、たいして見えもしない。フレスコ画で飾られた天井から吊るしたシャンデリアの蠟燭立てに、ここからは見えない窓を通して射し込む街灯の遠い明かりが、鈍く反射していた。シャンデリアは、獲物をじっと待ち構える巨大な黒蜘蛛《くろくも》のようだ。ニカは瞼を閉じ、先刻までの、見知らぬ牧草地や川の流れを眼下に飛翔する夢の続きに浸ろうと、しばらくは努めてみた。でも、ダメ、何かが邪魔して、遠くへは飛べない。いっそのこと起き上がって、気になる気配の正体を見届けてやろうと、思い始めた……。

開かれた厚地のカーテン越しに、サロンには街灯の光が微かに射し込んでいる。淡いその黄色が、古めかしい数々の家具の艶々《つやつや》しい上板に広がっている。クルミ材でできた姿見付きの箪笥と隣り合わせには、ルイ・フィリップ様式の書き物机。片隅に押しやられたガラス張りの食器棚には、年代物のカップ、銀器、ワイン用のカットグラスなどが、所せましと並び、どれも、長年手つかずのため、博物館の展示品も同然である。食器棚になかなか近寄れないのは、肘掛椅子が立ちはだかるからで、この手凭《てもた》れの上部には、猛々しく鬣《たてがみ》を振り乱した獅子が飾ってある。押し付け同居人のせいで、寝室から移された幅広のベッドの傍らに狭苦しげに立ち並ぶのが二台のナイトテーブル、それぞれに分離派《ゼツエッション》風デザインのシェード付きランプが置かれている。このサロンが一種の物置部屋と化したことは、四方の壁を見てもわかる。衣装箪笥に入りきれぬコート類がドアに掛かっているし、壁には金色の額に収めた油絵の数々がぎっしりだ。昼間の光のなかでなら、感嘆して見入ることができるはずだ——風景画の色合い、村娘の頭に被る真っ赤なスカーフ、鼻面に泡を吹く馬には騎兵隊長が騎乗し、軍帽には純白の帯が巻かれ、サーベルを振りかざし、今しも突撃の姿だ。フィリピンスキ教授の母親の肖像画では、レース編みの襟の繊細な模様目に目を奪われる。一方、肘掛椅子に寛ぎ、貴公子然とした白髪を見せる父君の姿は、美しい装幀の蔵書をバックに見事に描かれている。視学官だった彼は、「政権は転変するが、書物は永遠である」のことばを、生前、しきりに繰り返していた。寝台の枕元に掛かるつづれ織り《タペストリー》には、卵形の黒い額に入れられた古い家族写真が何枚も見える。なかの一枚は、ワイシャツの硬いカラーに蝶ネクタイのヤン・フィリピンスキ教授。父と肩を並べるかのように、そのすぐ隣に掛けられた写真は、息子アンジェイ少佐の軍服姿……。

夜の疲れた灰色の闇は、引き寄せられた白のカーテンから洩れる微かな光とまだ闘っている。黄ばんだその薄明かりは物の形を見分けるには不足だが、死んだように動かぬ空間のなかの動きなら、たとえ微かなものでも認められる。小柄な白い人影が、夜着を肩から羽織って泳ぐように部屋を通って行った。

ニカは、衣装箪笥の脇に跪《ひざまず》いた。視線を向けたのは、祖母ブシャのほうではなく、それとは反対側の、寝室からサロンに移された夫婦用ダブルベッドがあるあたりである。どくたびれた枕に、女性の頭がある。アンナだ。枕の上の栗色の髪が寝乱れている。

うやら、今、夢の川を泳ぎ渡ったところらしく、深い溜息を吐き、続けて、寝言のようなことばを呟いた――叫びとも、懇願とも響く大声で……。自分のその声で目が覚めたらしく、彼女は目を開け、実際にどこにいるかを確かめるように、暗がりのなかの家具の輪郭を見回した。家具の迷路を手探りで歩む寝巻き姿に気づいたのは、そのときである。アンジェイの母親その人だと、アンナにはわかったが、それが、中断された夢に出ていた人物か現実の人物か、どちらともつきかねるかのように、じっと目を動かさない。小柄なブシャがほとんど手探りで、部屋の片隅に押しやられた書き物机に辿り着くのが見える。ブシャには、居並ぶ家具の群れと共通する何かがあった。むしろ、彼女はその一部だ。家具が作られた時代に深く根を下ろしている。

ブシャは書き物机の小さな扉を開けようとしたが、鍵が掛かっていた。そのとき、彼女の口から、こんな呟きが洩れた。

「今日は来てくれたね、わたしのところへ……」

ブシャは、犯行現場を捕えられた盗人のように、さっと振り返った。絹の長いネグリジェを着、その上に肩甲骨の後ろに達する栗色の髪を垂らした女の姿を窓辺に認めたからである。アンナがベッドから起き出す物音も、窓際に近づく衣擦れの音も、彼女の耳に入らなかった。両手をだらりと腰まで垂らしたアンナがそこに立って、姑のほうに目を向けている。まるで、こんな時間に、どんな理由でこの場所でふたりが顔を合わせるのか、無言のうちに了解し合っているかのように。

わけもなくニカは、床につくような長い絹のネグリジェを着て、街灯の黄色い光に照らされた母は、まるで舞台女優みたいだと思う。舞台なんて知らないわたしが、そんな考えを起こすなんて、おかしい。そもそも観る機会なんてなかったじゃないの。戦争前はまだ幼くて、プシェムィシルのお城にあるフレドロ劇場に連れて行ってもらえなかった。戦争中は観劇など論外だった。ここクラクフでは、スウォヴァツキ劇場での戦後初の演《だ》し物が予告されたばかりだ。

ニカは跪き、自分をバリケードのようにサロンの他の部分から隔てている衣装簞笥で身体を支え、ふたりの様子を窺っていた。母と祖母は、昼間にもまったくの別人ならば、未だ語られたことのない秘密のようなものに満たされたこの晩にもまったくの別人だった。

ふたりは、しばらく、黙ったままでいた——互いに相手が、どうしてこの晩ここで顔を合わせることになったのかを、言い出すのを待っていた。いつものように大きく見開かれた、奇妙に眠たげなアンナの目は、実際に見える以上のことを察しているかのようだ。

「また眠れないの?」——ブシャは半ば囁《ささや》くような声でそう言いながら、同時に、ニカがその傍らで跪いているグダンスク製の大きな衣装簞笥のほうに目を向けた。姑の声はアンナに届かず、その視線も目に入らない。視線を前に向け、その目は、彼女にしか見られないものを見るばかりだ。言い淀んだ末に、アンナはきれぎれな物言いをした。今夜、彼女のもとに流れ着いた映像たちの断片を身体のなかから押し出すように。

「どこかの森があるの……若木の森で……あの人が……その木々の間を歩いてくるんです……」

「わたしも、あの子がいるのを感じましたよ」姑の声には、自分の見た夢に賛同者のあることへの喜びが感じられた――「わたしのところへも現れたの。どうやら、軍服でね」

「わたしに向かって歩いてきたの……」アンナはブシャでなくて、宙に向かって話している――「そのくせ、反対に遠ざかりもする……奇妙なの……近づいてくるのに……実は、遠のく……だんだんに小さくなって。そのうち、松の間に隠れた。やがて消えた。吹き飛ばされて、土中に埋もれてしまったかのように……」

住居の奥でドアが軋り、誰かの足音がする。スタヴォヴャク夫人が、トイレに行くところだろう。ニカは親指の爪を無意識に噛んだ。母も祖母も、物音に動転するのではないかしら、そしてこの不思議な会話を最後まで聞けずに終わってしまうのではないかしら。でも、ふたりとも、自分の思いで頭がいっぱいだった。

「今日という日に、なぜ、あの子がわたしたちのところへ来たのかしら？」――ブシャはアンナに歩み寄り、肩まで流れ落ちる髪に縁取られた、嫁の顔を覗き込もうとした。そしてニカは見た――祖母はさらにアンナに寄ると、まるでお墓の前で自分が失神して倒れてしまうのではないか、と不安にかられたかのように、母に抱きついた。

ニカは、衣装箪笥の背後からそっと移動し、肘掛椅子の陰にうずくまった。獅子頭の彫刻が手に感じられた。

「あの子の誕生日だもの、今日は」言い切ると、ブシャは壁に掛かる息子の写真へと近づいた。枝のようにか細い手で、卵形の黒枠を、あたかも生きた身体に触れるような手つきで撫でた。それから、目をアンナに向けた――「生まれたのが、この時間でしたよ。ちょうど、鳥が鳴き声をあげはじめた……」

折から、窓のそとで鳩が喉を鳴らしたので、ニカは、胸が詰まるように感じた。アンナは、まだ夢の続きを待ち受けるかのように、ぼんやりと立っていた。ブシャは、書き物机の引き出しを引き、大封筒ほどもある革製の書類綴《と》じを取り出した。

それは金色の留め金付きで、四隅が擦れていた。

「灯り、点けて」――ブシャは、小声で嫁に言った。まだ夢の続きを待つアンナは、じっと立ちつくしていた。ニカはずっと跪いたままで、祖母の手が、封筒からセロファンにくるんだ書類のような物を引き出すのを見ていた。祖母はアンナを見、それから、ヴェロニカの寝床の手前の衣装箪笥に目を投げてから、灯りを点けてと小さな声で嫁に頼んだ。

「要りませんよ」――聞き分けのない子に話しかけるようなアンナの穏やかな声が、それに応えた。

「最後の手紙を読みたいのよ」

「暗記しています」

　さきほどブシャが凝視していた写真の前に、今度はアンナが立った。自分の存在を母親に悟られるのではないかと、肘掛椅子の後ろのニカは縮こまったが、アンナの目には、今日の夢の残像しか見えていなかった。その目で、薄暗がりに透かして見つめるのは、少佐の軍服を着用した夫の写真だ。優しげながら、きりっとしたその目元は、いつもと変わらなかった。今にも笑いかけそうな目元の小皺《こじわ》に、頑丈そうな顎の硬さが和らげられる。夢遊病者めく視線を、街灯に明らむ窓へ向け、アンナが突然口を開いた――詩か回想記を暗誦しているかのようだ。

「スモレンスク州　私書箱十二号　コジェルスク　一九三九年十二月十五日。最愛なるアンナとヴェロニカ。わたしは抑留の身だ。体調はほぼ良好。全員で励まし合っている……」

　肘掛椅子から後退して、衣装箪笥のバリケードの陰へニカは隠れ、連禱のような響きのある母の声に聞き入りながら、かろうじて生唾を呑み込んだ。

「連日連夜、君に焦がれている。過去の暮らしのなかで、君に言えなかったすべての愛のことばを、ぼくは、ここに繰り返して言う……」

ブシャは、ひと句切りごとに大きく頷く。アンナは、窓の向こうの光を見つめつつ、先を続けた――後にも先にも、ただ一通しかない手紙の文面が、そこから流れ込むかのように……。

「ニカが、今では、君の支えとなっているように、ぼくは願っている。あの子の扁桃腺は、すっかり恢復《かいふく》したかな。戦争が終わったら、みんなでアイスクリームを食べに行こう……」

ニカは、不意に込み上げてきた嗚咽《おえつ》を抑えるように、片手で口を押さえた。

窓辺に立ちすくむアンナは、フィナーレの場面に立つ女優のようだった。胸元で両手を組み合わせていた。

ブシャはその姿から目を離さず、声にこそ出さないが、記憶した文面を口に唱えた。喉を詰まらせながらアンナが読み上げることばに、いちいち頷いた。

「夜ごと、夢でみんなに会うんだ……どうか、みんなも、ぼくの夢を見てほしい――現実に会えるその日までは……そのときは、きっと来る。どこにいようとも、ぼくは、いつもみんなと一緒だ。アンナ、もっとたくさん便りをください。ぼくらには、月に一通だけ手紙発送が許可されている……」

「こちらからの手紙は、三通も戻ってきたよね」――ブシャが、言った。この手紙を読むたび、必ず口にする文句で、それが出て、初めて、儀式は終了すると言わんばかりに……。

寝床に戻ったニカは、身体を丸めて、なんども聞いた母の嘆きを耳にした。

「ロシア語で、『名宛人不在』と書かれていた……それだけ？　その後、彼に何があったの?!」

問いかけというより、どうせ答えが返ってくるあてのない人に向けられた、悲痛な恨みだ。

「神はお許しになりませんよ、わたしたちが希望を喪《うしな》ったりしたら」

ブシャは再びアンナの脇に立ち、彼女を抱き締めた。ふたりは、反射的に窓のほうへ目を向けた。その向こうに、遅ればせの朝がきている。

「神さまは、自分が何をお創りになられたかを、わたしたちから知られるのです」

アンナのそのことばは、ブシャに届かぬようだった。聞こえないのか、それとも聞きたくないのか？

「誕生日に、あの子はわたしたちのところへ来てくれたのね」ブシャは、間違いないという確信のこもる言い方をした――「これは、きっと生きている証拠よ。タジキスタンでアンジェイを見かけたって話もあるし……」

コジェルスクからの手紙は、大切な記念品のようにブシャの手にあった。アンナはその手から手紙を取り戻すと、封筒に収め、書き物机に入れ、鍵を掛けた。

ニカは、その鍵の回される音を聞いた。彼女は、目を見開いたまま横になっていた。厚いカーテンを通して、くすんだ朝の光が射し込んだ。窓の外の鳩たちの喉声《のどごえ》が無遠慮さを増した。ニカは横になったまま、別のことを考える――さっきまでの、父との夜の面会に、どうして、わたしが招かれなかったのかしら。辛い目に遭わせたくなかったから？　そうじゃなくて、ろくに父の憶えがないと思って、仲間はずれにした？　まるで共通の思い出を持つ権利を奪われたように感じた。そんなことない。憶えてることなら、わたしにもあるのに……。ニカだけが忘れないような、懐かしい父との思い出はあった。なぜなら、彼女と父だけが、ひとつの同じ場所、ひとつの時間にいたのだから。例えば、これこそは世の終わりと、確信したときがそうだった。それにしても、奇妙な世の終わりだった――それは、六月の暑い日の午後のこと……。

ニカは目を閉じ、押し潰されそうな恐怖心から、ただもう、泣き喚く寸前だった自分を思い出した。暑気に動きを止めた森が、眼前に浮かぶ。太陽に灼かれた木々は、喉がいがらっぽくなるほど濃厚な松脂の匂いを発していた。ニカは、窪地を駆け抜けていた。シダの茂る場所を突っ切り、奇妙にぽっかり空いた林間の空き地をすぎた。初めのうちは大声で助けを求めていたが、次にはベソをかき始めてしまった――辺りには森が広がるばかり、みんなで乗ってきた馬車（仔馬のイリスが車体に描かれている）を探そうにも、だいいち、幼稚園の遠足のお友だちを見つけようにも、皆目見当がつかない。「この空き地から遠くへ行ってはいけませんよ」――保育士のヴァンダ先生から、そう注意があった。なのに、その禁を破ってしまった。ひらひらと飛ぶ蝶に出遇い、それがあまり美しく、色鮮やかだったので、追いかけたくなった。違うの、捕まえたかったのではないの、蝶々さんのおうちがどこにあるのか、見届けたかったの。蝶の住みかはどこなのか、元々、気になっていた。あっちへこっちへと舞い飛ぶ蝶を追いかける途中、その羽ばたきの真似をしながら駆けて行ったら、黒い木苺の生《な》る灌木に行き当たり、罠《わな》に落ちてしまったような感じがした。辺りは静まり返り、六月の陽光溢れる森は、すっかり動きを止めた。膝小僧に引っ掻き傷ができている。ニカは、生まれて初めて、全世界と一対一で向き合った。元の場所へ帰りたかったが、道が見つからなかった。初めは大声で叫んでみた。それから、前のほうに闇雲に走り出した。途中でしゃがみ込み、サンダル靴の乾いた砂を払い落とした。さらに駆けると、高い柵が立ちはだかった。堆《うずたか》く積まれた鉄道用の枕木だった。ヤニ臭いテレピン油の匂いがした。そのとき、森を支配していた恐ろしいほどの静寂が不意に弾けた。廃材の古い枕木を積み上げた向こうから、恐ろしげな唸り声、長々とした嘆き声、多声合唱のような絶望の叫びが、聞こえてきたのだ。この世の終わりがきたのか？　まるで未知のものに触られたかのような感覚だった。まったく別の世界がある、それがあることすら知らない世界、あるいは、絶対に知ってはならない世界がここにある、という感覚。暑熱に灼けた麝香草《じゃこうそう》の香りに満ちたこの晴天の光のなかに、恐ろしい夜がぽっかり口を開けているような感覚。ニカは柵の下に身を屈め、死んだも同然、ほとんど息も止め、不気味な音声にじっと耳を澄ました。最後の審判がもう始まったのかしら？　その審判について聞かせてくれたのは、家政婦のフランチシュカだった。言いつけを守らない悪い子や、少佐閣下の物置から古い鞍《くら》を失敬したいたずら者はひとり残らず、最後の審判で弁明を命じられ、泣こうが喚こうが、きっと地獄の苦しみにあう……。今、まさに泣き喚く声が、高まったり低くなったりしている。まるで、その壁の向こうに指揮者がいるかのようだ。酷暑なのに、全身に悪寒《おかん》が走った。独りぼっち、誰からも忘れられた。言われるとおりにしなかった罰《ばち》、遠足のみんなのそばから、勝手に離れたのはわたしの罪。つい昨日も、フランチシュカがストーブから下ろして注いでくれたおやつのココアを、カップから流した。牛乳の薄い膜はニカの苦手なので、こっそりそこだけを流しにこぼしたのだ。ママには、全部飲んだとウソを吐《つ》いた。あのウソのお咎《とが》めで、最後の審判に立たされる。でも、誰ひとり味方に付いてはくれないだろう、牛乳の薄膜が大嫌いだなんて、その気持ちをわかってくれる人はいない……。

どれだけの時間、うずくまっていたか、ベソをかいたか。そのうちにこの暑さのなかで寝込んでしまった。不意に顔をぺろりと舐められて、見たら、それはポインター犬アゾルの仕業で、幸いパパの顔もあった。パパは、手を繋いでくれた。この世の終わりの危険はないと、ニカは感じた。それでも、柵の向こうからは、まだ泣き上げるような哀調が聞こえていた。ニカは身震いした。すると、優しく宥《なだ》めるような声でパパが言った。「泣くのはおよし、ニカちゃん。よその人のことを、怖がることはないんだからね。あの声はお化けじゃない。向こうにユダヤ人墓地があってね、お葬式には泣き女を雇う。遠い旅に出た人を悼んで涙を流すのは、当然のことなのさ」

二度寝から覚めたとき、ブシャはエプロンを着けて立ち働き、アンナは独り寝のダブルベッドの寝具を整えていた。わたしの場所は、どうして無いのかしら。大箪笥の陰に、自分の寝床を広げなければならないなんてなぜなの。アンナは、自分の横にニカは寝させない、その場所は夫アンジェイ以外の誰にも占めさせない、と自らに言い聞かせようとしているのかしら？　娘ですら？

寝場所の片付けをすませ、教科書をカバンに入れてから、ニカは、口に出してこう言ってみた――「夜中に夢を見たらしいわ、人の声がして、誰かが来ていたような」母も、ブシャも、それには取り合わなかった。とすると、本当に全部夢だったのかしら？

4

通学カバンを片手に提げたニカがサロンに飛び込むなり、生まれて初めての経験を世界に宣言しようとするような口調で、問いを投げかけた。

「お芝居には、何を着て行ったらいいかしら?!」

「劇場へ行くって?!」――アンナは、眠たげな目で娘を上から下まで見た。彼女は、ちょうど書き物机にワックスをかけ、磨き上げている最中だった。一家の宝物の一切を収めて、鍵がかけられているあの机だ。それを引き取りに、間もなくヒンツさんが来てくれる。見立てたうえで、買値を告げる段取りなのだ。この人なら信用がおけた。十二月にニカが肺炎に罹《かか》って、一家には暖房用の石炭を買う金もなかったとき、ビーダーマイヤー風の肘掛椅子二脚を、このヒンツさんが相当に高く買い取ってくれた。そのアンナには、「国語担当のフリードリホヴァ先生から、高校一年全員が、今晩ジェロムスキの喜劇『鶉《うずら》が私から逃げた』（ステファン・ジェロムスキ（一八六四－一九二五）は小説、論説、戯曲を執筆した大作家。『鶉が私から逃げた』は最晩年の作）の初日に行くことになった」というニカが伝える話も、耳に入らないようだった。

「全員の入場券が取れたのよ！」――マフラー、手袋、ハーフコートとニカは次々に脱ぎ捨て、いつもの癖で、床にほったらかしにした。それがすむと、鏡の前に行く。よくよく姿見で確かめて、今夜の観劇に着て行くものを決めようというわけだ。

「まだ戦争も終わらないのに、劇場へ出かけるの？」

アンナは肩を竦《すく》めたが、書き物机の上に身は屈めたままで、天板にはぁはぁと息を吹きかけては、すぐさま布で帯状に伸びた呼気の跡を拭きとる作業を続ける。もしかしたら、ヒンツさんは、長年ピウスツキ（一九一八年の独立後の臨時国家元首（一八六七－一九三五））の小さな像を立ててあった場所にできたこの瑕《きず》に、気づかないかもしれない。

アンナのことばは、ニカの膨らんでいた期待に針を刺し、風船玉がにわかに萎《しぼ》んだ。何もかもが常態に復しつつあること、芝居にまで行けること、それを思って母も喜ぶだろう、と思っていた。ドイツ占領下では、劇場は閉鎖されていたのだし。母は自分の殻に閉じこもったまま、そこから出る気が毛頭ないのだ、とニカは見抜く。自分が十八歳だったころにどこかの芝居の初演に出かけた記憶を、一瞬でも、思い出そうとはしない。なんとか母の目を覚まして、凝結した過去の時代から今日または明日がもたらすことのほうに、連れ出してやりたい。この家の現在は過去なのだ。万事が回想ばかり。クラクフ特別作戦の犠牲者になった祖父ヤンの思い出。生きているようでいて生きていない父の思い出。たしかに、一九四三年の「クラクフ報知」に、カティン犠牲者として父の名前が報じられたが、名前が違っていた。階級の少佐はそのままだが、フィリピンスキの代わりにフィリプスキとあった。それ以来、地下秘密教育を運営する教会のシスターたちの目からすれば、ニカは、父親なしの半孤児扱いとなった。彼女はよく考え込んだものだ——だからといって、彼女は誰も喪わなかった級友たちとどれほど違うというのだろう？　わたしのほうが幸福なの、それとも不幸なの？　ともかく、同じ年齢の級友たちより、経験の点で年長であるような気はしていた。半孤児扱いされるわたしの運命には、死の刻印が押されてしまったのかしら？　それによってわたしの人生は別の河床を流れていくことになるの？　わたしの青春時代は、ずっと死の影に付きまとわれるの？そもそも、青春時代っていつ終わりが来るのかしら？　カティンの死者のリストが公表されたとき、わたしは十五歳だった。死の影が射したのは、あのとき？　でも、ブシャも母のアンナも、父アンジェイとの再会の望みが明日にも実現するはずだと思いつつ日を送り、四六時中戦前の思い出に耽《ふけ》っている。ブシャは亡夫の魂のためにお祈りを捧げるたびごと、自分の信じ切っていることを告げては夫を慰める——息子は、達者ですよ、人がロシア奥地で見かけたそうだから、必ず、軍と一緒に帰還しますよ……。

「もしも、信じることができなくなったら？」——ニカは、そう訊ねてみたことがある。前年のクリスマス・イヴ、迷える旅人のために空のお皿を余分に一枚据えながら。そのとき、母の見返した目付きを、彼女は忘れないだろう。

「何も変わりませんよ」そう言うアンナの声には、誓いを立てるような断乎たる響きがあった——「亡くなった人たちを、葬らないままで生きることはできませんからね。今に、あんたにもわかるときが来るはずよ――生きている人たちの一時的な不在に慣れることはできます。でもね、亡くなった人は、永久に不在なの」

それならば、父は生きているのか、死んでいるのか。待たれているのか、悼まれているのか。三人の女――ブシャ、アンナ、ニカはお互いを嘘で欺いていたのか、それとも支え合ってきたのか？　そんなことを考え込むたび、ニカは奇妙な不安にとりつかれるのだった――通りで出遭ったら、お父さまとわかるかしら。それにつけても、存在しない者たちが避けようもなくそこに存在していることに、押しつぶされそうに感じることもあった。今は、今日の劇場行きの喜びに正当性を与えるようなことを、口に出したかった――お母さんだって、若いころ、同じような初体験があったでしょう、とか……。それを言い出すには至らずに、終わった。ドア口にブシャが立ち、取り返しのつかない不祥事を告げるような、沈鬱な声でこう言ったからである――「ヒンツさんがお見えだよ」

サロンに踏み込んだ男は、ハンチングを手に握っていた。テカテカ光る窮屈そうなジャケット姿が、紐に巻かれたソーセージを思わせる。乱雑に積まれた家具の角々を小器用に擦り抜け、部屋の隅まで来ると、男はアンナの右手を気さくに取り上げ、その甲に挨拶の接吻をし、その間も、書き物机の状態を目で調べていた。その態度には、各種の品物をお払い物に出してくれる所有者に対する尊敬の念の欠片《かけら》もあるにはあったが、同時に、あまり甘い顔は見せぬが良かろうという意識もあった。連中、売り渡すよりほかに手がないわけだからな……。

机を方々叩きながら、ヒンツは、値段と引き取りの日を言った。ニカは姿見の前に立ち、つくづくと自分自身を眺めた。髪の毛は母親譲りだが、今にも笑いかけてきそうな、この灰色の目は父親からだ。ニカは横に目をやり、卵形の額に掛かる傍らのアンジェイの写真を見た。突然彼女は、父の瞼が彼女にだけわかるウィンクをしたような気がした――今日は、ぼくのニカちゃんが初めて芝居の初日に出かけるそうだね、父さんも嬉しいよ、と言っているようだ……。

その後、鏡の前では、さまざまなことが演じられた。人さまからはどう見えるか、それを意識させてくれるのが鏡だった。笑われるのはイヤだし、シンデレラに見られるのもイヤ。こんなビロードのワンピースじゃみっともないし、背中を見せる刺繍《ししゆう》付きのデコルテも似合わない、腰回りに飾り帯なんて最低よ……。

「わたし、大嫌いよ、ぐちゃぐちゃのソファみたいな恰好なんか」――ニカの決然たる宣言が下った。ブシャとアンナは、目を見交わした――いつもの反抗が始まった、いつもながら言い出したら聞こうとしない。

「でもね、ニカ」祖母の片手が、彼女の肩甲骨を撫でさすっていた――「お母さんはね、お祖父ちゃんの盛大なお祝いの日にこれを着ていって、大評判だったんだから」

「芝居の初日にもこれを着ていったわ。主演がオステルヴァ（ユリウシュ・オステルヴァ（一八八五－一九四七）は、戦間期の名男優・名演出家）でね」アンナが、補足した――「三九年の復活祭の休日でしたよ」

その夕べのことなら、ニカにも憶えがある。父は私服だった。スウォヴァツキ劇場まで数百歩の近さなのに、雨だったので、使用人が辻馬車を呼びに走ったっけ。あのときは劇場に車で乗りつける母がとても羨ましかったけど、今は、お母さんのほうがやきもちを焼いてるみたいね。娘が、生まれて初めての芝居見物だというのに、お母さんはそんなことより過ぎ去ったこと、芝居の初日に夫婦同伴したその日に着ていたのが、このビロードの服だったことのほうが、ずっと大切なんだわ。いっそのこと、普段着のブラウスに、染め直しのベッドカバー地のスカートで行くほうがましだけど、そしたら、ブシャから脅かすような声で言われそうだ――劇場ってところは、晴れの場なんだからね。近ごろじゃ、下司《げす》どもが幅を利かしているけれど、知識階級のわたしたちは、ちゃんと決まりを守らなくちゃだめ。水着を着て、よそさまの家にお邪魔する人などいないし、腰のすぐ上まで背中の空いたデコルテで、教会に行きゃしないでしょ……。

ニカは、レモンをすっぽりと食べたような顔で、姿見に映る自分を見ていた。話題のビロードのドレスは、彼女には少しだぶだぶだが、母は引き下がろうとしなかった。

「それで立派ですよ。あと、腰に飾り帯さえ締めれば」

一瞬アンナは、鏡に映るわが子の姿に、同じドレスを着ていた自分自身を凝然として見つめていた。いつもの癖で、アンナは、薬指に嵌《は》めた結婚指輪をくるくると回していた。しばらくすると彼女は、古い衣装簞笥のほうに向かった。こうしてもっぱら過去にばかり目を向けているので、彼女は、今いるこの場所と時代に間違って迷い込んだ人のような印象を与えた。カティン事件の報道を耳にして以来、身に装《よそお》うものは地味な色のものばかり。まるで、自分は女性だが、その事実を忘れてしまいたい、と世間に知らせようとするかのようだった。アンナの動きはどこか夢遊病者めいていて、何かするときも途中で止まってしまう。今から何をするつもりなのか、自分に言い聞かせないことには、何もできないかのようだった。フィレルさんの写真工房で写真修整の仕事をしている間でさえも、手直し中の写真の上で、手にした細筆が、宙に止まることがある。一秒か、二秒か、間を置いた後、まるで水面に浮かび上がった海女《あま》のように深々と息を吸い込み、それから現在へと立ち戻る……。

ニカは、鏡の前で回転を繰り返していた。木綿のストッキングを穿いた脚が、ビロードのドレスの裾から突き出ていた。ダメ、やっぱり、普段のブラウスとスカートのほうが、ずっといい。でもブシャが反対する——買い物市場に行く装《なり》で、劇場へ行くなんてとんでもない。そのひどい靴から注意を逸らさせるようなものを、すぐに探してあげるよ。ブシャは小刻みに足を運び、やがて、見たところブシャその人と同じくらい繊細に作られた、銀製のカメオを持ってきた。孫娘の首にそれを掛けようと爪先立ったとき、老女のかすかに酸っぱい息が、ニカの鼻孔を打った。ブシャは、種々の薬草を煎じたものやら、シトー派修道会のブラザーたちから頒けてもらう、蜂蜜を混ぜたお湯などを飲むことで健康を保ち、息子の帰宅を待つことで生命を保っている。今も、孫娘を見ているうちに、いつの間にかアンジェイの目で見ていた。

「アンジェイに見せたら、あんたのことをアンナと思い違うだろうね。うちの子が見初めたころ……」それから、嫁のほうに向き直って言った――「ニカと同じ年だったね」

「違いますよ」アンナは、深い眠りから覚めたように、瞬《まばた》きしながら言う――「わたしのほうが一つ上。結婚の承諾がもらえるまで、待たされたわ」

「結婚式のとき」ブシャは、姿見のニカから目を離さなかった――「ミサの後、サーベルを交互に交わした下を通り抜けましたね」

「そういえば、あの写真、どこかしら」アンナは首を捻《ひね》り、指輪を回していた――「たぶん、プシェムィシルに置きっぱなしね」

今回が初めてではなかったが、ニカは感じた――過去がこの家の全権を掌握しつくす前に、彼女の現在の問題が唯一の障害として立ち塞がっているということね。

現在は重要ではない、過去だけ。このビロードのドレスでさえ、過去の象徴なのだ。

考えてみれば、お芝居に出かけるのはわたしだろうか、それとも、その昔母が芝居見物に着たドレスが出かけるのだろうか？　ニカは、不意に何かに刺されるような痛みを感じ、鏡に映るブシャとアンナを見た。ふたりは、重い編み上げ靴を履き、ビロードのドレスをまとい、お祖母ちゃんの持ち物の流行遅れのカメオを首に垂らしたニカの晴れ姿を見ていた。このブローチって、軍隊の鑑識標みたいね。もしも、過去が現在を掻き消してしまうものならば、このわたしは、どの時代を生きればいいのだろう？　日常を享受する権利は、十八歳を迎えるわたしの傍らを行使されないままに通りすぎてしまうのだろうか？

「ヤン・フィリピンスキ教授」という黒ずんだ真鍮の表札が掲げられた玄関扉を閉めて、彼女は階段を駆け降りて行った。階段の塗り壁が、ところどころモルタルと一緒に剝げ落ちていた。ニカは踊り場で立ち止まると、カメオの鎖を一気に首からもぎ取って、ハーフコートのポケットに突っ込んだ。もうすぐだわ、生まれて初めての観劇が待っている……。

アンナは窓から覗き、道路を横切って行く娘を見下ろしていた。ニカの姿が視界から消えると、四月の夕方の半暗がりのなかを、家具が詰め込まれたサロンを突っ切って、大きな姿見の付いた衣装簞笥に歩み寄った。戸を開き、吊り下がった服の間から、軍服の袖だけを引き出した。肩章には、一条の線にふたつの星が光っていた。水に飛び込む前のように深く息を吸ってから、アンナは片頰を軍服に寄せた。染み込んだ「エジプト」タバコの香りが、もう薄れながらも匂った……。

5

突然の豪雨のように、拍手が沸き起こった。緞帳《どんちょう》が上がり、役者たちがお辞儀をした。主役を演じた女優が舞台前方に歩み寄ると、観客は一斉に起立し、喝采の音は嵐に変わった。ブラヴォの声が、彼女に集中した——オステルヴァなどの名優も出演していたのだが。彼女こそ、クラクフ市民のお気に入りなのだった。観客はいったい何年の歳月を待ち続けたことか——また彼女の舞台が観たいと……。この役を演ずるにはいくらか老けすぎていたかもしれないが、そんなことは重要ではない。戦前は、人気の的だったこの女優目当てに、群れなす人々が劇場に通ったのだから。今も、演じられた役柄に向けて拍手しているのではない。この人気女優を通して、戦争前のあの時代を迎えているのだ。良きことはまた戻ってくるかもしれないという希望を、この女優が与えてくれるのだ……。

名女優は低く頭を下げた。すると丸く結いあげた髪がばらりと解けて、ほとんど舞台の床に触れんばかりに垂れた。

「あの人の髪って鬘《かつら》かしら、それとも地毛なの?」——劇場から一歩出るなり、ニカは詮索《せんさく》しはじめた。家に戻ったら、この女優がどんな様子だったか、今晩にもその話をしなければならないだろう。お母さんは、女優を戦争前に観ていた。今わたしが着ているこのビロードのドレスを着て、なんのお芝居かは知らないけど……。

「どうして、あんな小麦色の髪をしているのかしらね」頰骨の高い級友バルバラの顔に、ニカの発した疑問について大まじめに考え込む様子が見えた——「たぶん、染めたのよ」

ふたりは、湿っぽい夜風に吹かれて、劇場の入口の前に立っていた。街灯がぼんやりとかすみ、黄色く灯っていた。そこへ、若い男が近づいてきた。半ブーツを履き、ジャンパーを着て、道に迷った田舎者といった風情で、スウォヴァツキ劇場はどこか知らないか、と訊ねた。ニカは背後の入口を指さしたが、その瞬間に理解していた——この人、ふざけているんだわ、ちょっかい出したかっただけよ。その証拠に、次の質問は、こんなものだった——「クラクフの女の子は、みんな、君たちみたいな美人なの?」

「あいにく、あなたみたいな間抜けじゃないの」ニカは、苛立った猫のようにぶっきらぼうに答えたが、青年はいささかも意に介せず、重ねて問いかけた——「今度、君とどこで会える?」

「闇の夜に、地下で、黄昏どきにね」バルバラはぶっきらぼうに答え、くすっと笑った
——「そうすれば、ニカのこと、見分けがつかないでしょ」

そのとたん、若い男は人差し指をニカの頬のほうに伸ばし、目の下のホクロを指した。

「これで見分けがつく。運命《キスメット》さ（kismetはトルコ語で「運命（アッラー神の御意）」の意味。『千一夜物語』を素材にエドワード・ノブロックが舞台劇『キスメット』を書いた。一九二〇・三〇・四四年と三回映画化されて、この語自体がある種の流行語になった）」

級友同士は噴き出して笑いこけ、手を繋ぐと、急ぎ足でその場から立ち去った。

家に戻ったニカは、お芝居のこと、大女優のことを話題にした。ただし、ジャンパー姿の男の子のことは、おくびにも出さずにおいた。それでいて、衣装簞笥の陰の寝床に就いた後、思い出したのは、ちょっかいを出されたことや、「クラクフの女の子は、みんな、君たちみたいな美人なの？」という質問だった。これもまた、彼女には初めての経験だった……。

6

ユルがクラクフに着いたのは、その日の午後、まだ早い時刻だった。身分証明書はひとそろい持っていたものの、目敏く民警のパトロールを見つけたから、駅では線路の反対側に降りた。ラコヴィッキ墓地まで路面電車に乗った。しばらく徒歩で行き、モルタ

ル仕上げ塗りのない住宅に着いた。叔母のミハリナの住まいだ。ドアを開けたのは、見知らぬ女だった。女は、ユルの身なりを、じろりと見た——リュックサック、半ブーツ、汚れたジャンパー、腰まで垂れた肩カバン。なかに入れてもらえなかった。リュックサックと肩カバンだけは置かせてくれた。あなたが親戚ならば、ミハリナがスウォヴァツキ劇場に勤めていることぐらい、ご存じよね？　ええ、知っています、鬘師《かつらし》と衣装係を兼ねています。

叔母は、初日が開くので上を下への騒ぎの劇場にいた。叔母は、ユルの訪問に驚いた。しかも、置いてほしいと言う。「うちには、亭主の身内の女が暮らしている。ワルシャワ蜂起の後、ずっと匿《かくま》っている。やはり、あんたも、政府の目を盗む事情があるのかい？」「違います」ユルは否定した——「こそこそ隠れたりなんかしない。まともに生きたいんだ。大学に進学したいんだ。叔母さんのところには、犬小屋ほどの場所ならあるでしょう？」

鮃《ひらめ》のようなのっぺり顔で猫背のミハリナ叔母が、劇場の前で待つように言った。初日が終わったら、一緒にうちへ帰りましょう。

そこで、劇場から出てくる観客のなかにあのふたりの少女を見かけたのだった。「クラクフの女の子は、みんな、君たちみたいな美人なの」なんて、聞いてしまったけど、彼が思っていたのは、左の目の下にホクロのある少女のほうだった……。

7

　昨日、一昨日に比べると、空気はいちだんと軽やかだった。五月が我が物顔に支配していた――環状通り《プランティ》でも、ヴァヴェル旧王宮前の緑地でも……。辻馬車の溜まり場では、雀の群れが馬の腹の下を跳ね回り、馬糞を啄《ついば》みながら、春を告げる囀《さえず》りに忙しかった。

　ニカは、マリア・マグダレナ広場で足を止め、ピョトル・スカルガ像の腕や頭にとまる場所を見つけようと相争う鳩たちに見入りながら、微笑を浮かべた。銅像の人物は、通りを蟻の列のように押し合いへし合いしながら行進する灰褐色の群衆を、威張ったように高みから見物していた。誰もがわれ先に急ぐ様は、何かを追いかけるか、それとも、何かを恐れて逃げ出すかのようだった。誰もが、包みや、リュックサックや、布包みを手に運ぶところは、まるで、急に引っ越しを迫られて手当たり次第に、なんでも持ち出したかのようだった。春の季節は、彼らには無縁に、その傍らを素通りしてしまった。人々は歩道でぶつかりながら、ひたすら前に進んでいった。彼らの目は靴のほうを見ていたが、同時に、誰ひとり道を譲ろうとしなかった。せっかく戦争を生き延びたんだ、何があろうと、誰が来ようとへこたれて堪《たま》るか……。

　それは突然起こった。ニカは、中央広場に来ていた。グロツカ通りに、天蓋をはずしたトラックZIS（スターリン名称工場）が一台走り寄り、運転する女性の上にはスターリンの肖像。荷台に座るソ連兵たちが、自動小銃PPSh（シュパギン式短機関銃）を空に向けて、繰り返し発砲した。

群衆は一瞬動きを止め、それから大慌てで四散した。ニカの足もとから、羽ばたき強く鳩の群れが飛び上がり、叫び声が広がり、周囲の人々も隠れる場所を探すかのように走って逃げた。でも、なぜ抱き合っている人がいるのだろう？　絶望の身振りなのか、それとも歓喜の身振りなのか？　あの鐘の音はどこから？

ニカは聖マリア教会まで来て、四方を見回した。フロリャンスカ通りを抜けて中央広場へと、ソ連兵を乗せたジープが一台、全速で飛ばしてくる。中空に向けられたPPShが目に入った。発射された弾丸の薬莢が舗石《ほせき》にばらばらと散るのを見ていた。トウモロコシの粒のような金色だった。ニカは、人々が叫んでいることを聴き取ろうとするが、この混乱のなかで、ことばは風に吹き飛ばされる紙吹雪のようなものだった。脇に立つひとりの民警が肩からライフル銃を外して、織物会館《スキエンニツェ》の上空に向けて撃ち始めた。一発撃つごとに弾を込める。人々は数人ずつの固まりとなって腕を振り回していた。ニカは広場の真ん中に立ち尽くし、高校一年生の教科書が詰まったカバンの重さを手に感じていた。

そのとき、聖マリア教会の鐘が鳴りだした。初めはおずおずと弱々しく鳴っていたが、やがてその音は長く伸びて広場一帯に広がり、道という道に流れ込んだ。

群衆の叫び声、狂ったような発砲音、恐れて飛び立つ鳩の羽音——それらすべてを圧倒する鐘の響きだった。ニカの周囲に起こるすべて、それは、戦争の終結を告げる交響曲だった。そのとき、誰か若い男がニカに近づき、ニカの手を取ってくるくると踊り狂った。両肩に置かれた頑丈な手を感じるうちに、何もかもが回り出し、ニカは目を回し、通学カバンを取り落とした。カバンを拾い上げようと跪いたが、男のほうが、一瞬素早く摑み取った。ふたりの顔が近づいたそのとき、ニカは抱き寄せられ、まともに唇に接吻された。彼女は男を突き放し、カバンを取り戻しにかかった。ニカは、面と向かってどなりつけようとした——何するのよ、この不良、変な真似許さないから。だが、遅かった。相手は、ちょっと図々しげな、多少照れくさそうな笑みを浮かべた。

「戦争終結だ!」そういうユルは、心底感動している——「今日から、みんな一緒だ、何もかも自由だ!」

その目の輝きを、ニカは見逃さなかった。ユルは彼女を指さし、たった今、自分の運命を見つけたかのように言った。

「大当たり《ムイシユカ》! あなたでした! ほら、劇場前で会ったぼくさ」ユルは、ニカの左頰のホクロに指で狙いを付けた。それから、なお鳴り響く鐘の低音に負けまいと声を張り上げて言った——「いつか、占いの女に見せたら、おれのこと、二十日鼠《ムイシユカ》にご注意だとさ。

ポピェル王（伝説の王。グニェズノの大公だったが、悪政を布き、そのため首都追放の悲運を見るが、やがて一匹の二十日鼠に食い殺される）になる運勢だって」

ユルは、歯を見せて笑った。まだ何か言い出しそうにしていたが、そのとき、寺院の鐘に被せて、馬蹄が響いた。両人を目がけて、辻馬車がまっすぐに走ってくる。乗るのは、酔っぱらったふたりのソ連兵だ。自動小銃を上に向けて、連射していた。ニカは、思わず身を低めた。そのとき、ユルは彼女をちらと見ると、元パルチザン兵だった男の滑稽な優越感をこめて言い放った。

「どうやら、お嬢さんは、銃撃の的にならずにすんだらしい。幻を恐れるのがいちばんよくない！」

ニカはひったくるようにカバンを奪い返し、駆け足でシュピタルナ通りの方角を目指した。鐘の音はいよいよ高鳴り、彼女を地面に押し付けんばかりだった。

8

針のように細い筆は、インクの小瓶に沈んだ。アンナは拡大鏡を目に当て、古写真の上で身を傾けた。彼女は書き物机の上に背を丸める。机にはビニール天板を保護するための包装紙が敷かれ、その上に、茶色くなった古い写真が置かれている。軍服のホックと固めた顎鬚《あごひげ》が特徴的な男のぼんやりした横顔は、初めは拡大鏡のなかでぼやけていたが、アンナがいっそう身体を前に屈めると、焦点がぴたりと合い、肩章に並ぶ四つ星までくっきりした。細い筆先は、最初、大尉の目の上でためらっていた。ほんの三度その筆先が触れると、左の目は生き生きと甦った。アンナはまた筆先を軽くインクに浸し、まず両方の眉に次には右目に取りかかる。すると、大尉は見知った人を見るような目付きでアンナを見るようになった。初めは他人と思われた顔が、修整の筆の進むに連れ親しい知人のようになっていった。あまりよく知らない人と親交を結ぶようなものだった。写真館の経営者フィレル氏は、修整する写真を渡す際、写されている人物について、必ずしも情報を与えてくれるわけではなかった。そこで、アンナは、頭のなかで勝手に命名するのだった——「脂もの好きな大尉さん」とか「飢えた目付きの独身中尉」とか……。

拡大レンズを通して、こうして、もう何人と付き合ってきたことだろう！　一度ならず、アンナはこの人たちの運命を身近に知ることができた。修整を頼みにくる女性が、進んで話すこともあるからだ——その生涯やら、軍服の男と女性を結びつけた愛情をめぐる打ち明け話を。店に持ち込まれる写真は、大抵が、軍関係だった。

大尉の襟元の階級章に修整の筆が終わったところで、窓外から鐘の音が大きく響いてきた。警報かしら、お祝いかしら。書き物机の天板が汚れぬように気遣いながらそっと小筆を置き、アンナは立ち上がり、窓を開けた。家具がいっぱいに並べられたサロンに、鐘の音と共に、五月の暖かな外気が入り込んだ。アンナは窓敷居に凭《もた》れ、眩しさに目を細めて、栗色の長い髪が、軽やかな風に縺《もつ》れるに任せた……。

烈しい銃撃音が不意に轟いた。振り返ると、いつもながら黒服姿のブシャが、ドア口に立っていた。

「なんだろうね」——呟きながら、ブシャも窓辺に寄ってくる。ふたりは寄り添って、遠方から届く喧騒に耳を澄ました。背後に、慌ただしくドアを開《あ》け閉《た》てする音が聞こえた。鉄道員のでっぷり肥った連れ合いが突っ立っていた。狭い丸木橋に立つように肥った体軀を左右に揺らせ、よく見れば目から涙を流している。

「たいへんだよ。みんな‼」スタヴォヴァクの妻が、大声をあげるなり、ブシャに駆け寄って肩を抱きしめた——「教授の奥さん！　戦争終結ですよ‼」

妻のあとを追って来たスタヴォヴァクは、鉄道員の制服を着ていた。普段の遠慮をかなぐり棄て、アンナの両手をぐいと摑んだと思うと、その両方に接吻を繰り返した。気の動転で顔面蒼白となったブシャが、肘掛椅子に倒れ込んだ。アンナは水薬を取りに走った。クシジャノフスキ先生の処方した薬を食事用の小匙に三十滴まで数えたとき、ドア口に立ったのはニカだった。

「表に出たら！　戦争終結よ！」

それを聞いてブシャが正気を取り戻した。水薬を飲み込んで、突然力がみなぎるのを感じたかのように、椅子から立ち上がった。

「みんなで教会に行きましょう。神に感謝しに。とうとう戻るよ、アンジェイが。これで、みんな再会できるね」

ニカは母親に目を向けた。ブシャのあてもない幻想をたしなめるひと言でも、言ってくれればいいのにと。

「もう真実を告げても、いいんじゃない?」——呟くように、ニカが訊いた。

アンナが振り向いて、厳しい目をニカに見せた。母と娘は、しばしお互いの目を見つめあった。

「じゃ、あなたは知ってるの、真実を?」

「真実を認めるのが怖いの」

「わたしも、そう」

ふたりはここで、ようやく互いを抱きしめた。

9

霧雨の煙るなか、GAZ(ゴーリキー自動車工場)—67のジープがブラッカ通りに停車した。運転士の隣に中尉が腰掛け、後部座席には大佐がふたり。そのひとりが雨除けの幌を出て、ジープから降りた。片手に隠して、タバコを持っている。中尉がマントを渡すと、大佐は頑なにそれを押し返した。

「待っていてくれ」

後方席に控える、紺色の帯が巻かれ、鉄の庇がつけられた軍帽を被る大佐が、身振りで腕時計を指した――すでに予定の時間をすぎている。ヤロスワフは頷いた――状況は把握している、と。

「すぐに戻る」と言うと、家屋番号の数字を確かめた。厚地の野戦服の短い外套の裾を引き下げ、軍帽も被り直すと、カツカツと長靴の踵を鳴らしながら門口へと向かった。そこで深々とタバコを吸い込み、鼻から煙を出してから、吸いさしは、ぬかるみに靴先で踏みにじった。そのタバコの吸い方は、まるで、彼の生命がその一服にかかっている、といった風だった……。

急ぎ足になった。一段とばしに階段を昇ったが、それでも、漆喰《しっくい》の剝げかかった階段口の壁に、注意深く目を配った。「ヤン・フィリピンスキ教授」と真鍮の表札のかかるドアの前で、外套の裾を引き下げ、将校の肩紐を整えると、呼び鈴を押し、明らかに緊張の色を浮かべて待ち受けた。スリッパの音がして、玄関に現れたのは、頬の赤い、でっぷり肥った女だった。彼女は驚きの目を、大佐に向けた。彼は廊下の奥に目を投げ、白い戸に貼り付けた紙に、朱色の公印がふたつ並んでいるのを、見逃さなかった。

「フィリピンスキ教授のお住まいですね」

「ですが……」女は、不安げに来客を見た――「でも、教授は、ザクセンハウゼン収容所で亡くなって」

「あなたは、どなたで？」

「テレサ・スタヴォヴァクと申します。指示があって、ここに住んでいます」

「教授のご家族は？」

そのとき、住居の奥から、黒くて長いドレスを身にまとったブシャが現れた。白内障で霞む目を凝らして、玄関先の男を見つめた。近くに寄って軍服を見分け、感極まって両腕を上げた。

「アンジェイ！」その歓声は、喉からではなく、腸《はらわた》の底あたりから飛び出した――「帰ったのね！　帰ると思っていたわ!!」

スタヴォヴァク夫人は廊下の奥に引き下がり、キッチンのドア越しに、この奇妙な訪問の一部始終を眺めていた。ヤロスワフは、幸せのために取り乱す夫人を穏やかに制止した。

「申し訳ありませんが、ぼくは違う――取り違えておられます」彼は、軍帽の庇に指を当ててから、自己紹介した――「陸軍大佐ヤロスワフ・セリムと申します。お宅の住所は、少佐から教えていただきました」

「息子に頼まれて?」ヤロスワフは、離れて立つスタヴォヴャク夫人の注視を感じた。彼は、黒衣の老夫人の手を優しくとって、サロンのドアまで先立った。

「お話しいたしましょう」

スタヴォヴャク夫人は、ガラスの嵌《は》まったそのドアを見ている。その視線の力で、室内を見抜きたいかのように……。

ヤロスワフは、混乱の極にある老夫人を肘掛椅子へと導いた。ブシャは衰えた手を反射的に伸ばして、ヤロスワフの軍服の袖にすがった。その軍服は色こそ同じでも、手触りはアンジェイの着用していた軍服のようには滑らかでなかった。同じ羊毛でも、紡ぎ立てのようにちくちくした。ヤロスワフはサロンを見回した。その一瞥だけでも、十分にわかった――この家に住む人たちが、引っ越しの途中のような状態で暮らしていることを。

「少佐夫人は?」その発音には、ルヴフ(現ウクライナ西部の都市リヴィウ)の訛《なま》りが、わずかに響いた――「お嬢さんは? おふたりとも、お達者ですか?」

ブシャは、縦に首を動かした。喉が詰まったようで、口が利けなかった。再び手を伸ばして、大佐の袖縁のボタンを握り、野戦帽の庇の下に見える相手の目を見入った。ヤロスワフは略帽を脱がずにいた。うっかりとも思えるが、長旅の途中ちょっと立ち寄っただけ、との意思表示だったのかもしれない。実際、そのとき、クラクションがけたたましく鳴った。ヤロスワフは窓際に行き、カーテンを開けて、下にいるジープの幌を覗いた。もう一度、クラクションが鳴った。雨に濡れた幌の下から中尉が頭を突き出し、アパートの窓をひと渡り見まわした。

ヤロスワフは、扉のほうに歩きだした。ブシャはやっとの思いで椅子から立ち上がり、無理にも来客を引き留めようと焦るかのように、両の手を差し出したが、客はもうガラス付きのサロンの戸口にいた。

「少佐夫人にお伝えください――ご主人とは、ご一緒でしたと」

「やはり、生きているのね！」――ブシャは、無意識に祈禱する手つきとなり、常にない明るさがその面に溢れた。

「そうとは申していません」ヤロスワフは、言い淀み、素っ気ないその言い方を詫びるかのように言い足した――「わたしは命令でベルリンへ行かねばなりません。数日後にここにうかがい、少佐夫人にお目にかかります」

敬礼して、出口扉に向かった。ブシャはスリッパを鳴らして、小刻みにその後を急いだ。引きとめて、訊きたいことがあったが、客人は閉めかけたドアの間から顔を覗かせて、訪問はこれが最後ではない、と予告するようなことを言った。

「少佐殿から頼まれまして……」

「だったら、そのお話を聞かせて。さぁ、ここで！　今すぐ！」

「お渡しする物があります。でも今日は、手元にありません」

10

「そう言ったんですか?」

アンナは、鏡の前でヴェールの垂れた深紅の帽子を脱ごうとするところだった。大佐と名乗る人物とやらについて、ブシャが話す報告を耳にして、その手を止めた。二年前からヴェールで顔を隠すようになった——人さまに見られずにすむように、自分の顔は自分だけのためにとっておこうとするかのように。だから、今も、ブシャは灰色のヴェールの薄もやの向こうにある。ブシャは、心臓の具合が悪いとこぼしていた今朝とは、まるで別人だった。家具が積み込まれたサロンの中央に立って、黒い麦藁《むぎわら》帽子を被り、両手には黒の絹手袋をはめている。聖体拝受の直後といった緊張の面持ちだった。手に祈禱書を握っていた。息子の健在を知って神に感謝を捧げようと、教会へ急いでいた。でも、アンナには、もっと訊きたいことがあった。いきなり姑の両の手を摑みとり、ヴェール越しにでも、まともに自分の目を見るように迫った。

「どういうかたでした?」

「大佐。れっきとした大佐でね。わたしにだってわかるわ——二本線に星三つでね」

「部隊は⁈　どこの軍隊？」

「今時のポーランド軍だよ」

「お母さんたら、順序立てて言ってくださいな。どうおっしゃっていたんです？」

「言ったじゃないか、アンナ。言われたんですよ――アンジェイと一緒でしたと」

「いつ⁈　どこで⁈」

ブシャは途方に暮れて、首を横に振った。「いいえ、それは言わなかった。時間がなくてね、大急ぎだとか。ベルリン行きの命令が下ったと。でも、戻ったらさっそく顔を出すって。アンジェイから、預かり物があるそうよ。何かの品物をね」

「なら、置いてかないのは、なぜ？」

「手元になかっただけ。ともかく、生きている証《あかし》よ」黒の麦藁帽子の縁《へり》越しに、アンナに目をやった――「おまえも教会に一緒に行かないかい？　ちょうど良い機会だから」咎《とが》めるような口ぶりだった。これまで、アンナは、神の道を探るのにあまり熱心ではなかった。そんなアンナの姿勢も、今日こそは、舞い込んだ朗報で変わるだろう。アンナはヴェールを下ろしてブシャの肩を抱いた。いずれにせよ、今日は、聖マルコ教会に出かける予定にしていた。ヴェロニカの高校のシスター・アナスタジャが、ヤシンスキ司祭を引き合わせる約束になっていた。カティン関係の書類で、以前クラクフに届いたはずのものがあり、その件について知る唯一の関係者が、司教座聖堂参事会員のその司祭なのだ。聖母マリアの月間に当たって、聖母に捧げる五月礼拝の後で、ヤシンスキ司祭にお目にかかることになっていた。だが、アンナは、この話をブシャにさえ明かしていなかった――この件については、一切の口外を禁じられていたから……。

11

薄暗い教会のなか、ブシャは、アンナと並んで一列目のベンチにじっと腰掛けていた。ここでもヴェールを外そうとしないアンナは、その靄の向こうに、祭壇の天井へと舞い上がる天使を見上げていた。ヤシンスキ司祭のところへ案内するはずのシスター・アナスタジャを探して見回すが、教会内に姿はなかった。どこか、外で待っているのかしら？

色鮮やかなステンドグラスを貫く五月の光が、善男善女らの顔にも、アンナのグレーの服にも、平等に射していた。アンナは祭壇を見ていたが、天使たちの微笑が、裏表ある表情と思われてならなかった。あの彫像の天使たちは姿こそ崇高だが、その実、一心不乱に祈る会衆を見下ろしながら、人々の単純さにある種の皮肉と憐憫《れんびん》を感じているのではないか。彼女は、ベンチに落ち着いて座っていられなかった。今日一家を訪問した将校が何者か、気になってならなかった。もうひとつは、この後ヤシンスキ司祭から何を聞くことができるかだった。アンナが席を立ったとき、祈りに沈潜するブシャは、それに気をとめもしなかった。

アンナは教会の入口付近を歩き回り、シスター・アナスタジャか、ここで会う予定の未知の司祭でもいい、そのどちらかの姿が見えるかと見回したが、誰も見えない。人々が教会を去りはじめるのを見計らって、アンナは聖具室を覗いてみた。折から、教区司祭は、侍者の少年に傅《かしず》かれて僧衣を脱ぐところだった。アンナを見かけたトファルク司祭は、優しげな笑顔を見せた。

「少佐夫人！」低音《バス》の声が、鈍く響いた――「やはり、我らの方舟にお見えですね」

「姑の付き添いで参りました」――アンナは、きょろきょろと見回した。ヤシンスキ司祭が、各種の僧衣の垂れたクロークの陰あたりで待っているのではないか、と期待して。

「終戦になって、これで神さまは慈悲深いと、そして神さまにかけた願いがかなった、とお信じになられたのかと、わたしは思いましたよ」

彼は、ヴェールに隠れたアンナの顔を、半ば親切半ば非難の目で見ていた。

「がっかりなさるとは思いますけど」アンナは、顔のヴェールを取り、教区司祭の目を真っ直ぐに見て言った――「来たのはお祈りのためではありません。わたし、ここ二年来、神に問いつづけているんです――どうして、こんな目に遭わせるんですか、こんな犯罪が犯されるに至ったのかって。ご返事は、ただ沈黙ばかりで……」

トファルク司祭は背後に目をやり、脱いだばかりの僧衣を念入りにたたんでいる侍者の少年を、ぼんやりと見ていた。明らかにこのような瀆神《とくしん》の告白が少年の耳に届くことを望んでいない様子だった。教区司祭は、聖具室からアンナを連れ出した。戸外には、五月の太陽が、教会や付属建物の古びた外壁に影を投げかけていた。司祭は、気遣う面持ちでアンナを眺め、訓戒を垂れる口調で、その声を響かせた。

「神に恨みをお持ちですね——人間はまだ未成熟で、真の人間らしさに達していないと」

「わたしの恨みは、あれほどの事が起きたのに、神が沈黙しておられることにです」

「戦争の終結が、我々の祈願へのお答えです」

アンナは、そのようなあまりにも単純な返事は受け入れたくない、というように、首を振った。トファルク司祭は、いつだって、まだ誰ひとり訊ねたことのない質問に対しても、決まり文句で答えてくる——それがアンナの神経を逆撫でした。忘れないのは、フィリピンスキ教授の一周忌にミサをお願いにきたとき、トファルク司祭がなんと言ったかだ。死にはさまざまある、重大な死と、さほど重大でない死と。フィリピンスキ教授の場合、その死は前者に相当する、なんとなれば、教授の死はその殉教者的性格故に、一家の誇りを高め、さらには、全国民の苦難の一部となったからである。こうしたトファルク司祭の言辞を、ブシャは実に見上げた表現と考えたが、アンナのほうはその場ではっきりと言って退けた――わたしの見方では、人の死に良いも悪いもあるわけがありません、身近な人の死が犯罪者告発に役立つと言われて、有頂天になる遺族がどこにいますか。それは、自分の夫の悲運を知る二年前の四一年だった。こういう前例があったから、終戦は我々の訴えに対するお答えだという教区司祭の安易な処方箋を、アンナは受け取る気になれなかった。

「いつになればお答えをいただけるのでしょうね？　どうして、これほどの大虐殺が犯されるに至ったのですか？」彼女は、ヴェールの網を通して、教区司祭の健康的な朱い頬を見ていた――「なぜ人間があんなに非人間的であり得たのでしょうか？」

「人類は、神に対して、そのような問いかけをしてはなりません。人類自らが、神の問いかけに答えるべきなのです」

ことばのフェンシングにはうんざりした。この司祭は、切り結んでさっさと逃げようとなさるおかたね。アンナは、今日会う予定になっている、見知らぬ別の司祭を求めて、またも周囲を見回した。

「司祭さま、ここでヤシンスキ司祭をお見かけになりませんでしたか？　シスター・アナスタジャが、司祭を紹介してくださるとおっしゃったので、お待ちしてるんですが」

「シスター・アナスタジャが？」――驚いた表情だった。

「娘の学校がシスターがたの経営でして。今日の五月ミサの後ならお会いできると、そうかがって」

「ここでですか?」――トファルク司祭は、アンナの話に明らかにうろたえていた。

「お住まいがこの近くとか。なんでも、あの書類の入った箱についてお話ししていただけるそうで。司教座事務所のどこかに保管されていたとか……」

トファルク司祭は周りに目を配り、アンナの耳元にバスの声を落として囁いた。

「ヤシンスキ司祭は、現在、ヴィエリチカにおられる」

「何をなさりに?」

「聞きたいくらいです、あそこでやつらが司祭に何をしているのかを。逮捕して尋問中です」――今度も、耳打ちだった。

「今?!」

「いや……来るべきものが来たのです」教区司祭は、アンナの肘を取って、聖具室へ連れ戻った――「お聞きになられませんでしたか。三月にはもうあちらの委員会の人たちに、ソ連内務人民委員部《NKVD》の捜査の手が伸びていたんです」

「全員逮捕されたんですか?」

司祭は頷いた。それから、いっそう耳に口を寄せて言った。アンナは、生温かいその息を感じた。

「一部は潜伏中です」

司祭はくるりと向こうへ振り向き、聖杯と聖体皿を戸棚に収めた。この件に関してこれ以上何も言い足すつもりはない、という意思表示である。司祭の背後から、アンナのひそひそ声がした。

「司教座事務所には、その委員会からの資料が、隠されているらしいとか。それは、どうなりました？」

教区司祭は振り返り、両手を大きく広げ、バスの低声を響かせて、会話に終止符を打った。

「まったく知りませんよ、少佐夫人。すべては、神の手中にございます」

12

色褪せた写真の上で、針のように細い筆先が、宙に迷っていた。口髭のある若々しい中尉の傍らには、ブロンド髪の小太りな女性の幸せいっぱいの表情が見える。

拡大レンズを目につけると、ブロンド娘の目元がくっきりと浮かび、その目に射す太陽の光がさらに明るく見て取れた。アンナは、丹念に、そして慎重に、口髭の形を修整してゆく。

「奥さんは、信じないでしょうけど、わたしにプロポーズしたのが、サーカスの休憩時間でした。だから、未亡人になってからも、サーカスが来ると、さっそく息子を連れて見物に行くんです」

この寡婦は、しゃべり出すと止まらなくなる。フィレル氏の工房に現れたときから、注文した修整の結果、元の古写真が寸分でも歪められてはならぬと、見張るかのように、アンナの横に貼り付きっぱなしだ。実際、写真は二の次で、身の上話を聞いてもらいたいのだ。アンナ・フィリピンスカも本当は未亡人だが、発表の人名リストに誤りがあり、本人自身そこまでの確信が持てずにいるのは、誰もが周知の事実だ。中尉からサーカスで求婚されたと話す、この寡婦の場合、主人の帰還は絶望と確実に知っている。

「ブジェシチ（現ベラルーシのブレスト）近郊で戦死しました。軍がソ連赤軍《ボリシェヴィキ》に取り囲まれたときにね」愛妻の頰に頰を寄せて寄りかかる中尉の眉を強調するアンナの筆先に、女は見入る――「残ったのは、この写真一枚きり。ソ連赤軍が来たとき、義理の兄が、主人の軍服は焼くわ、軍服姿の写真までも、一枚残らず焼くわで。それほど、奥地送りを怖がったわけ」アンナの机の隣、背凭れがある椅子の上で、女は、走る列車のリズムに合わせるかのように、前後に身体を揺らす――「そんなことしても、無駄でした。士官の家族は、真っ先にルヴフから移送された」

「わたしなんかは、娘とふたり、プシェムィシル郊外の村で息を潜めていたわ。そこに、ようやくドイツ軍が侵攻してきたので……」――アンナが言った。

「五週間がかりですからね、カザフスタンに入るまでに」未亡人の長話だ。こうして、双方の運命は補い合っていくようだった――「あそこでは地獄の思いでしたが、わたしは、夫は捕虜だろうと思い続けていたの」

「最後の手紙の届いたのが、三九年十二月でした」アンナは、細筆で中尉の眉を刷いた――「出征して行ったときは、戦死するかもしれないと、心配でした。でも、夫は戦死ではなかった。虐殺されました」

赤の他人だと思ったら隣人だった――そんな感慨を抱きながら、このとき、ふたりはお互いを見遣った。アンナは筆を置き、未亡人に向かってというよりは自分自身にこう言った。

「連中があそこで犯した犯罪の後でも、人は普通の暮らしができるのかしら?」

「生きることはできます」戦争未亡人は、夫が写る一枚きりの写真を見ていた――「でも、忘れられるはずがありません」

この寡婦が、グロッカ通りのフベルト・フィレル写真工房へと乗り込んできたのは、過去を現在に引き戻してくれるのが、この場所だからだ。ぼやけた写真が修整によって甦り、ガラスを嵌めた額に入れられるようになる。フィレル写真館のショーウインドウには、絵葉書によくあるような、額と額を寄せあう若いカップルの写真が掛かっている。結婚式のヴェールを被った花嫁たち、婚礼服を着た花婿たちも並んでいれば、クラクフの劇場で活躍するスターたち、教授連のポートレートも見えるが、アンナのもとに修整用に持ち込まれる写真に似たものはなかった。戦争の終結と同時にどっと増えた客らは、虐殺の対象となった家族を含め、戦争で死んだ人々の姿を救い出して、ぜひとも家庭のアルバム用にしたいと願う人々である。複製できるように手を入れるのが、アンナの仕事だった。日がな一日アトリエに座り続けることも珍しくなく、彼女の手元に、フィレル氏は修整の写真を次々と回してきた。フィリピンスキ教授の生前からの知り合いのフィレル氏は、自分からこの仕事をアンナに申し出てくれ、アンナはそれを、ありがたいことと感謝していた。

写真工房に行くたびに、フベルト・フィレルは必ず深く頭を下げてアンナを迎え、手に接吻した。人付き合いの良い人間と自認していた。なにしろ、クラクフ中で最高の人士を、おのれのレンズの前に立たせてきた人間である。彼は、劇場の公演初日には大俳優の舞台姿を後世のために遺し、大学教授に向かってでも、顔をしかめないで、レンズのほうを見て、などと撮影の指示を下してきた。占領中ドイツ軍将校の肖像写真を撮っていたことについても弁解の必要はなかった。いわゆる上流社会に出入りしている者ならば誰でも、フィレルが身分証明書の偽造用写真撮影や、ドイツ軍の各種重要書類のコピー作成やらで、地下の抵抗運動に手を貸していたのをよく知っていたから。それでいて、本心から撮りたかったのが芸術写真だった。自ら芸術家であると自負し、顧客が一歩アトリエに踏み込んだら、そこは芸術の入口であると、何人にも疑わせないように、それらしくふるまうよう努めてきた。長く伸ばした白髪を上着のビロードの襟元まで垂らし、蝶ネクタイを喉頸《のどくび》に結ぶ——いずれもが、本写真館にあっては、伝統と礼儀とを重んずべし、と知らせるためだった。彼の大げさな身ぶりは、舞台に立つ手品師の手付きを思わせた。特に、大型の旧式な写真機に掛けた黒い大布から覗き込み、「レンズを見てください」と客に声をかけ、感光時間を数えるときの手元がそうだった——いーち、にー、さーん……。

今しも、アトリエに入ってきたのは、ＰＰＳh自動小銃を提げたひとりのソ連兵士、空いたほうの手で引き連れていたのが、真っ赤な頬をして笑う娘だった……。

フィレルは一瞬凍りつき、それから、窓際の席で例の未亡人の持ち込んだ写真と取り組む、前屈みになったアンナのほうに視線を向けた。写真師のその目付き、かすかな渋面、やりきれないというように広げた両腕は、現実が押しつけてくる仕事に対して芸術家が置く距離を表していた……。

13

「これには触《さわ》らないでください！」

ブシャは書き物机を背でかばうように立ち塞がり、ふたりの男を近づけなかった。男どもは顔を見交わし、前へ一歩、踏み出した。ブシャは両手を前に突き出した。もう一歩近づいたら、抵抗してくるだろう。男たちはまた互いに顔を見合わせたが、ひとりのほうは、耳の辺りに指を一本持って行き、それをくるくると回して見せた──気のふれた婆さんが現れたという仕種である。ヒンツさんは、全額支払い済みだから引き取って、机は店に運ぶようにとはっきり言っていたはずだ。

「動かさないでちょうだい。引き出しから、出さなくてはならない物があるの！」

「どんな品物が入っているんですか？」──運搬人のひとりが、いささかの関心を示して訊いた。

「手紙です！」

今度も運搬人たちは顔を見合わせ、今指を回したほうが提案した──「そのお手紙とやらは、奥さまがご自分で取り出せば、よろしいでしょうが」

「鍵がないのよ、引き出しの！」

それを聞いたひとりが、ナイトテーブルに置かれた、凝った細工の果物ナイフを取り上げ、鍵をこじ開けようとした。ブシャは男の手を摑み、机から遠ざけようとした。そのときニカの声がした。

「どうしたの？」

ニカが通学カバンを提げ、サロンのドアロに立っていた。出かけるところだ。孫を見るなり、ブシャは、何やら普段にない莫迦力《ばかぢから》を発揮して運送屋の頑丈な身体を押しやり、全身で机を庇《かば》って叫んだ。

「大急ぎでフィレルのお店に行って！　アンナに来させて！　すぐにですよ！」

その声には、決意が溢れていた。ニカが問い返さなかったのは、そのせいだ。踵《かかと》を軸にくるりと回ると、外へ駆け出した……。

14

アンナは、机上の拡大鏡のすぐ隣に細筆を置いた。そのとき、戦争未亡人が小声で洩らしたこんな結論が耳に入った。

「まったく勝てば官軍ですわね」

ふたりの目は、写真スタジオの奥に注がれていた。白鳥の遊ぶ湖の描かれた背景の手前には、大理石の柱が立っていた。フィレル氏はその傍らで、鍔《つば》なしの軟らかい略帽のソ連兵と朱い頬の娘にポーズをとらせた。それに先立って、兵士は小銃を肘掛椅子に置いた——写真師が、クラクフの旧家の主《あるじ》たちの肖像を撮るときに、いつも掛けてもらう、座が低く背凭れの高い古い肘掛椅子である。写真機に被さった黒い布地のなかに潜り込むまで、ずいぶんポーズを取らせるのに手間取っていたが、やがて秒読みが始まった。

　修整の仕事に戻ろうとしたアンナは、表の人影が作業机の上に落ちるのに気づいた。窓の外に立つジャンパー姿の金髪の青年が、店のウインドウに飾られた写真をためつすがめつしていた。やっと決心がついた。青年はなかへ入ってきて、周りを見回した。

　青年の目の前には、略帽の赤軍兵が上向いた鼻の娘を片手に抱き、別の手で柱に寄りかかっていた。旧家の主たちがいつも写真のポーズをとる立派な肘掛椅子に、自動小銃が寝かせてあった。ユルはポケットに突っ込んだ両手を抜き、アンナと寡婦に一礼すると、黒布の下からフィレル氏が顔を出すのを待った。

「写真を撮りたいんです」——ユルは、長すぎる揉《も》み上げを撫でた。「身分証明書用ですけど」

「お待ちになって」——フィレルは、銃の寝ている肘掛椅子を指した。ユルは、空色ドレスの娘の腰を不器用に抱く兵士を一瞥した。ユルは近寄り、フィレルが再び黒い布の下へ潜り込むと、ジャンパーの袖を捲《まく》りあげた。手首の腕時計が光って見えた。彼は、兵士を見ていた。

「撮影用に貸そうか、この時計《チャスィ》？」——「時計」だけはロシア語で。

　親切な申し出の響きはあったが、ユルの目に閃いた皮肉な色は、彼の意図をかなり明瞭に物語っていた。アンナと寡婦は、意味ありげな視線を交わした。

赤い星の帽子を被る兵士は、シャツの袖口を上げ、手首に嵌めた二個の腕時計を見せた。

「時計ならたくさんある」

そのとき荒々しく鼻から息を吐き出す音がした。ユルは振り返った。入口にニカが立ち、片手でカバンを持ち、もう一方の手で口を押さえ、高笑いを押し留めていた。夢の人物が生身で現れたのを見るような呆然とした顔つきで、ユルは立っていた。アンナが、机の向こうで立ち上がった。

「何なのよ？」

「大事件！　お祖母ちゃんが、必死で机を守ってる――ワルシャワでロシア軍を相手に砦を守ったソヴィンスキ将軍みたいに。運び屋さんたち、諦めて帰りそう。引き出しの鍵が要るの！」

あやうくヒンツさんに逃げられ、一家は一文無しになるところだった。筆を置き、ヴェールのある帽子を被り、アンナは駆け出した。ニカは、撮影待ちの青年と一緒に置き去りにされた。フィレルが、身についた手振りで写真機の前の場所を示した。間もなく、照明が点灯した。身分証明書の写真は、ピントが重要だから。写真師はユルの眼中になかった。ニカの前に立ち、茶色っぽいホクロを狙って、指を突き出していた。

「ぼくなら、たとえ最後の審判の席でも、あなたを見逃さないな」神に感謝をするように手を合わせた――「運命《キスメット》さ！」

「あなたは、運命を信じるんですか」――ニカは、口を尖らす。古くさいそんなセリフに引っかかるようなわたしなものか、と不満の表示だ。

「だって、ぼくたちの道がまた交差したから……」

「偶然です」――肩を竦めてそのまま引き揚げかけたとき、急いでユルが立ちはだかった。

「偶然ていうのはさ、雄鶏が、卵を一つ産むこと」――その目に歓喜の火花が散る――「しかし、三つ続けて産めば、そいつは、もう雌鳥だ」

愉快な若者だ。彼自身が、彼なりにこの状況を楽しんでいる。しかし、ニカはゲームに加わらなかった。

「おとぎ話を聞いたの、久しぶりだったわ」

ニカは写真館を出た。そのとき、フィレル氏が準備を終え、照明の電球を点け、カーテンで仕切ったコーナーへと招じた。片手を振り下ろし、何事かを叫んだユルは、出直して後で来る、いや、明日かもと謝り、少女のあとを追った。追いつくと、ユルは彼女の手からカバンを取ろうとする――「手を貸すよ。小学生のころから、女の子のカバンはいつも持ってあげた」彼について来られるのが嫌なニカは、肩を竦めて見せた。ところが、向こうから司祭が来ると、ユルは歩み寄って、こう訊いた――「結婚式を挙げてもらえますか、ぼくらのために」聖職者が面食らった顔をするのを見ると、ニカはその場からできるだけ遠くへ逃げ出したくなったが、ユルの申し訳なさそうな顔を見ると、息を切らして笑い出した。奇行の男、自信過剰の人間かもしれないけど、この人は、爆発するような陽気さをたっぷり持ち合わせている。わたしにこの性格をお裾分けしてほしい――ニカは、急にそんなことを願った。

彼女は自分でもわからなかった――なぜその日、学校に行かなかったのか、なぜこうして、若者と連れだってあてもなく通りを歩いているのか。歩きながら、まるで昔からの知り合いのようにお喋りした。ユルの身振り、話すことばには、抑えがたい自然の勢いがあった。彼は、檻《おり》から放たれた若い虎のようだった――鉄格子のない世界を見回し、珍しいものなら、なんでも自分勝手な名で呼び、貪《むさぼ》りつき、味わう。そこには、血気に逸る若者の自惚れがなくはなかったが、抑制せずに身振りに表すこの若者はなにひとつ偽らない――本能的にニカは、そう感じた。要するにこういう人なのだ……。

「人生は、クジ引きさ」――ユルが言った。ふたりはカノニチャ通りに来ていた。「受験用の写真が必要にならなければ、遇えなかっただろうね」

「どこを受験なさるの？」

ユルは足を止め、ニカの様子を検分した――履き古した軽い靴、撫でつけにくそうな、麻袋《あさぶくろ》を思わせる色の髪。

「君の年は？」

「高校卒業試験を受けるんです」ニカは一瞬迷い、横目で睨んでから、正確に言い直した——「具体的には来年です。あなたは、どこで勉強なさるおつもり？」

「止めてくれないかな？　そういう他人行儀な言い方」握手の手を差し出して、ユルが名乗った——「ぼくの名前は、イェジ・コスマラ。でも、呼び名はユル。地下運動家としての変名だけど。二十一歳（ここでは、実際より年長であるふりをしている。第30章参照）、秘密教育で高校卒業試験合格、進学予定。ようやっと、ぼくらの人生が拓《ひら》けてきた、そう思わない？」彼は、ニカのブラウスの袖を軽く引いた——「行こうぜ、見せてやろう、ぼくの目指すお城をさ」

学校の歴史の授業に行く代わりに、ニカは行く先がどこなのか訊きもせず彼と連れ立って歩いていった。そして、なぜか彼女はこう感じた——今日というこの日、何かに出遇う、人生の初体験と出遇えるのねと。ブシャから何度も聞かされてきた文句がある——「そのうちにきっと来るよ。いつかそれは来るよ。そのときにはね、わたしはこれを待っていたんだ、と自分で感じるはず……」

15

アパートの門口を潜るアンナの目に、一本轅《ながえ》の二輪荷車が見えた。積み荷の椅子が紐で括りつけてある。彼女の書き物机と組の椅子だった。それでわかった――アンナが鍵を持って帰るまで、ブシャが机を運び出させなかったのだ。

サロンでは、書き物机の天板に寄りかかってブシャが立っていた。運搬人のひとりは、獅子頭の凭れのある肘掛椅子に腰を下ろしていた。もうひとりは、ヒンツ氏を呼びに走った――「店長は家具の代金を前払いしているのに、大奥さまが運ばせてくれないんです」

「やれやれ」アンナの姿に安堵して、ブシャの緊張が緩んだ――「どこなの、鍵は?」

「ヒンツさんに渡してあります」

「じゃ、手紙は? どこよ?」

「心配ないわ」アンナは、ブシャに抱きつき、そっと机から引き離した――「とっくにしまいましたから、別の所に」

そのとき廊下にばたばたと音がして、サロンの入口にヒンツが立った。ふたり目の運搬人と一緒で、怒りを抑えかねる様子だ。サロンをぐるりと見渡した。

「どうしたんですか。お支払いはすんでいますよ、奥さんが品物を渡さないんですか?」――手にした鍵を振り、それで机の引き出しを開けた。なかは空っぽだった。

机が運び出されると、アンナはやっとヴェール付きの帽子を脱ぎ、気が立って頬の真っ赤なブシャを、なじる目で見た。

「ママは、わたしが忘れたと思ってらしたの？　ソ連赤軍が来て、ピクリツェからニカと一緒に、フランチシュカの村に避難したとき、わたしは、自分の高校卒業試験合格証書さえ置きっぱなしにした。けど、アンジェイの最後の手紙だけは、しっかりと持ちましたよ。ここに、首にかけた袋へ入れて」と胸を指した。

アンナは衣装箪笥を開け、下着類の入っている奥を探り、フツル地方の彫刻細工の木《き》筺《ばこ》を取り出した。一家での最後の休暇旅行のとき、保養地ヴォロフタで買った品である。コジェルスクから届いた封筒入りのただ一通のアンジェイの手紙のほかにも、彼の功労勲章の数々が筺に収まっている――軍事功労勲章、勇戦十字勲章、軍務黄金十字章……。

ブシャは頭で頷き、机が消えてがらんと空いた部屋の一隅を見遣りながら吐息を吐き、こう言った。

「惜しかったね、あの書き物机」

「では、何で払うの？　石炭代、ニカの学費、電気代を？」

荒々しくドアが叩かれた。アンナは、反射的に封筒を筺へ戻し、箪笥の奥に隠した。戸口には、エプロンを掛けたスタヴォヴャク夫人が現れた。

「奥さん、お宅のお鍋、焜炉からどけていただけませんか！」ブシャに言った――「わたしたちにも、食事は温めて食べる権利があるんだから。今時は、鉄道員が大学の先生より劣る職業というわけでもなし！」

アンナは箪笥を閉めかけて、アンジェイの軍服の袖に目が留まった。しばらくそれを撫でていたが、ナフタリンの匂いがきつ過ぎると感じ、ハンガーごと取り出した。それを手に窓際に行ったアンナが、窓を観音開きに開け放つと、五月の空気が押し寄せる波のように吹き込んできた。ハンガーを持ったまま、彼女は窓の高みに掛けようと、背凭れの付いた椅子の上に立った。慎重に掛け終えた。椅子から降り、上を見上げたアンナの目に、短めのコートが、少佐その人を思わせる優雅さで微風に揺れていた。陽光を受けて、肩章の星が光った。

コートが春の風に揺れ、今にも飛び立ちそうな様子を、アンナはそこに立って見ていた……。

16

太い鋳鉄の柵の向こうには、さまざまな記念像が立っていた。ユルが目指す美術大学の建物は、その先にあった。彼は、ボクサーが対戦相手を見るような目付きで、建物をにらんでいた。

「なぜ、美術大学に決めたの？」

「運命《キスメット》さ。おやじは、祠《ほこら》の聖像を彫る彫刻師だった」——びっくりするニカの目を見て、ユルはにこりと笑った。「ムィシレニツェ郡（ポーランド南部、クラクフを県庁所在地とするマウォポルスカ県の小都市）の聖像は、残らずおやじの仕事さ。ちっぽけな斧でぼくの彫像をこさえたりして、みんなに笑われてた。ぼくも彫刻がやりたかった。ただし石彫だ。でも、お墓造りは、絶対ごめんだ。死はもうたくさんだ。これからは、生きていきたいんだ」

「これまでは、何してたの？」

「引くほうだ」——ユルは右手の人差し指を曲げ、目に見えぬ引き金を引き、ニカにウインクした。わかるだろ、と。

「だったら……『森』にいた（抵抗武装闘争に参加していた）わけ？」

「茸《きのこ》を採ってた」狼そっくりに歯を剝いてみせた——「どうやら、茸採りにも、特赦が出るらしいぜ」（ユルは、反共的で在ロンドンのポーランド亡命政権の指令で行動した国内軍兵士だったと推定される）

それ以上、何も訊かなかった。自然、ユルのほうから、身の上話を始めた。「ぼくの家族も、運命《キスメット》さ」——三人兄弟だったこと、三人三様に戦争の大波に巻き込まれたこと、死生はさまざまなこと。長兄のブロネクはオシフィエンチム（独名アウシュヴィッツ）送り。結婚披露宴のあった日が、あいにくの一斉手入れで……。

「かわいそう」——ニカは劇的な報告に引き入れられたが、続く話を相手がまるで冗談か何かのような、おふざけの口調で話したので、びっくりした。

「あのとき、兄貴はいかにも婚礼の席の新郎らしく泥酔していた。引っ張られたのが夏、戻ってきたのが四五年一月。そのときは、ドイツに捕まったときよりもっと酔っぱらっていた。お袋ったら、呆れ果てて『息子や、どうした、まだ、酔いが醒めないのかい?!』だと」ユルは、母親の山地訛りを滑稽に真似てみせた――「ブロネク兄貴の返事。『お袋、素面《しらふ》になれるわけがないだろう。酒呑みのロシア兵が戦車で連れ戻してくれたんだから！』」

「二番目は？」――なぜか、ニカは、コスマラ家についてもっと知りたくなっていた。一瞬、ユルはためらった。その顔が強ばっていた。

「人生は、クジ引きさ。トメクは、ムィシレニツェの公安局に捕まった。その後は、知らない。しかし、もしかしたら……」そこでしばし声を止め、ユルは引き金を引く身振りをしてみせた――「死刑」

「罪状は?!」

「茸採りに長居しすぎて」――まだ、言い足りなかったが、その口を閉ざしたのは、民警がふたり、間近を通ったためだ。その後ろ姿を見送り、ユルは声を落として二番目の兄の話を終えた――「トメクは、判決の実行係だったからね――近ごろ、ソ連の押し付けで我が国に『自由』を導入しはじめた連中が対象の判決さ（共産党指導者へのテロ行為を指す）」

ユルが口にすると、「自由」は呪いのように響いた。ユルの目は、どこまでも民警のあとを追っていた。

「新しく制服を着込んだあの連中、ぼくは大嫌いだ」――どこか子どもっぽい敵意を込めて、そう言った。それが、ニカに反論をしたい気分を目覚めさせた。母親が、さまざまに持ち出す最終判断に対しても、反対を唱えてきたニカなのだ。母の意見では、「カティン以後」に起きたことの一切は、頭から弾劾すべきものだった。意地っ張りか、それとも、若さの特権か、ニカにしてみれば、新時代の現在にもどこか良い面はある。だから、母親の発言に楯突くことも二度や三度ではないし、新政権の繰り出す公式声明のいくつかには、大げさなほど支持を表明さえした。今の場合にも、自分の考えを打ち出したかった。

「人は、さまざまよ。解放後に制服を着た人たちにしたって、必ずしも、親ソ派と限らないわ」

ユルは肩を竦め、世間知らずの女子高のお嬢さまか、と呆れる目付きでニカを見た。

「最後は決まって、魂の中身も着ている服と同じになってしまう。自国のやつらのほうが、進駐部隊よりも質《たち》が悪い。同胞のことに通じてるからだ」もう冗談どころではなかった。彼のことばには、断乎たる宣告の響きがあった――「親ソ派の同胞は標的の中心を睨む。それがどこに当たるか、君は知っているか?」ニカの真ん前に立ちはだかったユルは、じろり、彼女の目を睨み、首を横に振るニカの額のど真ん中を指差した――

「ここさ!」

　彼女は、瞬間、凍りついた——額の中央に狙いを付けた銃弾が命中したかのように。ユルの仕種は何かを思い出させた——二年前、新聞に載ったカティンからの報道写真で見た光景、それは、銃弾数発に撃ち貫かれた頭蓋骨がごろごろしている写真だった。少女の深刻な表情を、ユルが見逃すはずもない。彼は片手を伸ばしてニカの頬のホクロに触った。

「これを目印にして、世界の果てでも君を見つけるさ」

　どう応じたらよいのか、ニカはとまどった。大見得を切ったユルのほうもいささか照れて、ニカの家族のことを聞き出しはじめた。家族の運命の転変を打ち明ける義理などあるはずがなかったが、この人ならすべてを打ち明けても平気、とニカはその場で悟った。どうやら父親がカティンで虐殺されたらしいこと、カティンの犯罪がドイツ側によって暴かれたときから、母親にとっては「カティン以後」の時代が始まったこと。フィレル氏の職場で、母が写真修整の仕事を始めたのは、つい最近だ。戦時中、母は、生きるためにいろいろな仕事をしてきた。ケーキを焼いてはグロッカ通りの喫茶店に売り込んだこと、その後、知人の女の人と組んで、髪の毛の成長を促すとかいう怪しげな薬品造りに精出したが、奇蹟の薬と欺されて使ってみたら、お古の毛皮みたいに抜け毛がする、とお得意先から苦情続出、諦めて、今度は石鹸製造に商売替えした……。

街を歩きながら、ユルは「森」での暮らしを喋った――虻《あぶ》を摑む腕前に上達した結果、人並みならぬ反射神経が発達し、鳩の糞を落下中でも握り捕れるという自慢話。ミハリナ叔母さんの描写もニカを笑わせた。劇場の鬘師兼衣装係の叔母さんは、甥に寝起きの場所を提供する条件として、政治と女に手を出さないことと釘を刺し、これさえ守れば、いつまでいてもいいからね、と言ったそうだ。

「だったら、ぼくに何が残る?」困り果てたというゼスチャーで、喜劇役者のように両手を広げて見せた――「映画、それだけさ」

「わたし、映画って、観たことない!」

「最高の映画、それが人生さ」――ユルは、片手で水平に大きく輪を描き、ここの通りも、クラクフの街も、全世界もそのなかに囲い込んだ。ふたりの目に映るその世界は、六月の昼下がりの日射しにもかかわらず、灰色一色だった。ひび割れの目立つ古びた外壁が灰色なら、配給を求めて肉屋の店先を取り巻く群衆も灰色だから。ニカとユルの目の前を、豚の頭がかすめて通る。血に汚れた前垂れ姿の肉屋の男の肩の上で、力なくぶら下がっていた。そのあとから、前の道を横切ったのは、さらにふたりの肉屋で、彼らは荷馬車から取り下ろした豚の半身を重そうに背負っていた。店の入口に押しかけた群衆は、ふたりの警官に気づきもしなかった。警官は、ポーランド国旗を模した白赤の腕章を制服の腕に巻いていた。警官は、人々の横を通って行く。そのふたりに挑むような目を向けて、ユルが大声で言った――「遂に、自由と繁栄の時代がやってきた！」

列に並ぶ人々は、新政権支持を大声で宣言するのは何者か、という顔で伏し目がちに見遣ったが、挑発と直感したのが警官だった。半長靴に前が開いたジャンパーの男に、胡散臭げな目を向ける。男は、担がれて行く豚の半身を指しながら、ほとんど政治集会の演説者並みの情熱的な声で叫ぶ。

「みなさん、聴いてくれ！　人民政権は、これより市民各位に豚半匹ずつ差し上げる！」肉屋の入口前の人だかりを、万感の思いを込めて抱え込むような身振りをした――「それでも不足な向きには、豚の鼻を一つずつ！　新政権は、革命歌『インターナショナル』の『立て、飢えたる者よ』が国歌になる日が来ないよう、心がけている！」

怯《おび》えた目で見る者もあったが、微笑さえ浮かべた者もある。だが、その笑顔はたちまち消えた。両警官がそれぞれ手を突き出して、ユルとニカに身分証明書の提示を求めたからだ。ユルは、ジャンパーのポケットに手を入れるふりをし、隙を見てニカの手をとり、やにわに駆け出した。

ふたりは下り坂を突っ走り、それを追って警官の靴音がばたばたと鳴る。「止まれ！止まれ！」の連呼が聞こえる。ユルは少女を引きながら、速度を上げる。ニカはほとんど宙を舞い飛ぶ。ぐいぐい引かれて、いきなり門口へと飛び込む。シーツが吊るされている中庭を突っ切る。ユルは直感的に別の中庭に通じる狭い通り道を見つける。白い作業着を着たパン職人が日向ぼっこしている。裏口からパン屋へと走り込み、店内を走り抜けると、再び眩しい表に出た。そのときニカは躓《つまず》き、カバンからノート類が散らばった。それを歩道から拾い上げながら、ユルに向かってというよりは独り言のように言う――「一体何やってるんだろう、わたし？」

「君、映画に行きたいって、言っただろ」それが彼の答えだった――「でも、このほうがずっと面白いぜ――映画より！」

彼は、映画『陽気な連中』（一九三四年製作のソ連映画。グレゴリー・アレクサンドロフが監督した音楽喜劇）のポスターが貼ってある広告塔を指さした。

家路につくニカは、気流に乗る燕のように奇妙に足が軽かった。今日という日も、生まれて初めての出来事だった。誰かにその話をしたいと思った――一日、学校をサボって街をさ迷い歩いて、他人の生活には、思いがけぬほどたくさんの秘密が隠れていると発見した。二階にある自宅の窓を見上げたニカは、釘付けされたように、はたと足が止まった。

サロンの窓枠に軍服が吊るしてある。それが、六月の微風に軽く揺れていた。眺めるうちに軍服は不意に住まいの奥へと消え、窓が寂しくなった。

服を取り込んだアンナはサロンを通り、小型戦車かと見紛うほど巨大な衣装箪笥の戸を開いた。半外套をそこに掛けると、思わず顔を寄せた。ドア口にニカが立った。アンナは、乱暴に箪笥を閉めた――隠しておきたい物でも入っているかのように。

17

細い筆を持って写真の修整に集中するアンナの豊かな髪は、肩に流れ落ちている。蒼白い顔、少し張った頬骨、そのせいでアーモンドのように大きく黒い目が、いくらか吊り目になる。陽の光の加減で、栗色の毛髪はときに銅《あかがね》色にも映る。その姿は、そのままポートレート写真に写された女ざかりの女性のようだ。誰にでもやすやすと秘密を売り渡したりはしない女……。芸術肖像写真のモデルを頼もうと、フベルト・フィレルが何度申し出ても、必ず断られて終わった。アンナにすれば、誰かが自分の美を引き出そうなどとはもってのほか、他人の個人的関心が自分に向けられてほしくなかった。写真師のほうが、アンナを単なる仕事の手伝いとしては見ていない――そのぐらいのことは、彼女も感じていた。出迎える儀式として手に接吻されるたびに、そうと察せられた。修整の作業中に頭を上げるとき、フィレルの投げかける見つめるような眼差しからも、アンナは読み取っていた。

今も背後に立つフィレルは、彼女の頭髪の香りが嗅ぎ取れる低さに身を屈めていた。

アンナが姿勢を起こすと、丹念に手入れしたフィレルの指先が目の前に置いたのは、鼻眼鏡をかけた禿頭《はげあたま》の男の大きな写真だった。

「アンナさん、この修整、大急ぎでお願いします。墓石用に必要です」

「どなたでしょうか?」

「大佐のツィグレル博士」

その名を聞いて、アンナはすぐにわかった。「このかた、軍医だわ」——彼女は、一九四三年四月の「クラクフ報知」紙に掲載されたカティン事件犠牲者の一覧名簿で、その名を見ていた。

「まさか、そんな」——フィレルは、墓石用の写真に添えてあった一枚の紙片をアンナの前に置いた。彼女はいよいよ確信した。

「間違いありません! このかたですよ。グスタフ・ツィグレル、陸軍大佐、医学博士!」もう一度、彼女はフィレルに視線を向けた——「あそこで死んだ人です」

「そんなおかしなことがあるもんですか。少佐夫人」フィレルは、絵空事に不必要に固執する幼児を見る目で、アンナを見返した——「ツィグレル大佐は、この月曜日に、心臓発作で亡くなってます」彼は、そっと、アンナの肩に触れた——「今日中に仕上げて。石工が待ってます」

「埋葬は、いつですか?」

「今日の午後です」

そう聞いたアンナが急に椅子を立ち、鏡も覗かずに、ヴェール付きの帽子を被るなり、大慌てでアトリエをあとにするのを、フィレルは、呆気に取られて見ていた——急ぎの仕事で石工を待たせてある、と頼んだのに聞こえなかったのか。

18

母の姿を見て、ニカは驚いた——学校の校門に突然現れたりして、どうしたのだろう？　ニカが待ち構えていたのは、まったく別の人だった。アンナは、まるで走り出した路面電車に走って追いつこうとする人のようだった。手に、折りたたんだ新聞を持っていた。

「おまえを迎えに来たのよ」アンナは、この暑さに呼吸の妨げになる、顔の前のヴェールをかきあげた——「信じられないことが、起きたの！　助かってあそこから帰った人がいたのよ！」

死亡記事がいっぱいに並ぶ紙面を、ニカの目の前に突き出した。

「死亡記事が見える？」忘れようにも忘れられないグスタフ・ツィグレルの死亡記事を指さした——「月曜日に亡くなったって。ところが、あのリストに載っていた人なの！

ということは、いつ死んだことになるのかしら？　突きとめなくちゃ。あんたにもついて来てほしいの。一緒に来て！」

「今すぐ？　どこへ？」ニカの表情も声の調子も、いかにも気乗り薄だった——「占い師のところにでも、行くっていうの？」

「墓地ですよ。おまえと一緒じゃないとまずいから」

まさにその場で、ニカは嘘をついた。とっさにその嘘を思いついたのだ。今日の一番大切な約束だけは、無駄にしたくなかった——ユルと、「自由」映画館に行く。かと言って、生まれて初めて映画館に、ソ連映画『陽気な連中』を観に出かけるほうが、結局は覆すことのできない真実を確かめるために、果てもない試みを繰り返す母に同伴するよりずっといいなんて、母にはっきりと言えるわけがなかった。ニカはユルと約束していた。待っているところだった。彼をがっかりさせてはいけない、また生まれて初めての経験をするチャンスをつぶしたくない。そう思ったら、ぬけぬけと嘘が出た。

「行けないの」ニカは、母の目を見ずに言った——「シスター・アナスタジャに頼まれたの、学期末までに図書館の本の整理をするようにって」

アンナは黙ってヴェールを元通りに下ろし、来た道を塀沿いに戻り出した。砂岩の石塀が暑気の照り返しで、彼女を包んだ。ニカは母を見送っていた。そこへ、ユルがやってきた。ニカの気がかりは、ユルが母親と見知ってお辞儀をし、母が足を止めて何か聞きだし、その結果万事が判明することだった。しかし、ニカが見ていると、それぞれ別方向に向かうふたりは、聖カタジナ教会の辺りですれ違った。

19

ラコヴィツキ墓地は、六月の暑熱の空気のなかに沈んでいた。灼《や》けた墓石の照り返す熱と、午後の太陽とが、木立の葉群れに絡み合い、暑さに疲れ切った鳥たちは、じっとそこで屯《たむろ》していた。遠く離れた礼拝堂のほうから、泣くような小鐘の響きが伝わってきた。

アンナの顔を覆うヴェールが、呼気につれて静かに波打っていた。カキツバタの花束を手に、彼女は、医学部教授グスタフ・ツィグレル博士を永遠の安息へと見送る弔問客の一群の端に立っていた。彼女は、人々の集まりのなかに、数日前フィレル氏の写真館で、サーカスの見物中、休憩時間に夫から求婚された、という打ち明け話を聞かされた未亡人がいるのを認めた。

アンナは、最後まで脇に離れて立っていた。ツィグレル未亡人のもとには、順番に人が近づきお悔やみのことばを述べていたが、夫人はいちいち短く頷いて感謝した。絹の黒いネッカチーフの下から、白髪の巻き毛が覗いていた。アンナは列の最後についた。

訃報を見てから心に蟠《わだかま》る疑問への回答が聞き出せるものと、彼女は期待していた。花束を墓石に置いてから、いよいよ未亡人の前に立つと、夫人は彼女に視線を向けたが、その目は何も見ていなかった。それに怯《ひる》まずにアンナは、枝のようにか細い夫人の手を握りしめ、彼女のほうに身を傾けた——声が届かないのではないかと心配したからだ。

「ご主人は、カティン犠牲者の名簿に入っておいででしたのに……」

そのときようやく、夫人は目に意識を集中させてアンナを見た。そんなことまでを詮索したがるこの女の人と会ったのは、いつどこだったか、それを思い出そうとするような目だった。枯れ枝のような彼女の指が、アンナの顔のほうに伸び、少しだけヴェールを捲った。

「あなたも、ご主人をお亡くしですか？」

アンナは首で頷き、夫人に見えやすいようにヴェールを押さえながら、喉から声を絞り出し、尋ねた。

「失礼ですけど、どうして今お亡くなりになられたのですか、一九四〇年に死んだかたが……」

20

「心臓発作だって⁈」ブシャは、テーブルに前のめりとなり、信じられないという顔つきでアンナを見ていた――「普通にかい？　自宅で？」

「カティン・リストに載っていた、でも死んだのは月曜日」

「奇跡かね？　でも、どんな？」

「運が良かったのは、生まれがウィーン、そこで医大を卒業したこと」

テーブルにできた明るい光の輪の中心に、グスタフ・ツィグレルの死亡記事の載った新聞があった。テーブルの上から傘付きの電灯が照らしていた。点灯用の紐と並んで、小さな梨型のベルが下がっていた。以前は使用人を呼ぶのに使ったが、今は無用の長物で、舞踏会用のアンナのドレスや、朱印の捺された帯状の紙が入室禁止を厳命している、フィリピンスキ教授の書斎に並べられた蔵書と同じく、良き過去を偲ばせる品にすぎない。

ふたりがそうやってテーブルに向かい合っているのは、先ほどアンナが新聞を片手に帰宅してからだ。ブシャは眼鏡をかけ、カティンで死んだはずが実は生きていた男の死亡記事に目を通す。なるほど、運が良かった――生まれがウィーンなら、一九三九年秋、ドイツは各地の将校捕虜収容所にいる者のうちドイツ人たることが証明できる者を釈放していた。グスタフ・ツィグレルのコジェルスク出所が確定したとき、病状のすぐれなかったある騎兵中尉に、ツィグレルは着ていたセーターを譲り、その内側に縫い込まれた布には「G・ツィグレル」の名前が縫ってあった。一九四三年、死体発掘の過程で、このセーターが証拠となり、それを着ていた遺体が軍医大佐グスタフ・ツィグレル博士のものとされた……。

「一方本人は、終戦までクラクフで生きていた……」

「ほら、ごらん」息子もきっと、とブシャの顔が明るむ――「アンジェイも見つかるよ」

「お義母さま、奇跡は二度起こらないわ」

ブシャは眼鏡越しに、嫁に厳しい眼差しを向けた。

「おまえは、信じないの?」

「信じますけど……」アンナは、言い淀んだ――「信じなければならない、と信じています」

ドア口に立った瞬間、ニカは、自分が待たれていたのを知った。また何か、情報なり消息なりが見つかったのね。これで、保養地ですごした最初の夏休みの思い出のような、彼女にとってますます遠くなっていく過去に引き戻されることになる。

「何かあったの?」ニカは薄暗がりに立ち、電灯の温かな光に照らされた祖母と母の顔を見ていた。アンナは質問で応じた。

「どこへ行ってたの?」彼女は、責めるように小箪笥の上の古い置時計を指さした。一秒かあるいは半秒か、ニカは躊躇した――正直に言うか、言い逃れをするか。だが結局、映画館に行ったと言ってしまった。今日、生まれて初めて、映画館に行ったの！

「ひとりで？」――アンナの声には、好奇心より驚きのほうが多かった。

「ユルと一緒」母の眉が、両方とも疑問符のように吊りあがるのを見て、ニカは急いで付け足した――「フィレルさんのところで、『時計《チャスイ》』なら貸すよって、ロシア兵に言った青年よ。とても面白い人だって、わたしママに言ったじゃない」

「どんな家庭の人かね？」ブシャが追いかけて尋ねたのは、ニカの熱中するような表情に危うさを感じたためである――「どこから来た人だね？」

「『森』から！」――ニカは椅子に腰を下ろした。彼女の顔も電灯の光の輪に包まれ、今ではイェジ・コスマラ青年について話すときの目の輝きは、もう隠せなかった。「ムィシレニツェ出身。進学希望なの。とても素敵な人。ユーモアのセンスは相当だし、考え方もわたしたちと変わらない。彼がわたしを映画に誘ったの。ソ連映画だけど、バカバカしくて滑稽で……」

そこで中断した――自分のことばが、クラシック音楽の演奏会のなかの不協和音のように響くのに気づいたからだ。まんまと娘が裏切った、と知った母親の不機嫌もわかった。そう、もちろん、わたしはママのお伴で墓地へ行くべきだった。しかし、今となっては、そっちの話はあまり知らないような顔をするに限る。アンナは折りたたんだ新聞を娘のほうへ差し出した。それから、死亡欄を指で示した。

「学校の近くでおまえにも見せたけどね。おまえはもっと大切なほうを選んだわけね」

辛そうな言い方だった。いい年をして、まだお人形遊びから脱け切れない、まして、大人の暮らしに入ってこようとしない——そんな幼児を見る目付きで、母親はニカを見ていた。

「カティンの犠牲者リストに載りながら、無事だった！」勢い込んでブシャは言い、アンナとニカの顔を交互に見ていた——「お父さまも生きているよ！」孫娘が横目で投げかけた視線に疑いの色が濃いのに気づくと、せっかちに言い足した——「なにしろ、タジキスタンで見かけた人があるんだから！　そう話してくれたのは、ルヴフを追放になった図書館員だったっけ」

「で、それっきり、姿を消した」ニカがすかさず言った。ブシャの言うことを嫁と孫娘が信じ込むふりをしつづける、そのゲームをここで中断する、と宣告するような口調である——「例の謎の大佐も同じ。お祖母ちゃんの前に突然現れて、お父さまからの預かり物があるとか、言っておきながら……。その後どうしたの？　音沙汰なしじゃないの！」

「ベルリンに行ったのよ……」

「結局、帰って来なかった」

狼狽の視線を孫娘から嫁に移し、ブシャは自分の願望が事実であることを証明してほしい、と強くアンナに期待した。アンナは、ブシャの手に自分の手を重ねて、言った。

「お母さん、あの人はきっと生きています。私たちが待っている限り」

そう言って、非難するように娘を見た。ニカは荒々しくテーブルを立つと、グダンスク産の衣装箪笥の向こうにある、自分だけになれる場所に身を隠した……。

わたしに何が望みなの？　いつまでも後ろばかり振り返ること？　他人のお弔いに墓地へ行って、人生の意義を探せっていうの？　人生をそっくり、過ぎ去ったことの追跡に変えてしまうことなどできない。死のような取り返しのつかないものを取り戻そうなんて無理。母は、一家の生活全体を「カティン以後」の生活に変えた。母によれば、「カティン以前」にあったことだけが光に満ちた真の生活なのだ。それ以後の暮らしは、奇跡かなにかを永遠に待望しつづける状態に変わってしまった。人生を待合室に変えてなるものか！　これはもう病気よ！

「これって、病気よ」――ニカが声に出してそう言ったのは、後ほど戸棚の上の鏡に向かって長い髪を梳《と》かしている母の背後に立ったときだ。「シェイクスピアの名言、知ってる？『人生は白痴のしゃべる物語だ』（『マクベス』小田島雄志訳による）って。お母さまもお祖母さまも、そんな風に、一生夢を見つづけたい?!」

アンナは、夢遊病者のように緩慢に櫛を動かしつづけていた。櫛を下へ滑らせるごとに、なにかを思い出さずにいられないといった様子だった。祖父の古い洗髪用貫頭衣《ポンチョ》を着たニカの髪は濡れていた。指が、取れかけた帯を、神経質に解いては結んでいた。ニカはこれまでこれほど思い切って、母親との間に常に横たわるわだかまりを、ずけずけとことばにしたことはなかった。アンナはニカの気持ちをはっきりと感じ取ったようだった。鏡に映る娘の顔を見つめながら言ったことばには、憐みを乞うような調子があったからだ。

「ブシャはずっと信じているのよ——お父さまが戻ってくるって」キッチンから姑が来やしないか、聞き耳を立てながら彼女は小声で言った。

「お祖母さまはいいとして、ママはどうなの？　占い師のところに通うばかりで……」ニカの両手は思わず母親の凝った肩に置かれ、静かにそこをマッサージした——「お父さまの名は、犠牲者リストに載っているでしょう」

「あそこには、間違いがあるのよ！」アンナは強く首を振り、ニカの手を払いのけた——「ツィグレルさんはリストに載ったのに、終戦まで生き延びたでしょ」

「ツィグレルさんを恨んでいるみたい」

鏡のなかの母親の顔を観察するニカの口元に、皮肉な色が浮かんだ——それは、「一緒にしないで、わたしにはわたしの意見がある」と大見得を切りたいときにいつも顔に出た。

そう言われて、アンナは鏡から振り向き、櫛を戸棚に放り出すと、やや吊りあがった目を細めた。

「わかってないね、おまえは、まだ。一期一会っていうことが！」

「アンティゴネの悲劇は劇場だけなのよ」ニカは肩を竦め、いつもアンナを苛立たせる、例の皮肉な口調になった――「ソフォクレスがあのヒロインにいてもらいたかったのは、舞台の上だけなの。わたしたちは、日常を生きているの。どうかしら、アンティゴネの決心はどれだけ長続きするかしら――万が一、骨董屋さんに財産の版画を売り歩く羽目にでもなれば？」

「仕方ないわよ、わたしもアンティゴネ同様、自分の死者を弔《とむら》わずには、生きていられない身だもの」

こうなるとアンナも、動きののろいいつもの彼女ではない。素早く、鋭くやり返す。ニカは、ここでぐさりとアンナを刺し、傷跡が残り、後々考え直させるほどの直言を吐かねばと感じている。

「聞いた話だけど、世のなかには喪服の似合う女性がいるそうね」――彼女は小箪笥に歩み寄り、アンナがそこに置いたままのヴェール付きの深紅の縁なし帽を取り上げた。ニカはそれを被り、ヴェールを下ろした。詰まった網目を透かして、アンナの不安げに開かれた大きな目が見え、その面に広がる痛々しい渋面を見た。アンナは、ヴェールの向こうに白く見えている娘の顔を凝視していた。仮面のようだった。この子ったら、こんなものを被って、わたしの真似をするつもりかしら、それとも逆に、わたしと縁を切ろうとするつもりかしら。

「ニカちゃん」彼女は優しく言った。アンジェイがいつも用いた娘の呼び名である——「そんな皮肉な態度をとって、自分を何から守りたいの？」

「生きたお墓になりたいの？」ヴェールの霞を通して、ニカは母の頭が頷くように動くのを認めた。

「そう。真実がわからないうちは。たとえ……」彼女は、瞬間ためらった——「それが、絶望的な真実でも」

これ以上対話を続けても意味がない、とニカは悟った。ヴェール付きの帽子を傍らに置き、それから幅広いベッドの上に、ばたりと全身を投げると、スプリングが、やけに軋んだ。見上げる天井に、不思議な影の模様が描かれている。それを眺めながら、すでに告白ずみの事柄について、話しはじめた——今日、生まれて初めて男の子とデートをしたこと、初めての映画館で、ふたりで大笑いしたこと。答えはまったくなかった。そこで片肘をついて起きなおり、母親に顔を向けて挑むような調子を声に込めて言った。

「ママ、知っているの、映画って何か？　知ってる、大笑いするって何か？　もしかしたら、もう忘れたんじゃないの——そんなものがあることを？」

この問いかけにも、答えは返ってこなかった。アンナは、卵形の枠に収まっている写真に見入っていた。ニカは、こういうときの母には何のことばも届かないのを、知っていた。

21

夜になって都会の喧騒は静まったが、街灯の光は消えていなかった。いつもと同じく、黄色いその明かりは厚手のカーテンの隙間から差し込み、サロンに積み重ねた家具の上に斑《まだら》模様を描いていた。

ニカは、衣装箪笥の陰の寝床からそっと起き出した。誰かを起こしたくなかったし、彼女がゆっくりと衣装箪笥の戸を開け、なかへ片手を差し入れ、冷たいボタンに触れてから、軍服の袖を引っ張って顔へ押し付ける……その現場を見られたくなかった。今彼女は、紙巻きタバコ「エジプト」の遠いほとんど忘れかけた香りに、顔を埋めている。すると、ニカの目に浮かぶ――愛馬ヴェジルに跨って観覧席の前を通り過ぎる父の雄姿。父のサーベルの柄が輝く。後に続く重砲の列。ニカは観覧席に立ち、真新しい木材の匂いに包まれ、誇らしげに見つめている――馬上のハンサムな将校フィリピンスキ少佐、あれこそ自分の父と。再び閉じた瞼の奥に見えるのは、右から引き返してくる父、演奏する軍楽隊、手を振る自分、とても大きな白いリボンをつけた幼い自分。お父さまにもわたしが見えるかしら？

不意に喉が詰まりそうになるのを感じる。軍服の袖を撫で、音のしないようにそっと衣装箪笥の戸を閉める。今その陰で寝起きしている彼女は、ずいぶん前にこの箪笥にお墓という名をつけていた。そのとき、背後にアンナの声が聞こえた。

「ここで何をしているの？」

さっと振り向く。

街灯が雑然と並べられた家具の表面に溢れるように注ぎ、その輝きのなかに母が見える。裾長の夜着姿が、光を浴びて優雅な夜会服のように見える。手に持つのは、フツル地方産の民芸模様が彫刻された木筐《きばこ》。書き物机を売り払った後、この木筐に聖遺物のように貴重なあの手紙が入っている。

「パパの馬の名前、なんだっけ？」ニカは頬のホクロに指で触れる。考え事や心配事のあるとき、いつもそうする。アンナは、その質問に不意を突かれたといった様子はない。

「初めのがスルタン（君主）で、二頭目はヴェジル（宰相）。おまえは、怖がったわね、あれに初めて乗せられたときは」

母娘は、アンジェイの写真の正面に立った。その上に影が落ちてはいたが、彼の目はふたりをじっと観察していた。ニカが、子どものように溜息をもらした。

「お父さまは、きっと男の子が欲しかったのね」

「おまえが、パパのすべてだった……。聯隊がいよいよ出陣するとき、おまえになんて言われたか、憶えてる？」

「すぐに戻るって」

「『ニカ、お父さんが戻ったら、扁桃腺の除去手術が終わっているだろうから、みんなでアイスクリームを食べに出かけようね』」

ニカは、違うというように、首を振った――「それは手紙の文面よ」彼女は指で木筐に触れた――「なぜ持ち出したの？」

「これは、アンジェイがずっと私たちと一緒に暮らしていた証だから。そのうちあんたにもわかるはず――貞淑は恋の情熱よりずっと不変なものだって」

「いつになれば、わかる？」

「おまえの愛した人がおまえの傍らにいなくなるとき」

アンナは木筐を置き、いきなり娘を抱きしめた――この先、人生はさまざまなドラマを用意していることだろうが、そのときに娘が経験するだろう苦しみへの同情を、今ここで表そうとするかのように。

22

ニカは、コシチュシュコ（ポーランドの軍人。第二次ポーランド分割後の一七九四年に武装蜂起を指導した）墳の中腹の草原に腰を下ろし、陽光に満たされた目を細めていた。「目をつぶるなよ。眠る女の絵になってしまうぞ」というユルの声が、蜜蜂の唸り飛ぶ音楽をバックグラウンドに聞こえてくる。

ふたりは築山の斜面に座っていた。ニカは草むらに、彼は画帳を手に石に座っていた。温められた空気、単調な蜂のコンサート、そのなかで紙を軋るような音を立てて擦る木炭。ユルがニカを描く、最初の肖像画である。首を回さないで、姿勢を変えちゃだめ、ぼくの未来がかかっているんだよ。終業式がすんだら、私がモデルになってもいい――ニカはそう約束していた。

昨日で一学年が終わった。昨日は聞き分けが良い女子高生として後ろに髪の毛をまとめて、成績表を受け取った。今日は、ブラウスの首のボタンをはずしてコシチュシュコ墳の斜面に座り、君こそはわが運命と、生まれて最初の台詞を聞かされた人のために、ポーズをとっている。

紙に軋る木炭の音を聞くうちに、ユルの禁令に背いてニカは目を閉じる。シスター・アナスタジャの顔が見える。成績表を手渡した後、ニカを脇へ連れていった――「私たちの学校は、高校卒業試験実施の認可を取り上げられました。だから、あなたは別の学校へ転校しなさい。忘れてはいけませんよ、あなたのお父さまは三九年に戦死した、と書類に書くことをね」「わたしに嘘をつけ、とおっしゃるのですか?」ニカは大好きなシスターの目をまともに見返したが、その表情は尼僧頭巾《コルネット》の庇の下で厳しく、近づきがたかった。「我慢なさい。今に時期が来ます」「でも、それまでに、あの犯罪のことをみんな忘れてしまいます」「ヴェロニカ、それはあなた次第ですよ」シスター・アナスタジャは、ニカの肩に片手を置いた。この仕種は、リレー競技でバトンを手渡すようなものだった。「考古学者は、たとえ数百年後でさえ、真実を明るみに出して見せます……」

このことばが人生の行く手を決めることになる――ニカにそれを予感できただろうか? 今の彼女の生活は、ユルとの次のデートを待つことだけだった。自分でもそうとはっきりと認めはしない。ユルが校門の前で待っていないとき、あてもなく通りを歩きながら、お互いに知り合う前の昔話を聞かせる機会を逃したとき、わたしはがっかりする――ニカはそれに気づきはじめて、ある不安を覚える。彼女は、誰にも打ち明ける気になれないようなことでも、彼には話してきた。五歳になったころ、ママの指輪をぜんぶ指にはめて、それを砂場でなくしてしまい、父付きの当番兵と家政婦のフランチシュカのふたりが砂場の砂をすべて篩《ふるい》にかける騒ぎになったこと。そしてまた、幼稚園時代に遠足の一行からはぐれ、さんざん迷った末、柵で行き止まりになった、そうしたら、柵の向こうから恐ろしげな唸り声、鳴き声が聞こえてきた、あのときの恐怖。これがこの世の終わりかとびくびくしていたら、飼い犬のアゾルの舌が涙にぬれた頬を舐め、パパがわたしの上に身を屈めていた。それから、教会のミサで聖餅《せいへい》を戴いて、これを嚙んだら天罰が下るかもしれないと、わざと嚙み砕いてみたことも打ち明けた。そのときユルが、女の裸の尻を棍棒で殴りつけたことがある、という話をした。血が壁に飛び散ったけど、哀れだとは感じなかった。命令に従ったまでだから……。

「その女、ドイツ兵相手の商売女で、ゲシュタポに逮捕された人や収容所送りになった人を釈放してやると嘘の約束をして、人から金を巻き上げていた。結局ぼくたちは、女の髪を剃りおとして、いくらドイツ兵でも手が出ないようにしてやった。そういう判決が下ったんだ。判決がある以上、わが身の損得を考えれば、執行するほうがされるよりましだね」

ニカは訊いてみた。死刑執行の経験は？　ユルはタバコを吸いこみ、灰を落とし、ベテランの映画監督みたいに返事に間をとった。そのうえで、やおら頷いた。ニカは唾《つば》を呑みこみ、喉から声を絞り出すようにして、訊ねた——銃で撃ち殺したの？　どんな風にして？　心臓、額、それとも後頭部？　ユルはまたタバコを吸いこみ、肺にためた煙を鼻から出し、それから言った——あれは、鉞《まさかり》だった。

慄然とした。するとユルは突然爆笑した——まんまとひっかかったな、と大笑いする少年のように。確かに、死刑執行に及んだが、それは今下宿しているミハリナ叔母さんに頼まれてだった。みすぼらしい家の庭に雄鶏がのし歩いていて、ときには堂々と台所まで上がり込み、猫の皿から餌を横取りする。ある日、この雄鶏がとんでもないことをしでかした。ミハリナ叔母さんが、木の風呂桶で身体を洗う支度をしていた。鶏小屋にはむろん水浴び場などなかった。叔母さんが、首からお守りを外すと、途端に雄鶏が鎖ごとそのメダルを呑みこんだ。メダルは聖地ヤスナ・グラでお祓いを受けたもの。勘弁ならないとミハリナ叔母はいきり立った。ユルに絶対命令を下した——雄鶏をやっつけるか、ここから出て行くかだ！

「出て行くところなんかありゃしない。命令が下った、だからぼくは判決を執行した」ニカのほうに身体を傾け、真剣そのものの小声で訊いた——「君は、ぼくを密告したりしないな、え？」

愉快な人ね。ニカは、この人にになら何でも話せる、と感じた。こっちがまだことばにできずにいる考えまで、受け取ってくれる、と感じた。ふたりの間には隠し立てなんか何一つない、とも感じた。

ユルがスケッチを終え、画帳を閉じた。ニカが抗議した。自分の肖像画を見たかった。自分が彼の目にどう映るか、見たかった。少し横目で見ている少女が描かれていた。その眼差しのなかには、無邪気さと小悪魔めいたずる賢さが混ざり合っていた。

「こんな風に見えるの、わたし？」

「気に入らないのかい？」

「才能があるのね」

「どうかな」そう唸って、またタバコに火をつけた——「才能があっても、弱気だからな。美術大学では、弱気が才能発揮の妨げとなるかもしれないって心配なんだ」

ニカは画帳を取り上げた——「うちの人たちに見せるわ」

「必ず返してくれよ」条件を付けた——「大学に提出しなければならないんだ」

「特赦の申請する？　今月中よ」ニカは、細道で躓いた。ユルが彼女を支えてくれて、ふたりは肩を並べてしばらく立ち止まった。

「ぼくにはできない」目だけ笑ったが、ことばは恐ろしく真剣に響いた——「その前にしておくことがある。ずいぶん前から待ち望んでいたことだ」

目の奥を覗きこまれて、ニカはどう反応すべきかわからなかった。訊ねるほうがいい、自分にその暗示が届かなかったふりをするよりは——「何を考えてるの⁈」

「風呂のことさ」両手を太陽に向けて差し伸べ、彼は言った——「ああ！　もうずいぶん湯船につかってないや」

23

ユルはニカの入ったアパートの向かい側、ブラッカ通りの門口に立っていた。タバコを口にしていた。半長靴が暑苦しかったが、今のところこれ一足で代わりはなかった。二階の窓を眺めていた。ふと、管理人が胡散臭そうな目で見ているのに気づき、ユルは製靴工房のほうへ歩き出した……。

そのころニカは、ユルの画帳を母に見せていた。見終わったアンナは、手を伸ばしてそれを置き、認めるように頷いた。ニカは声にはっきりと力を込めて、ユルが美術大学に進学希望であること、父親が祠のキリスト像を彫る職人だったという話を聞かせた。「森」にいたユルには、特赦を受けるよう勧めていることも、彼女は告げた。

「おまえはそんなことまで、彼に勧めるの?」アンナは、スケッチ帳を彼女に返した。呆れたような目で娘を見ていた。

「本人はためらっているの。でも、戦時中のことはそろそろ忘れる時期だわ。もう映画館か海岸に座っているほうがいい、『森』や監獄なんかよりも」

「違うわ」アンナは強く首を振り、その長い髪が首の周りで踊った――「出頭すべきだけど、そんなことが理由ではないわ！　肝心なのは、私たちを絶滅に追い込もうとしている現政権の連中に、その可能性を与えないことなの！　私たちの仲間が、ワルシャワ蜂起で、カティンで、『森』でどれだけ滅んだ？　民族のエリートが総倒れよ！　今に、知識人は博物館の展示品になるわ！」

驚いたという顔つきでニカを見ていた。この娘は、わたしの説に反論しないのか？　新政権が生まれた以上、信頼感を持って接するべきである、とかいったその場の思いつきの理由で、わたしの説を否定にかからないのか？　ところが、ニカは、プシェムィシルの繁華街でアイスクリームをおねだりした六歳の幼女の顔になって、わたしに話しかけてきた……。

「ママ。特赦に出頭する前に、心ある人に一つだけ頼みたいことがあるんですって」

「頼みたいこと？　何を？」

ニカは、祈るように両手を合わせた。

「うちのお風呂、使わせてもらえるかって」

「お風呂を？」アンナは答えに窮した——「いつ？」

「今すぐ！」ニカは、サロンの窓の向こうを指さした——「向こうで待ってるの」

ニカの姿が窓辺に見えた。上がるよう手招きしている。窓枠に収まったニカは、絵のなかの人物みたいに見えた。外壁でタバコを消し、門口の暗がりに入った。

アンナは、サロンのドアの前で待っていた。ユルは不動の姿勢をとり、靴の踵を鳴らした。

「少佐夫人！　見習士官ユル、ただ今到着しました」

キッチンから覗くスタヴァヴャク夫人が、興味津々の目で来客を眺めた。アンナが、ユルの前でサロンの戸を開けた。浴室にこもると、アンナはニカを、まるでたった今、本当の意味で知り合いになった人のように、見た。

「変わったものね、今の若い人たちは……」彼女の目は、アンジェイの写真のほうに走った——「あんたのお父さまが我が家に見えたときは、結婚の申し込みだったけど、今日のお客さんは、ひと風呂浴びにとは……」

「ママ、彼を何とか助けてあげなくては」ニカは肘掛椅子の袖に腰掛け、母を抱きしめた。

「新しいタオルなら渡したわ」

「ふざけないで。仕事を探しているの。フィレルさんが暗室の助手を探しているって言わなかった？」

サロンの戸口にユルが立った。濡れた髪がブラシのように突き立っていた。

「やっと、うちへ帰った気分です」

24

その翌日、ユルはグロツカ通りの写真館の飾り窓の前に立っていた。フィリピンスキ少佐夫人に言われていた――「経営者と話しますから、その結果がわかるように、近くにいてください」

フィレル氏が例によって鄭重な接吻で出迎えるとすぐに、アンナは、ヴェールの垂れた帽子を脱ぎもせず、訊ねた――「写真現像の仕事で助手をお探しの話、まだ決まっていません？」フィレル氏は、まだだと答え、すぐに条件を付けた――「写真師の仕事を知っている人でなくてはなりません」そう聞くなり、アンナは、相手をドア口に連れていき、飾り窓の前に立つ青年を、首の動きで示した。

「芸術家肌の子でしてね。美術大学に進学するそうよ」

「この仕事に詳しいですか？」――ヴェロニカの友人として引き合わされたユルに、フィレルのぶつけた最初の質問が、それだった。

「父方の叔父が、ミェフフ（クラクフ近郊の小都市）の写真家でして」

「お名前は？」

「ぼくと同じ苗字のコスマラです」

「そのかたなら」フィレルが、勿体ぶって頷いた――「お目にかかったことがある。古い水車の写真展を開いた折にね。私たちはふたりとも、クラクフ地方の魅力を写真で表現するのを一生の仕事にしていますから」

フィレルは、さっそくユルを暗室へ引き入れた。フィレルがそのまましばらく外に出てこなかったことが幸いしたのだろう。アンナは、コジェルスクに収容された夫の消息を当局に調べてもらう方法を発見した人物がいるのを知ることができた。もし、フィレル氏がただちに顧客である女優の撮影にとりかかっていたら、彼女は、フィレルが準備した写真を修整するアンナのテーブルに近寄らなかったかもしれない。

女優は撮影の約束があって、フベルト・フィレル氏のスタジオを訪れていた。稽古入りした芝居のコスチュームをいろいろ持ち込んでいた。己れの美貌と人気に自信を持つこの女優は、満艦飾の三本マストの旧式軍艦のように写真館のなかを航海した。アンナと挨拶を交わすと、いきなり女優は、滝のように肩に流れ落ちるアンナの栗色の髪に触った。

「これほどの地毛が、わたくしにあれば、メアリー・スチュアート（ロマン主義詩人ユリウシュ・スウォヴァツキの戯曲（一八三〇）のヒロイン）を鬘で演じなくてもすみましたのにね」机に向かうアンナに寄りかかるようにしていた女優は、風を嗅ぎとる猟犬のように、きっと頭を上げて匂いを嗅いだ――「ライラック、それと若いリンゴの香りね……」アンナの不審げな目を読みとった女優は、かつて一度たりと判断ミスを犯したことのない自信たっぷりな顔付きとなり、さらに付け加えた――「あなたね、殿方は、ポインター犬みたいなものでしてね。女選びに鼻を使うのよ」彼女は、またもアンナの毛髪を、さも羨ましそうに撫でてから――「お金にお困りのことが、ございましたら、わたくしどもの鬘師が大金をお払いしますよ」

アンナは、応答に詰まった。もっとも、この女優はいつも返事など期待しているわけではない、といった話しぶりをした。大切なのは、いつだって自分の言おうとしていることなのだ。アンナの前に置かれた写真にその目が行ったとき、知り合いとばったり行き遇ったかのように、派手な声をあげた。

「あら！　ヴェンデさんだわ、騎兵大尉の！」

写真の男は平服を着ていたのに、「騎兵大尉」と見抜いた。この後、こんなやりとりがあった――ヴェンデ夫妻のこと、ご存じでしょ。ご存じでない？　不思議ですわね。お知り合いでいられるべきなのに。だって、ヴェンデ夫人のレナタさんとあなたとは、同じ境遇ですのに。フィリピンスキ少佐もヴェンデ騎兵大尉も、コジェルスク収容所で一緒だったはず。あなたがご主人の消息を求めておいでとは、フベルトさんからうかがっています。このヴェンデ夫人は、どうやら大尉の生死を公式に確認する方法を見つけられたそうですのよ。

「どうやって、公式の確認を得ようというのですか？」アンナは机から立ち上がり、女優の目を真っ直ぐに見た――「どなたから?」

「現在の政権からですとも」女優は、大尉の写真を見下ろして言った――「何やらの書類を提出して、それにご主人のお写真を添えて、お出しになったとうかがっていますけど」

「ヴェンデ夫人の住所は、ご存じですか」

レナタ・ヴェンデ夫人が、明日、プリントを受け取りに現れることは、フィレルから聞いていた。しかし、女優からこんな話を聞かされては、明日まではとても待てない。なんとかして、今日のうちにその女性に会おう。最終的な真相を知るどんな方法を見出したというのか、今日のうちにも知りたい。もちろん、真実を知るのは怖かったが、絶えず不安を抱きながら生きていくことはできなかった。ニカにも、常々言っていることだが、知らぬは忍耐、知るは不幸だ。とはいえ、選択の余地はない。どんな真実でも受け入れる覚悟はできている。

騎兵大尉の写真の修整を仕上げ、プリントのことをユルに頼んでから、アンナは女優に聞いた住所を目指した。ポドグジェ地区（クラクフ市内の住宅地）まできて路面電車を降り、そこから、さらに十五分ほど歩くと、木戸の前に来た。その向こうに見えたのは、郊外の高級一戸建てに見せかけた小住宅だった。玄関口へ上がる階段には、ひび割れたセメントの粉が散らばり、壊れた雨樋の一つの下に桶が置かれ、ポーチのベランダは手すりから剝げ落ちたペンキで黒く汚れていた。家の前では、五歳くらいの少年がシャベルで大きなカブトムシを掘り出したところだった。捕らわれた虫は必死で逃げ出そうとあがいていた。子どもは、ヴェール付きの帽子を被った小母さんを驚いた目で見上げた。おとぎ話の魔女とでも映ったに違いない。怪訝な顔をした少年は、慌てて家のほうへと駆け出したから。

「ママに言ってちょうだい、写真館から写真を持ってきましたってね」

ドア口に現れたブロンドの女性は陽灼けしていて、派手な色の絹のドレスを着ていた。明るい口紅を塗った様子は、これからカクテル・パーティにでも出かけるふうに見えた。

アンナは居間のソファに腰を下ろし、バッグに入れてきたヴェンデ騎兵大尉の写真入り封筒を手にしていた。騎兵大尉未亡人は紅茶を淹れにキッチンへと下がったから、アンナは部屋のモダンな調度を眺め渡すことができた。彼女の目を惹いたのは、アルバムが並ぶ棚の上に置かれたピウスツキ元帥の胸像と、椅子の背に掛かった男物の上着だった。紅茶を運んできた大尉夫人は、切り揃えたレモンの小皿をアンナの前に差し出した。これほどの香り高い紅茶をいただくのは久しぶりのことだったし、レモンなどは市場の闇商人の店先で見かけるだけだった。

大尉夫人は、「カメリア」のワンパックごと、アンナに勧めた。「吸いませんの」――

とアンナが断った。そのとき、部屋のドアの外で恐ろしい叫び声がした。少年がおもちゃの木製トラックを紐で引っ張り、声でエンジン音を真似ているのだ。大尉夫人は、深紅の唇からガラスの細パイプを放し、優雅に煙を吐きながら、ドアのほうに命令した。言いつけが守られるわけがないのは、承知のうえで。

「ヴォイテク、うるさくしないの！」

「うるさくするよ！」少年は、荒っぽくおもちゃを蹴飛ばした——「ぼく、退屈だもん」

今度はその車に跨って居間へと乗り込み、アンナの足元を掠《かす》めた。アンナは足を引っ込める。顔を隠したこの奇妙な女を、はっきりと敵意を込めて見ていた。大尉夫人は、抱きついてくる子どもを部屋の外へと連れ出し、言い訳するかのように、小声で言った。

「あの子は、父親に会うことさえなかったの。四〇年四月生まれですから。ほら、『お墓っ子』なんて呼び方がありますね、あれです」

「わたしたち、みんな『お墓っ子』ですわ」

夫人は、流れるような手付きで、ガラスのパイプを錫《すず》の灰皿の縁に置き、本棚へ歩み寄った。そこから封筒を引っ張り出した。茶色にくすんだ一九四三年の「クラクフ報知」紙が入っていた。アンナは、封筒の奥にまだ何か書類があるのに気づいた。大尉夫人は、慎重に新聞を広げた。

「奥さんのご主人も、このリストに?」

アンナは頷いた——あるにはあったが、姓にも名にも間違いがあった。フィリピンスキがフィリプスキ、アンジェイがアダムに……。

夫人は、一筋の煙を通してアンナを見つめた。ヴェールを外したアンナの顔は、いわば素っ裸だった。あらゆる感情が、そこには容易に読みとれた。

「奥さんは、ずっと希望をお持ちなの?」客から、もっと何か訊き出したいようである。アンナは、一瞬もためらわずに答えた——最終的な真実を知るまでは希望を持ち続ける、と。

「わたしは、一点の疑いも持ちませんわ——主人はあそこで虐殺されたのです」

エナメルを塗った指先で、彼女は、新聞の肝心の箇所を指さす——「騎兵大尉ヘンリク・ヴェンデ」

「わたしが、ずっと探しているのは、確たる証拠なんです」アンナは初対面の未亡人の理解を期待している——「ドイツ側の現地調査団に同行したポーランド赤十字の例の委員会のメンバーが、どこかにいるはず、是非とも会いたくて……」

「誰か、先に探し出したかたがいるようよ」茶色のパイプのガラスを通って、朱い唇の間に吸い込まれる煙が見える——「昨年末に、ロベル博士などを見つけ出したんですって」

「連中、ここではやりたい放題ね」――アンナの指摘に、夫人は頷く。アンナには、同じ犯罪の被害者同士との意識を共有できることが嬉しい。まず二人の夫たちが殺され、次に真実までも殺されたのだ。いよいよ、アンナは、ここへ来た目的となった質問に取りかかる。

「主人たちに何が起こったのか、確認する方法をご存じとかうかがいましたが……」

「法律に詳しいかたの助言です」

「法律となんの関係が？」

「役所には、法律厳守の立場があります。ある種の事実を認めさせる簡単な方法があるのです」大尉夫人は、気取った手付きで灰を落とす――「わたしたち、同じ未亡人ですわね？」

答えは聞きたくない、ただ理解しあう共通の場を定めるだけだ、といった口調で、問いを投げかけた。しかし、アンナは突然強く首を振って否定する。大尉夫人の顔に、驚きの表情が浮かんだ。紅を塗った唇にタバコを近づけたところで、動きが止まった。

「最終的な証拠のない間は、わたしは未亡人だと思っていません」アンナは、ヴェンデ大尉の写真をバッグから取り出した――「今でもわたしは妻です」

これを聞くレナタ・ヴェンデの顔から、一瞬前までの優しさが拭い去られた。深く煙を吸い込み、柱のようになった灰を灰皿の脇に散らした。長い睫毛の下から、客をじっと観察していたためだ。やがて、彼女は心持ち肩を竦め、さっきの封筒に古新聞とともに入れてあった何かの書類を取り出した。

「わかります。でもね、証拠なら、役所に頼めばこちらに提供してくれますよ」直截な言い方だった――「ある弁護士から勧められたのですけど、戦争未亡人は、市裁判所に恩給請求の権利があるそうです。そうすれば、向こうは、いやでも示さざるを得なくなるでしょう――いつ、どこで戦死したかを」夫の写真に手を伸ばすと、それに目をやりもせず、無造作に封筒に突っ込んだ――「それには書類と写真が必要です。こうすれば、向こうで事実を確認してくれますよ」

彼女は立ち上がると、新聞と書類と写真入りの封筒を棚へ戻しに行った。目的を持った動きだったが、同時に多少とも稽古をした成果とも見えた――舞台へ上がる前に準備体操をする踊り子のようなのだ。封筒を置く前に、彼女は、決闘用の剣のように、それを高々と掲げた。

「これを持って明日行きます。早く認めてほしいわ――未亡人だ、とね!」

アンナがソファを立ち、ヴェールを顔に掛けたそのとき、ドアの所に長身の男が現れた。明るい色の夏服を着て、手にはカバンを提げていた。男は毛の薄くなった頭を下げたが、挨拶を交わす間がなかった――ヴォイテクが、歓声をあげながら部屋へ駆け込んできたからだ。

「パパだ、パパのお帰りだ！」

カバンを取り上げて、開けようとした。

「なぁに、お土産は？　オモチャの兵隊さんかな？」

アンナの顔の強ばるのを見て、大尉夫人は自覚した――もはやヴェンデ大尉の妻ではなく、大尉との思い出を棄てた女と目されていると。「弁護士のピョンテクさん」と紹介しながら、もうわかっていた。アンナは、彼を大尉の占めていた場所を奪った男として見ている。そして思っているに違いない――レナタが夫の死の法的確認を是が非でも必要としているのはそういうわけだったのか、もう未亡人でいたくないというわけかと。嘘を暴く方法を指示した弁護士とはこの男なのか、大尉夫人の息子は実父だと思いこんでいるが……。

アンナは、ヴェールを被っているせいでピョンテク弁護士の差し出す手に気づかなかったふりをして、会釈だけに止め、出口へと向かう。慌てて彼女を追う大尉夫人は、身体で扉を塞ぐ。アンナの目をまっすぐ見ている。そのことばには、わかってほしい、という哀願が感じられる。

「わたしたちには死の刻印が捺されています」と言って、アンナの肘を摑む――「でも、わたしたちの子どもまで、墓場で暮らさなくてはならないの？　ヴォイテクは難しい子なの。父親がいなくてはならないのです。その強い庇護が必要なのです」

アンナは、夫人の指を腕からそっと外す。黙礼してその場を去り、木戸へと歩き出す。背後から大尉夫人の叫ぶのが聞こえる。

「写真のお金がまだでした！」

アンナは答えず、振り返りすらしない。ただ、打ち消すように、無言で、アンナが手を振る――それは、今問題ではないと。

25

アンナが帰宅すると、ニカが首に抱きついてきた。ユルがフィレルさんのところで仕事が見つかったことに、代わってお礼するためにだ。アンナは、冷ややかだった。ニカはすぐに悟った――「カティン以後」の時代をめぐる問題で、また滅入ってしまったのね。張り詰めると母の高い頬骨が目立ち、大きな黒い眼にあたかも万物を別の時代から眺めているかのような眼差しが浮かぶ……。

アンナは最初、ヴェンデ大尉夫人を訪問したことについて、一言も言わなかった。明日市裁判所に提出するつもりの書類をまとめていた。夜に入り、開け放った窓際でブシャがカードを広げ、退屈凌ぎのソリティアに浸りはじめるのを見計らって、アンナは、役所に「行方不明のアンジェイ・フィリピンスキ少佐」問題について何らかの見解を表明させるにはどうすればよいか、そのアイデアを、誰がどのような状況で教えてくれたかを、憤りを隠そうとせずに話して聞かせた。

「助けてくれたんだから、感謝しなくちゃ」ブシャは、テーブルの天板にトランプを並べていた。アンナは、我慢できないように肩を竦めた。

「その女性に証明が必要なのはね……」ことばに合わせて、アンナの爪はテーブルを叩いていた——「未亡人と認められて、別の男性と一緒になるためなの」

ニカは、母の口ぶりに検事の口調を感じた。彼女はいつも、判決だけが下されて上告を封じられると、身内に反抗の気分が目を覚ます。

「ママは、その女性のこと怒っているの？　結局、みんな誰かが必要なのよ、自分を必要としている人が」

ニカは全身を母に見渡され、ほとんどその視線の重みすら感じたほどだった。そして、考えた——きっと母は、わたしの言ったことが、わたしとあの知り合いの青年を指しているのかどうか、頭のなかで慮《おもんぱか》っているに違いない。きっとニカが何を言おうとしたのか、考えているのだろう。それならば、と万一の用心に、大尉未亡人の立場にひっかけて、こう言い添えた。

「いなくなった人に対する貞節の義務はどれくらい続くの？　そもそもそんな義務があるのかしら？」

「いないからこその義務でしょう」

アンナのその返事に、ブシャはカードの手を止めた。眼鏡越しに、孫娘がどう母親に反応するか、窺《うかが》った。ニカは肩を竦めて、テーブルから立ち上がった。

「いつも思うのだけど、アンティゴネは自分の不幸を愛しているのね。わたし、作文にそう書いたら、理屈の通った意見ですって、フリドリフ先生に言われたわ。そういうタイプの女性っているじゃないの——絶望のどん底を愛する女……」

また、そんなバカなことを言う、とでも、母が声高に反論してくるか、とニカは思ったが、母は誰かに言うよりも、自分自身に言い聞かせるかのように、小声に呟くだけだった。

「そういう絶望がないならば、わたしはどうやって、自分の人間性を証明できる？」

そのとき、ブシャの置いたトランプがパチリと音を立て、同時に彼女の感極まったような声が響いた。

「ねえ、見て！　ハートのキングの隣にエースが！　大々吉だよ。誰かさんが、やってきて、何もかも引っ繰り返してくれるって！」

翌日にはもう、その誰かがやってきた……。

26

次の日、アンナはフィレル写真館の仕事を休み、アンジェイ関係の書類一式のファイルを手に、市裁判所へと向かった。雨が降っていたので、ブシャは気が気でなかった──アンナの雨傘は、穴だらけなのだ。

十時近くに、表の呼び鈴が鳴った。ニカはまだ、古くて伸び切った洗髪用貫頭衣《ポンチョ》を被り、洗ったばかりの髪をタオルで拭いているところだった。

玄関口に立ったのは、長身で面長、ちょっと狼のような風貌の男だった。着ている雨合羽から雫が垂れていた。野戦帽の庇に指を揃えて敬礼した。

「自分は、ヤロスワフ・セリム大佐です。フィリピンスキ少佐夫人は、おいでですか？」

「さきほど、出かけまして」

「お戻りは遅くなりますか？」

「市裁判所へ。母をお待ちになります？」

「それが、待てないのです。少佐夫人にお伝えすることがあるのですが、これは先延ばしできないことなので、裁判所で夫人を探したほうが良さそうです」

「母のこと、おわかりですか?」——ニカは、大佐が肯定して頷いたのに、いかにも驚いた様子だった。

「わかると思います、ニカさん」と言った後、訂正して「失礼、ヴェロニカさん」と言い改めた。

こう言うと、疲れた顔が和らぎ灰色の目元に温かみが差した。注視のまなこが、少女の横顔に向けられる。ニカは、容姿に自信を失った。思わず、ホクロに指が行く。

「わたしの呼び名がニカだと、どうしてご存じ?」

「きれいな娘さんに成長なさった」

再び敬礼すると、将校は防水雨着の頭巾を被り、階段を下り始めた。ニカは目で見送った。何者かしら、正式な呼び名ばかりか、わたしの愛称までも知っている。ママのことだって「わかる」だなんて。先延ばしできないどんな用件で、ここに見えたのかしら?

「誰が来たの?」——廊下からブシャの声がした。

「大佐だとか」

「アンジェイの用件を言付かった人だよ!」ブシャの声には、揺るぎない確信の響きがあった——「軍服は、どんな?」

「帽子に『カラス』の徽章(第2章参照)の付いた」

「やっぱりそうだ！」ブシャは、孫の手を取り、それを振る――「何か言ってたかい？」

「『ニカさん』だって。わたしのこと、どこで知ったんだろう？」

そのころ、ヤロスワフ・セリムは、もう通りの向こうの門口に立ち、フィリピンスキ家の窓を見上げながら、タバコ「自由」の箱を取り出して、一本に点火し、水に潜る前に空気を吸い込むほどがつがつと煙を吸い込んだ。腕時計に目をやると、将校の長靴で水溜まりを跳ね飛ばしながら、門口を離れた……。

27

汚れた窓の並ぶ狭苦しい廊下を、アンナは、先へ先へと進んでいった。バッグを小脇に、片手には濡れた雨傘。故紙と濡れ雑巾と古着類の臭いが奇妙に混じり合った空気を、肺に吸い込むまいと努めていた。せせこましい廊下には、数人ずつが屯して、片言隻語《へんげんせきご》どれも他人の耳には入れまいと、丸くなってひそひそ話をしていた。アンナはその脇を通り抜けて行った。時折道を譲る羽目になるのが、書類の山を抱える役人たちで、彼らは、申請者は見て見ぬふりをするようにと命令でもされているのか、ガラスのような目をひたすら前方に向けていた。

　喉が引き攣《つ》っていた。足を踏み入れるまえから、アンナはこの建物に怯えていた。階段を昇り、何本もの廊下を抜ける、そのつど、ますます迷路の鼠のように感じた。通り過ぎる部屋のドアが開かれるごとに、タイプライターのスタッカートやら、電話の単調な呼び出し音が聞こえた。次々にドアに掛かる部局の札に目配りを忘れないのに、どれひとつとして、さきほど受付の男がぶっきらぼうに告げた部署の名に該当するものはなかった。廊下は直角に屈折を繰り返した。先へ行けば、いくらか明るくなり、息詰まる空気も和らぐかと期待するのだが、当ては外れた——角を曲がるたびに、その先には次の廊下があり、その壁は灰色で下の方だけ緑色が塗り重ねられていた。その部分のペンキが剝げ落ちていた。

　民警の一団に引き立てられて冬外套姿の男が連行されるのと擦れ違ったとき、壁に寄りかかったアンナのグレーのコートの袖口に、べったりと塗料が付いた——まるで、申請者としてここに来たという証拠のようだった。探し求める法務部に辿り着くまで、いったい、あと何本廊下を歩けばよいのだろう？　あといくつのドアを通り過ぎなければならないのだろう？

　ドアのノブを回す前にヴェールを外し、潜水の用意でもするように深く息を吸った。受付用の仕切りの高いカウンターの前に立ったが、奥にいる男ふたりの事務員も、馬面の女役人も、知らんぷりの様子だった。アンナの雨傘から滴が垂れ落ち、床に小さく水溜まりが広がる。女役人が顔を上げ、責めるふうにアンナを睨み、冷たく言い放つ――

「廊下で待ってください！」

「待てません！」アンナの声には強い決断がこもり、部屋の全員が彼女のほうに視線を向けた――「もう待ちすぎるほど待たされました！　五年目です。開戦直後から」

どうやっても厄介払いできそうにない、新しい嘘をついても、困ったというように両手を広げても、納得してくれそうにない、と察しを付けたのだろう。女役人は、傘を隅に立てるように命じて、アンナを受け付ける姿勢になった。


そのころセリム大佐は、裁判所ビルが見渡せる向かいの門口に立った。タバコを吸い付け、建物全体に丹念に目を配った――軍事作戦の開始に備える目付きで、出入口の数まで確かめていた。


受付カウンターの前に立つアンナの目の前に、申請事情を記入させる質問用紙が差し出された。

「戦争未亡人恩給の申請には、夫が消息不明になった年月日と場所を書き入れてください」

「消息不明ではありません」アンナの語気は鋭かった——「戦死と申し上げましたわ。正確には、虐殺されたのです」

仕事に集中しているふりをしていた事務員ふたりが、アンナのほうに目を向けた。

「いつですか？」——事務机を鉛筆でトントンと鳴らしながら、女が訊いた。

「一九四〇年」

「場所は？」

「カティン」

アンナはずっと小声で話していたが、このことばは、教会で銃を発砲したかのように、鳴り響いた。役人らが困惑の体《てい》で見交わした——申請者が不謹慎なことばを口にしたとばかりに。

緑色のシャツを着たがっしりした小男が、ゆっくりと机を立つと、椅子の背に掛かった上着を羽織り、カウンターへ歩み寄ってきた——アンナの顔を間近から検分してやろうといわんばかりだ。

「おっしゃる疑いの根拠はなんですか」

「夫はカティンの名簿に載っていました。四三年発表のね」

男は同僚の男とちらりと目を交わしたが、そちらの男は、この会話に立ち会ったことを忘れようとするかのように、何やらの書類作業に戻った。

「あれはドイツのプロパガンダだった」と男は言い放った。女のほうも、その通りと大きく頷いた。アンナとしては、作戦変更の気はさらさらなく、引き下がるつもりもなかった――あくまでも、恩給を獲ち取らねば。裁判所が定められた手続きを行えば、そのときには事実を調べることができる……。

恩給申請書を書くよう女役人から命じられたとき、アンナは、勝った、これでなんらかの公式な真実の確定への第一歩が踏み出せた、と感じた。アンジェイの写真を提出するよう求めてくるかもしれない――その用意はできていた。数枚持参してきた。一枚を申請書に添えた。しかし、女役人はさらに、アンナの夫アンジェイ・フィリピンスキ少佐が俘虜だったことの証明書類を求めてきた。アンナははっきりとためらいの表情を浮かべながら、長いこと書き物机の引き出しにあり、近ごろではフツル地方産の民芸小筐にしまっておいた大切な品をバッグから取り出した。

「三九年十二月付けの最後の手紙です」

「どこからの?」――窓際に座っている事務員が訊ねた。

「コジェルスクから」

茶色になったがさがさの紙に認《したた》められたその手紙を、アンナは慎重に広げ、遠くから見せた。証拠として見せればそれで十分と、祈るような気持ちからだ。女役人は、手紙を無遠慮にデスクの上に広げると、捺されたスタンプを確かめ、これでよろしいと言うように頷いた――「申請書に添付してください」アンナは、わが家の神聖な宝を取り返そうとした――「これは夫からの最後の手紙なのです！」この記念の品がアンナにとって何を意味するかを悟ったのか、女役人は、にわかに物柔らかな言い方に切り替わって、説明した――「これが添付されていれば、恩給給付を申請するうえでも、ご主人死亡の証明としても、とても役立ちます」

「恩給の問題ではありません」――声を励まして言ったが、自分のことばが響いた瞬間には、言わずもがなのことを言ってしまったのがわかっていた。

「では、なんだと言うんですか？」――女役人の目には、再び役人らしい冷淡さが現れた。

「問題は真実です」

書類ファイルの表紙に挟み込まれて、アンジェイのコジェルスクからの一通だけの手紙が写真ともども消えて行くのを見て、アンナはあらためて女役人の冷淡さを溶かそうと試みる。手紙のコピーで足りるのではないかしら？　女役人は小馬鹿にするように肩を竦める。

「コピーなんか何のために？　オリジナルのほうが、常に確かです」女は、ファイルを深い引き出しに投げ入れる――「決定の下り次第、お手紙はお返ししますから」

アンナの傘から滴る水が、事務室の一隅にかなりの大きさの水溜まりを作っていた。

閉所恐怖症を起こしそうな廊下を、再び巡りに巡る。手紙を置いてきてよかったかしら、約束に反して、万が一決定が下っても返してもらえなかったりしたら。自分の一番大切な宝物を自ら棄ててしまったような気持ちになるだろう。物思いにふけるアンナは、向こうからエレガントな衣装を身にまとった女性が急ぎ足で向かってくるのに気づかない。唇に紅をさし、鰐《わに》革のバッグを手に持ったブロンドの女性とぶつかる。少し離れてから、それがレナタ・ヴェンデ夫人だと気づく。大尉夫人はアンナを引きとめたいような、あるいは何か伝えたいような身振りをするが、口からかろうじて出たのは、「少佐夫人、奥さまにちょっと、ご説明したいことが……」ということばだけだった。ヴェールの向こうから、アンナは、氷のように冷たい眼差しを投げただけで、急ぎ足で階段のほうへと歩み去る……。

大尉夫人は、いかにも悲しそうにアンナを見送っている。昨日アンナに見せたあの封筒を小脇に持っている。肩を竦めると、今しがたアンナが姿を現したあの廊下のほうへ行く。

アンナは裁判所の重い正面扉から、まるで追っ手から逃げるかのように、ほとんど走って飛び出した。もしそのとき風が吹かず、彼女のヴェールが少しばかり持ち上げられることがなかったなら、ヤロスワフは、このグレーの服を着た女性がフィリピンスキ少佐の夫人とは、突き止められなかっただろう……。

アンナは、車道を渡ってから静かな横道へと曲がった。骨董兼古書店のウインドウ前で足を止めた。展示をぐるりと注意深く見まわし、本の間にひっそりと立てられた風景画家カナレットの銅版画数点に目を留めると、物思わしげに頭を振った。

店に立ち寄るアンナを迎えたのは顎鬚をはやし、染みで汚れたダブル・ジャケットを着た店主で、クラクフ流儀の遜《へりくだ》った挨拶を述べた。

「これはこれは、少佐夫人、ようこそおいでなさいませ」

「委託販売をお願いした版画、まだ売れませんね」

「趣味人には生きにくい時代です」骨董店主は、仕方ないといった風に両手を広げた――「当節人々が探すのは、行方不明になった近親か、寝るためのベッド。美術品ではありません」

彼はガラス越しに、うまそうにタバコを吹かしつつ展示に見入る軍服の男を認めた。

「ああいうのは、間違いなく客じゃございません」

骨董店の外へ出て、傘を開こうとするアンナの前に、立ち塞がった男がいる。目を上げた。浅黒い顔の軍人が、ヴェールの陰の顔を確かめようと灰色の目を向けていた。

「アンナ・フィリピンスカさんですね?」控えめに首を縦に振るアンナに向かって、相手は敬礼してから、ほっとしたように言った――「記憶していた通りのおかたです」

「お知り合いでしたっけ?」

「奥さまは、わたしをご存じではありません。わたしは、奥さまを存じ上げています。お写真を拝見しておりましたから」

「わたしの写真を？　どこで？」

「コジェルスクです」

今度はアンナが、一秒か二秒の間、この見知らぬ男の顔を見つめる。まるで、夢のなかの人物が現実に現れたことが、どうにも腑に落ちないかのようだった。

「あなた……あなたは、あそこにいらした？」

到底信じられないと言いたげな女の視線をしばし受け止めてから、男は頷いて見せた。

「でも、あなたは生きてらっしゃる⁈」

そのことばには、信じられないという響きがあっただけでなく、どうして他の者ではなくこの男が生還したのか、という一抹の非難もあり、また、この男が生きているなら、他の者たちも生きているかもしれない、という希望もあった。アンナは雨傘を取り落とし、その頬を雨が涙のように流れ落ちた。ヤロスワフは、昔からの古い女友達の手を取るように彼女の腕を取ると、通りを歩き出した。

28

コジェルスク収容所のアンジェイからもらった、たった一通の手紙——あれが届いて以来、何年もかけて、俘虜生活の日常についての無知を想像力で補おうと努めてきた。でも、一時間も差し向かいで話してようやく彼女には理解された——自分が何もかも知りたいと思うその人について、なんてたくさんのことを知らずにいられることか。

アンナは、アンジェイが収容所で顎鬚を生やしていたことを知らなかった。全員、おとぎ話に出てくる山賊のような鬚面だったとは……。

「本格的なのも髭剃り用のも、カミソリは全部没収されました」

収容先の建物が空っぽの元修道院だったことも、粗末な寝床はなんと六段に分けられて、同じブロックの上下段にアンジェイとセリム中尉が休んでいたことも、アンナはまったくの初耳だった。

「少佐は二段目、わたしは最上段でした……」

アンジェイが手帳に何もかもメモしていたことも、知らなかった。

「誰もが、何かしらの痕跡を残したくなるのです。正教会の壁に自分の名前を書いた者もいる。少佐は手帳をつけておられた」

アンナは、自分の居場所がどこなのか、わからなかった。クラクフ中央の喫茶店にいるのか。ウェイターたちが誇り高く背を伸ばして足を運び、雨天の薄明かりが店内の厚いカーテンによっていっそうくすんで見えるこの場所か。それとも、コジェルスクにある神の追放された旧修道院の内部、裸の壁に囲まれて木組みの寝床が連なる、その間にいるのか。喫茶店の窓から聖ヴォイチェフ教会の一部が見えていたが、アンナが本当に目の前に見ていたのはまったく別のものだった。聖像も十字架も取り払われた僧院の壁、そこに鉛筆や木炭で書き散らされた名字と名前の文字。そして、毛布に身を包んだ鬚面の兵士たちの群れが、冬の灰色の陽を受けて、壁の間を、まるでカラスの群れが塒《ねぐら》へと辿り着くまで、冬の夕暮れの森の上を旋回するかのように、円周を描きながら歩く。アンナには、何時間も続く点呼の間、戸外に整列する外套の襟を立て雨に濡れた将校たちの列、その列の間を厳しい怒声を発しながら行き来する、毛皮帽を被った監視兵たちが見えた。屹立する望楼、そこには照準を合わせた自動小銃の銃口が見えた……。

アンナは、これまで何一つ知らなかったと言ってもいいその世界に、いきなり連れていかれたわけではなかった。何一つ具体的な詳細を知らない彼女には、これまで収容所での日常生活を思い描くことができなかった。

アンジェイからのたった一通の手紙が送り出された場所を心の目で見てみたい、何年そう願い続けてきたことか。ところが今、わたしの目の前には、その場所にいたという人物が腰かけている。アンジェイを見た男。彼のことをよく知っている男。彼がわたしをその場所へ連れていった――そこからの出口はたった一つ、「死」のみだったというその場所へ。あそこにいた男が今、織物会館のなかにある喫茶店で、わたしの前にいるとは。いったい何が起こったのか？ すべての疑問への答えをすぐにも聞きたい、知りたい――この大佐の軍服を着た男は、はたして希望の使いなのか、それとも死の代理人なのか。

喫茶店にアンナを案内した男は、いちばん奥の個室を選んだ。部屋には、ふたりのテーブルがひとつあるだけだった。ヤロスワフは、ピストルの革ケース付きのベルトを緩めて、一旦席に着いたが、立ったままのアンナに気づき、すぐさま立ち上がって、彼女のために椅子を引いた。そのとき、オーストリア皇帝フランツ・ヨーゼフの時代（一八四八‐一九一六年在位。クラクフは、三国分割時代、オーストリア支配下にあった）をまだ覚えているに違いない白髪の老ウェイターが、ソ連組織のコシチュシュコ師団の制服を着たヤロスワフを、成り上がり者を見るような目で見た。遺憾ながら、今どきは、どんなに素晴らしい集まりでも、この手の輩がいれば、見て見ぬふりをするしかない。

大佐はコーヒーふたつを注文し、コニャックを勧めたが、アンナは断った。見ていると、タバコに火をつけ、便所で、教師に見つかるより先に隠れタバコを一本吸いきろうと焦る高校生のように、せかせかと吸っている。灰を落として、アンナの顔半分を覆うヴェールの向こうを照らし出そうとするかのように見つめた。彼女の頸の弓なりの線と、深紅の縁なし帽からはみ出す栗色の髪と、無意識に結婚指輪をくるくると回す、細長い手の指とに眺め入った。彼は、アンナが右手の薬指に指輪をしているのを、しかと記憶にとどめた。それは「わたしは未亡人だとは思っていない」という意思表示である。

アンナを見守る彼の目は、以前から知った馴染みの顔と現在の顔とを見比べているようにも見える。

この男は、どうしてわたしのことを知っていたのだろう？　軍服の左の胸ポケットの上に、勲章の略章がずらりと並んでいる。どんな手柄を立てたのかしら。しかめた顔が、まるで読み捨てられた新聞みたいだ。やや細めた瞼の下から鋭くこちらに向けられた灰色の目は、引き金に指を当てて狙いを付けている狙撃手を連想させた。自分にも微笑むことができるということを忘れてしまった人、でも、義務は果たさなくてはならないということはけっして忘れない人――そんな印象を受けた。今こそ、責任を果たすべきときがやってきた……。

どうしてこんなことになったのだろう？　彼はわたしにとって他人だったが、彼女は彼にとっては旧知の間柄で、通りでわたしと認めることもできたなんて。

「少佐殿は、あなたのことをいろいろとお話ししてくださりました」ヤロスワフはこう口を切ったが、そのときアンナの視線が胸の略章から離れようとしないのを感じた――

「あなたや娘さんの写真を、いつも見せてくれた。あなたがたを思うことが、少佐の生きがいでした」

「でも、届いた手紙は一通だけでした。わたしが『スモレンスク州　私書箱十二号』に宛てて出した手紙が三通、いずれも『宛先人不在』と書き添えられて戻ってきました」

アンジェイがどうなったのか、そろそろ話してくれるはずだ、とアンナは期待したが、大佐は新しい一本を吸うのに夢中だった。大理石のテーブルに身を乗り出し、周囲を見回してから、まるで教会の告解室向けの小声で話し出した。文が短く、いかにも、命令を発するのに慣れた人間らしく話す。

「わたしは光栄にも、少佐殿の生徒にしていただきました。少佐はフランス語を教えてくださった。部下扱いでなく、信頼できる仲間としてです。万一に備えて、プシェムィシルのお宅の住所も教えてくださいました。そして、クラクフのご母堂の住所も。わたしは、以前にもブラッカ通りのお宅にうかがったことがあります」動揺を抑えるかのように、吸い終えていないタバコを灰皿に押しつぶした——「お母さまはわたしをご子息と間違われて……」

「母は、今も生きていると信じているのです」

「あなたはお留守でした。お待ちできませんでした。ベルリン行きの命令があったので」

「どなたがいらしたのかと、わたしたちさんざん考えましたわ」

「ベルリンから帰国して、早速ご訪問したのです。ご主人がわたしに託されたものがあります」

それが何かは、訊かなかった。しばらくは質問をしないほうがいい、知るべきことはすべて告げられることだろうから。その物語を語りはじめるとき、大佐はいかにも辛そうだったが、それは彼がたったひとりでこの重い荷物を背負ってきたことを示していた。彼が話したことは、報告というよりも、秘密の告白のように響いた。アンナは、まずカーキ色の士官外套を着た数千人の将校たちが収容所の門をくぐった日の光景を頭のなかに思い描いてみなければならなかった。そうすると、信仰の痕跡一つ遺さぬ殺風景な修道院に収容された、鬚面を揃えた捕虜たち六百人が見えてきた。彼らは、何を思考し、何を期待し、何を恐れていたか、それが知りたかった。それを訊ねるまでもなく、ヤロスワフは問わず語りに物語を続けた。

「あそこにいたのは、選りすぐりのインテリゲンツィアです——教授、医師、技師、学者。ひとり残らず、子どものように純真だった。わたしたちは信じていた。世界はいずれおれたちのことを思い出すだろう。勝利は連合国側にある。わたしたち俘虜はドイツ軍に引き渡しとなるだろう。やがて、気分が落ち込んできた。さまざまな噂が流れた。二〇年の対ソ連食糧不足になれば、集団農場《コルホーズ》に送られて労働奉仕だ、と言う者もいた。

戦争あたりでソ連赤軍の正体に通じた連中は、わたしたちはシベリヤの強制労働収容所《グラーグ》送りになると、予想していた。しかし、手紙にそんなことを書くのは許されなかった。家族宛の手紙は月一回、切り取り式の手紙発送許可証を使う。入浴も禁じられていた。衛生状態は、家畜以下だった。野戦病院とは名ばかりで、死に場所も同然。そこでわたしたちは、戦時俘虜に関する国際赤十字のジュネーヴ協約の適用を主張した。所長からどう言われたと思います？『ジュネーヴだの赤十字だの、そんな協約はロシア人には無関係』……」

アンナはまた、紺色の軍帽を被ったその所長の姿を想像してみなくてはならなかった。そうすると、真冬に点呼を受ける捕虜の列、そして将校がひとりひとりザルービン旅団長の尋問（ヴァシーリー・ザルービン（一八九四－一九七二）はソ連軍人。コジエルスク収容所でポーランド将校を尋問し、ソ連スパイを選抜した）に引きだされる光景が見えてきた。わたしがそこにいたら、六百人もの鬚面の男たちのなかから、アンジェイを見分けることができたかしら？　彼は日夜どうやってしのいだのかしら？　ヤロスワフの簡潔な物語を聞いているうちに、鉛筆や木炭で将校の姓名が書き込まれた修道院の壁が見えてきた。彼らは、巨大な待合室にあふれる群衆のようだった……。

「不思議なことですが、人間には、何かしら痕跡を残したいという要求があるのです。自分が誰からも頼りにされていない、という状態が最も耐えられないのです。将校だったわたしたちが、一群の家畜になり、見張りが毎日、頭数を数えている……」

そのとき、あの手帳のことを聞かされたのだ。

「少佐殿は、毎日手帳にメモをとっておられました。重要な出来事はすべて。いつチフスの予防注射が実施されたか。クリスマス・イヴ直前に従軍司祭が全員連行されたときのこと。少佐殿が尋問された日のこと。この手帳は少佐殿が心を打ち明ける友でした。寝床で背を丸め、壁で鉛筆の切れ端の芯を尖らせているご様子が目に浮かびます……」

今度は、アンナが彼の姿を思い描く番だ。教会の薄闇のなか、寝床の上。毛布に身を包んだ鬚面の夫の姿。あの一九三九年の手帳は、クリスマス・イヴをフィリピンスキ教授宅ですごしたときに、わたしがクラクフで買ったのだ。今わたしは聞いている――彼がそこにメモを記していたことを、本当ならば直接手紙でわたしに伝えたいと望んだことばを……。

「奥さんと娘さんの写真を見せてくださいました。ご家族がどうされているか、心配しておられました。ニカの扁桃腺手術はどうなったろうか。家内は頑丈じゃないし、などと……」

ということは、ある意味でわたしはアンジェイの傍らにずっといたことになる。わたしとヴェロニカは。彼は、わたしたちのことを思っていた。でも、不思議だわ、人付き合いの良くない夫が、他人にこんなことまで話すなんて。

ヤロスワフは、自分とアンジェイの仲が深まるに至った状況をここで説明すべきだ、と感じたようだった。

「寝床は壁際に立っていました。六段です。少佐殿は二段目、若い将校のわたしは最上段にいました。上の段は南京虫だらけ。蝗《いなご》みたいに大きいんです！　ロシアの南京虫は、ポーランドの蜜蜂より大きい。寝付くのもたいへんでした。しかも、わたしたちの寝床の周りに行列ができて。希望者のね……」

「希望者って？」

「少佐殿は冬外套《シューバ》をお持ちだった。裏が毛皮の。小便に立つには、あれなしにはとても。目玉が凍りそうな厳寒でした」

祖母が、シューバ！　ヤロスワフの話を聞いて、目の前に、アンジェイ出征の光景が浮かんだ。シューバ！　シューバも荷物に入れてと当番兵に命じたっけ。次に彼女の頭のなかで、二つの情景が溶け合う。前線では何でも役に立ちますと言いながら、シューバを受け取る当番兵のマカール。そして冬の夜の修道院の情景――背を丸めた男が梯子《はしご》を伝って寝床から降りる、望楼のサーチライトが照らすだけの真っ暗やみのなかを影のように這い動き、シューバに身を包んだアンジェイが寝ている寝床に近づき、その腕をつついて起こし、「シューバを貸してくれないか」と囁くように頼む……。

「全員、少佐殿のシューバには感謝のことばも見つからなかったほどです」

「夫は、ボリシェヴィキ戦争で夜間にサン川渡河を強行したことがあります」アンナは、指の結婚指輪を回し続けていた――「それ以来、たびたび腎臓を悪くしました」

彼女は、ヤロスワフの頭が頷くように動くのを見た。

「向こうでもお悪くされました。あの環境では、すぐに健康を損ないます」

彼は「健康」と言った。では、生命は？

アンナは喫茶店に座り、窓ごしに聖ヴォイチェフ教会の外壁の一部を見ていたが、彼女が本当にいたのは修道院のなかだった。こんなことを考えていた――不思議だわ、あそこから生きて出て、こうして思い出話をしている人がいる、ところが他の者たちは思い出されるだけ……？　わたしは、知りたい。もしかしたら、ヤロスワフには打ち明ける気などさらさらないのかも？　アンジェイがフランス語を教えたころと今の彼とは、別人かもしれないではないか。あのころは、中尉だった。今は、大佐だ。ソ連軍と一緒に故郷に戻った。アンナは彼の目を見ないようにして、カティン被害者の未亡人のだれかれの口から聞かされた噂話を繰り返す。

「ソ連側に付くポーランド人を見つけては、あちこちの収容所から釈放したって、聞きましたわ」

ヤロスワフは身を硬くし、それからふだんの倍ほどの煙を肺に吸い込み、タバコの端の火がほとんど指に触れそうになった。灰が空のコーヒー・カップに落ちた。ヤロスワフは身体をテーブルに屈めて、アンナの手を取るような仕種をするが、女は手を引いた。

ヤロスワフはアンナの顔をまっすぐに見つめた。

「わたしは、かつて一度たりとも共産主義者だったことはありません。コジェルスクではミサの侍者を務めました。祖国史研究会の一員でした。わたしは軍人です。少佐殿は、わたしを信頼してくださった。万が一のために、わたしにご家族の住所を教えてくださった。わたしは、それを暗記した。そして、奥さまに会えた。なぜなら、ご主人からとても大切なものを託されているからです」

軍服のポケットに手を入れた。ハンカチに包んだ平たい物を取り出した。砂糖壺の脇に置き、ハンカチの角を開くと、銀製のシガレット・ケースが現れた。

アンナは催眠術にかかったように、ケースのさまざまな文字や模様を見つめた。唾を呑みこみ、片手をゆっくりと慎重にケースのほうに伸ばした。まるで、怖気づいた小鳥を捕まえるような手つきだった――不意に飛びたち、羽ばたきの音とともに姿を消してしまいそうな小鳥を……。

29

吊り下がった電球が、シガレット・ケースに温かな光を投げていた。食卓の中央に置かれ、三人の女が博物館の貴重な展示品であるかのように見つめていた。ブシャとアンナは、向かい合わせにテーブルを囲んでいた。ニカは、椅子の上で跪いていた。

ケースは擦り切れがひどく、銀の色は剝げ落ち、黒っぽい地肌を見せていた。表面は、多少凹凸があった。一か所、標章かなにかが取れてしまった跡がある。アンナだけは、そこに何があったのか知っていた――金製の小さな十字架。ヴェロニカの教父母から贈られた。アンナは手を伸ばし、記号やら標章やらに次々と触れていった。まるで、長いこと会うことがかなわず、会えるとは予想もしなかった知人と生きて再会したかのようだった。蓋の二か所の隅に、銀で作られた10の数字がある。

「何なの、このふたつの10は？」――ニカがテーブルに身を屈めて訊いた。

「結婚の十周年の記念に、わたしがプレゼントしたケースなので10」――アンナは指先で、10を撫でた。

「もう一つあるのは？」

「第十重砲聯隊だから」

「この二つの文字は？」――ニカが、秘密めいて結ばれたふたつの「A」の文字を指で撫でた。

「アンジェイとアンナ。こちらの『W』は、あなたよ、ヴェロニカ。十字が二つ彫ってあるでしょう。これは、対ソ連戦争で授かった勇戦十字勲章と軍事功労勲章よ。確かに、これはアンジェイの愛用の品。世界の果てで出会っても、彼のものとわかるわ。二つとないものなの！」

　ニカがシガレット・ケースのほうに手を伸ばしたが、アンナは掌で隠してしまった。そう、アンジェイの残した痕跡の一つ一つを独り占めにしたかった。夫について何かを話してくれる人も。ということは、あの大佐もなくてはならぬ人なのだ。彼は、「カティン以後」と「カティン以前」に起こったことをつなぐ架け橋なのだから。話すだけでなく、この遺品を渡してくれた。でも、どこで手に入れたのだろうか？

「お父さまは、血尿が出たそうよ」アンナはケースから目を離さなかった。ブシャも眼鏡をかけて、ケースを丹念に眺めていた——「野戦病院に入院と決まったとき、ヤロスワフさんに預けたっていうの。ロシア人に没収されるのを警戒して」

「で、その『大佐』は返さなかったの？」

「そのころは、中尉だった。ブジェシチ第六聯隊所属の工兵だった。それで救われたの。『私物を持って集合せよ！』と言われて、収容所の外に出た」

「収容所から釈放されたの？」ブシャは、信じられないように頭を上下させた。アンナは、それを打ち消すように頭を横に振った——「ヤロスワフは工兵だった。ソ連軍は専門家を必要としていたから」

　アンナは、ヤロスワフ大佐の話を、繰り返すこととなった。

……自分でもよくわからないけれど、あの女性がいなければ、他の者たちと同じ運命を辿ったかもしれない。収容所での尋問のときに会った記録係の女性。その内務人民委員部《NKVD》の女がぼくの顔を憶えていた。ウクライナ人だが、ルヴフのペウチンスカ通りで、セリム家と同じアパートに住んでいた。どちらの家の窓からも、城塞が見えた。何度か門口で擦れ違ったことがあった。三九年七月、ブジェシチから短期帰省の折、出会ったのが最後だった。こちらに会釈してきたのを憶えている。笑いかけてきたっけ。何度目かの尋問でぼくと気づき、その視線で、こちらもあっと思った。しばらくぼくを見ていた。どういう運命を与えようか、考え込んでいるようだった。そのうち、彼女は、内務人民委員部の捜査官に耳打ちした。そこで、向こうがこう訊いてきた――「ドイツ軍相手に戦争する気はあるか」と。「莫迦言うな」腹が立ったから言い返したよ――「ソ連はドイツと戦ってなんかいないじゃないか（ドイツが独ソ不可侵条約を破棄してソ連と戦闘状態に入るのは、一九四一年六月。ヤロスワフが尋問を受けているのは、三九年末から四〇年初めにかけて）」と。そのとき、その若い女がこちらに目配せして、合意を示すように首を振れと合図した。ある日、命令が出た――「私物を持って集合せよ！」と。てっきり、修道院から「隠遁者の家」跡地に作られた射撃場へ連れ出されると思ったら、収容所の門外に連れて行かれ、民間人の一団と一緒にされた。みんな処刑場行きと思い込んでいた。ぼくはアンジェイのシガレット・ケースを持っていた。その後、どこに行くときも手放さなかった。まず、フィンランドとソ連の国境に連れて行かれ、工兵として要塞《トーチカ》構築にあたった。次が、国営農場《ソフホーズ》での労働、強制収容所《ラーゲリ》経由でベルリンク将軍の軍団（ポーランド・ソ連戦争などで戦功をあげたジグムント・ベルリンク（一八九六－一九八〇）は三九年九月にソ連捕虜となり、ソ連側に寝返った。一九四四年にソ連に忠実なポーランド軍第一軍の司令官に任命された）に加わった。現在は軍管区司令部の重要人物だとか……。

「この人がアンジェイを見た人で、生きている最後の人物というわけなの」——ということばで、アンナはセリム大佐との面談の報告を終えた。ブシャはシガレット・ケースを掌で優しく撫でていた。

「アンジェイがわたしたちのところに遣わしたんだよ。もうすぐ本人が帰ってきて、うちの戸を叩く——それをわたしたちに知らせるために。さぁ、お祈りしましょう」——ブシャは、アンナとニカを一度に抱きとるような眼差しで見た。ニカは頭を垂れ、ブシャがお祈りを呟いている間、こんなことを考えていた。シガレット・ケースというこの「徴《しるし》」があとどれくらいの間、ブシャとアンナとニカに、息子、夫、父であるアンジェイが生還するとの確信を支えてくれるだろうか。この「徴」によって、アンナは、人生ですでに起きてしまったことのほうが、これから起きるはずのことより重要だと、ますます信じるようになりはしないか。

ブシャは、アンジェイの勲章や最後の手紙をしまってある筐《はこ》に、シガレット・ケースを収めようと決めた。嫁は、手紙を裁判所から持ち帰ったかしら？

「アンジェイの滞在地の証明として、裁判所に残してきました」

「渡してしまうなんて、よくもそんなことができたね？」ブシャの声はほとんど震えていた——「もう二度と返してくれないよ」

「どうせ、ママもお祖母ちゃんも全文暗記しているじゃないの」——ニカが、口を挟んだ。アンナはブシャと目を見交わし、ブシャがこう言った。

「わたしたち以外の誰が憶えているというの？」

そう言われて、ニカは記憶を義務づけられた女たちの輪の外に追い出されたことを感じた。衣装箪笥の背後にある自分だけの場所にこもり、母が伝えた話のなかの、さまざまな細部を思い出そうとしていた——修道院、点呼に引き出される鬚面の将校たち、六段組みの寝床、そのうえで背を丸めている父の姿。手帳に何か書いている。他人の頭のなかにある何年も前の記憶を通して、永遠に喪われた人の真実に近づくことなどできるのだろうか？

そのとき、アンナが小声で発した問いが耳に届いた。

「憶えている？　お父さまがよくやってくれた遊びのことを」

アンナは夜着を着て、ベッドに腰掛けていた。ナイトランプの温かい光の輪のなかに、フツル地方産の民芸木筐が置かれ、その傍らの紺色の毛布の上に記念の品が並べられていた——アンジェイの印章付き指輪《シグネット》、カフスボタン、勲章、象牙細工の葉巻入れ、それらが、光を反射させて光るシガレット・ケースを取り巻いていた。アンナはそこに広げられた記念の物たちを指で数えていた。

「好きな品物を五個選ぶの。そして、一つずつそこから捨てていく。最後に、どうしても諦められないものが一つだけ残るまで」アンナは視線を娘のいるほうに向けた――「あれは、おまえを教育なさろうと願ってのゲームだったのよ。『人間の一生とは、いちばん大切な物を自分で選び取ること』だと」

「わたし、いつも、耳のとれた熊の人形を選んだ」

「お父さまだって、選ぶ物はいつも決まっていたの」――アンナはシガレット・ケースを掌に包んだ。そのとき、彼女のなかで突発的な感情が爆発した。込み上げてくる嗚咽を抑えようと彼女は指先を噛み、枕に突っ伏した。ニカは呆気にとられて、母の上に立ち尽くしていた。

「良かったのかどうか、わたしにはわからない。あの大佐さんが現れたことが。だって、彼から受け取る『徴《しるし》』が、ママに苦しみを与えるだけだもの」

アンナが落ち着くまで、しばらく時間がかかった。ニカとは目を合わせず、しかしニカに向かって言った。

「どのように愛することができるかで、わたしたちがどういう人間かきまるのよ。あなたにも、いつかきっと、それがわかる」

ニカは肩を竦めた――そんなこと言われても自分とは関係ない、とでもいうように。

「思い出だけに生きていちゃ身体を壊すわ。思い出をだんだん美化していくじゃないの」

母親がわたしを見返す目が目に入る。夢遊病者のようなあの目で見ているのは、家具でいっぱいのサロンではない、過去の光景に決まっている。砲兵隊の分列行進かしら、それとも、将校クラブでのダンス・パーティかしら。でも、毎日が祭日ではなかったはずよね。

「パパとママが喧嘩をしたのも、憶えているわ」

「ああ、聯隊の舞踏会の後でね」アンナが頭を振ると、髪の束が身体の回りに波紋を広げた――「わたしはダンスが大好きなのに、アンジェイがわたしを連れてすぐに家に帰ったからよ。ああ、ほんとうに、ダンスが好きだったわ、わたし……」

「わたしなんか、ダンスを習う暇もなかった」――ニカが口をはさんだが、アンナはそのまま過去の情景に没入していて、それを気にもとめなかった。

「お父さま、わたしのことでは、とてもやきもちやきだったの」――アンナは温かな声で言った。

「ママは？」

「いつも貞淑だったわ」――今度はすっかり冷静な目でニカを見た。「この先も変わりませんよ」

30

立ったまま待っていた。遠くから、彼女にそれが見えた――マロニエの幹に寄りかかり、画帳を小脇に、壁越しにヴィスワ川のほうを見ていた。四月にクラクフ駅に降り立ったときの古い半長靴はもう履かなくなった。フベルト・フィレル写真工房で助手として働き出してから、古靴はやめて手縫いのモカシンとなったし、ジャンパーも市場で奮発した戦闘服に着替えた――袖にPolandと縫い取りのあるものである。

今でもユルは、ヴェロニカのことを自分の運命と思い詰めていた。だから、美術大学に入学するには、ニカはモデルを務めなくてはならないのだ。頻繁には会えなかった。夏はスタジオの仕事が立て込んで、その合間にスケッチするための時間を盗み出すのに苦労した。ユルは絵を描き、ニカは話していた。まる二日間デートができなかったので、ニカは今日、話が溜まっていた。まずは、シガレット・ケースの話、謎の大佐のこと。大佐は、父のケースを手渡すために一家を探しまわっていた。そのケースが、今では、母と祖母に麻薬のように効きはじめていた。これまでより熱心に、過去を生きはじめたのだ。ニカはもう、時の流れに逆流するのはたくさんだ。あなたどう思う、これって無関心？　エゴイズム？　それとも、冷酷？

こういう話は、冗談やら洒落た決まり文句で紛らわしたりはできない――ユルはそう感じた。答えを待ち受けて吊り上がるニカの眉にしばし見入り、それから指先でそのホクロに優しく触れる。

「そんなことないさ。無関心でも、エゴイズムでもないさ。それは、君が十八歳だってことだろうな」

「わたしたちが十八歳だってこと」

ニカは爪先立って、自分でも思いがけず、唇をユルの頬に触れた――苦しい自己批判に対して当意即妙の答えを見つけた青年に感謝を捧げたかったのかもしれない。

門口のほうからソ連軍の将校の一団が近づいてきた。各々タバコをふかしながら、煙を鐘形に噴出して見せていた。

「この国の歴史は、変わらないさ」ユルが吐き出すように言った――「あっちにロシア、こっちにドイツ、その真ん中にポーランド……」

「特赦の件はどうなったの？」ニカが、小声で訊いた――「申請したの？」

ユルは首を振った。スケッチの仕上げにかかり、靴の紐を結ぼうと夢中になっている小さな子どものように、歯の間からわずかに舌先を覗かせた。

「それがね、ちょっと心配なんだ」ちらりとソ連軍将校のほうを見た――「お袋は、無理をするなと言うしさ。兄貴の先例もあってね。君が監獄に差し入れを持って面会に来てくれるかどうか、わからないしね」

ユルは、冗談話みたいに笑い声を立て、そのとき、ニカは思った——悪い時代ね、そんなやり方で女心を試さなくてはならないなんて。

「わかるかな、今日のデートの場所をここに決めた理由が？」ユルはヴァヴェル城の庭を見回した——「このマロニエの木の下で、おやじがお袋にプロポーズしたのさ。十九年前にね」

31

女の前に身を寄せたとき、アンナは蘭の匂いを感じた。それから、この匂いがその身体に染みついている理由を推し量った。夫の墓に蘭を供えてきた帰りなのだ。

「憶えてらっしゃる？　わたしを」女性はフィレル工房の作業机の脇に立ち、そう訊いた——「夫の墓所でお会いしましたよね」身を屈めて、小声でアンナに復習した。あのときは、夫であるグスタフ・ツィグレル軍医大佐が「向こう」にいながら、どうしてね。

「ここで」、クラクフの病院で亡くなったのか——その事情を突き止めようとされましたね。あなたに重要な伝言があって、ここに来ました。正確には、メッセンジャーとしてここに来ましたのよ。騎兵大尉ヴェンデ夫人が、ある内密の事柄でわたしをここに遣わせたのですから。

「あなたがたおふたりの間に何があったのかは知りませんけど、レナタさんは、あなたから歓迎されないのでは、と恐れています。あなたに大切な伝言があるから、それを伝えるようにわたしに頼んだんです」

アンナは立ち上がった。関心よりも不安が全身を包んだ。ツィグレル夫人の顔に、大声で口に出して言ってはならない秘密の前触れが、感じられたせいである。

「どういうことでしょう?」

「証拠があるのよ」――ツィグレル夫人は、ほとんど囁き声で言った。黒い手提げバッグから封筒の先端をちらと見せ、素早く元にそれを戻した。フィレルのほうにも視線を投げたが、耳に届く心配はない。黒幕の下に潜り込み、七十歳前後の丸顔の紳士を被写体に、記念写真の撮影を進める最中である――「ソ連の犯行という証拠が……」

アンナが話の残りを聞いたのは、喫茶店に腰を下ろしてからだ。ツィグレル夫人が選んだ席は、入口に背を向けた窓際で、告解のときのようなひそひそ声で話し続けた。アンナが耳にしたのは、なるほど極秘情報に違いなかった。レナタ・ヴェンデ夫人からアンナにどうしても頼みたいことがあるが、どうやら少佐夫人アンナに相手にされないかもしれないと不安で、ツィグレル大佐未亡人に仲立ちを頼んだのだ。ところで、イギリス軍の占領地域から、シュフェドフスキ大尉が帰還した。大尉はヴォルデンベルクⅡC

（一九三九年九月にドイツの捕虜になったポーランド将校が収容された。ヴォルデンベルクは、戦後ポーランド領になり、現在はドビェグニェフと呼ばれる）将校俘虜収容所にいた。ドイツ軍は、四三年、収容所のポーランド人将校数名を集め、カティンの犯行現場へ案内した。ドイツ側の目的は、犠牲となったポーランド軍将校の悲運について報道をばらまくことだったから、写真撮影を許可したばかりでなく、付近住民からの聞き込みも許した。このシュフェドフスキ大尉は、掘り出された遺体の写真の他にも、ソ連の仕業だと証言する住民の撮影もできた。土地の農民らは、三年前に行われた事柄について語った。こうして、シュフェドフスキ大尉は疑念の余地なく、それがソ連赤軍の犯罪であると確信するようになった。ドイツ軍ならもっと巧みにやったはずだからだ。

「もっと巧みに？」

「彼らなら、死体と一緒に日付のある新聞を残さなかったことでしょう。記入が死の一時間前で途切れているような手帳は、残さなかったはずです」

アンナは、元軍医大佐夫人の顔が蠟のように黄色くなったのを見つめながら、自分が死によって結ばれた人々の奇妙な輪に引き込まれているのに気づいた。老夫人はヴェンデ大尉夫人の代理としてきたというが、自らもこの秘密情報の伝達に加わる義務感を抱いている。やがて夫人は、アンナにこっそり封筒を手渡した。アンナのヴェールに隠された目を見つめながら、同志のアンナから誓いのことばを聞いているような思いがした。

「なかにはネガが入っています」乾いた唇が、連禱を唱えるときのように、声もなく動いた――「写真館でお仕事をなさっておられますね。あなたにお預けすれば、きっと現像していただける――ヴェンデ夫人は、それをあてにしているの。ただし、絶対に信用できる人でなければなりません。絶対に確かなかたでなくては！」

32

「信用できるの、あの人？」

アンナは、箪笥の陰にしつらえたニカの寝床に、娘と並んで座っていた。手には白い封筒を握っていた。

「わたしに教えたのは誰だったかしら――信用できるのは、亡くなった人間だけだって？」――娘は肩を竦めた。

アンナは、今は、娘とことばの決闘をしたくなかった。今回はやめよう。ニカにはニカの考えがあるとしても、今は、ユルについてニカがどう考えているかで、もっと重要なことが決まる。アンナは封筒を掌で覆った。

「この秘密は、誰にも洩れてはならないの。フィレルさんにだって」

アンナの帰宅したその瞬間から、ニカは、母がいっそう深く「カティン以後」の時間に潜っていくのを感じていた。またしても、秘密めかした囁きごとで語られることのほうが、声に出して言えることより重大になる。しかし、ツィグレル夫人との話の中身を聞いていると、ニカも無関心ではいられなくなった。母の手から封筒を摑み取った。

「ネガ、見たの？」

「恐ろしくって」アンナは、俯《うつむ》いた――「でも、見ないわけにいかない。どうなの、ユルは確かな男？」

「ソ連を憎むことにかけては、ママと同じよ！」

「連れてきて。でも、まだ、何も洩らさないでよ」

「永遠の秘密活動ね」ニカは肩を竦めた――「ユルは来ないわ。今日は仕事が詰まっているって。徹夜で暗室にこもって現像をするそうよ」

「かえって好都合ね」アンナは、封筒を『ギリシャ・ローマ史』一巻に挟むと、娘に渡した――「夕方、フィレルさんが家に帰ったら、これをユルに届けて。現像が済んだらひと組のプリントはわたしの机に入れるように。ネガの返却先は、この住所」アンナは本を開き、もう一度、住所の書いてある封筒を見せた――「この人が、明日ワルシャワへ行く。検事総長事務所で、これを見せるつもりなのよ」

「その人は、何を期待してるのかしら？」ニカは頭を捻《ひね》った――あまり単純すぎて信用できない。外出の支度にかかったのは、だいぶ遅い時刻だった。ブシャは、大鏡と睨めっこする孫娘を意外な面持ちで観察していた――まず、花模様のドレスを空色のブラウスに着替え、アンナの珊瑚のネックレスを首に掛けたと思うと、すぐにそれを外し、今度は鎖付きの銀のメダルに替えた。

「ニカちゃん、こんな時間にどこへ出かけるの？」ブシャは疑いの目で少女を見た――「約束かい、こんな時間に？」ニカが頷くのを見ると、もっと近くに歩み寄り、おまえの味方だよと知らせるかのように、小声で訊いた――「ママは承知？」

「内緒なの」ニカは唇の前に指を一本立て、同級生にそうするふうに目配せした――「ママには言っちゃ駄目！」

ブシャは首を縦に振り、口に指を立て、ニカを同級生を抱くように抱き寄せた。ニカは棚から分厚い本を取り出した――なかには封筒が挟んである……。

33

暗室の赤い電球に照らされるユルの顔は、地獄の業火の照り返しのなかのように映った。現像液入りの浅皿を覗き込む姿勢で、誰やら人物の輪郭が、何もない状態から白い印画紙に浮かび出てくるのを、見つめていた。誰かの目が、彼を見返している、彼のほうは、そのもやもやが濃さを増し、はっきりした形となるのを待つだけである……。

ノックする音、続いてノブの回る音が聞こえた。暗室から顔を突き出した。工房には、たった一つの電球しか灯っていなかった。隅々には濃い帯状の影が潜んでいた。彼は、ドア口にニカの顔を見た。待ち合わせの約束はしていなかった。悪い報せを伝えにか、とどきりとしたが、ニカの笑顔が彼を安心させた。着てきた空色のブラウス姿は、ズル休みの女生徒のように見えた。手には分厚い本を持っていた。

「これを現像してくれる、朝までに」本の頁の間から白封筒を取り出した――「ネガのほうは、明日の午前中に、封筒に書いてある住所に返しておいてね」

抵抗運動の秘密連絡員のような口の利きようだった――「中身のネガを見て、朝までに焼き増しができるかどうか、言ってちょうだい……」

意外な頼みではあったが何も言わず、ユルは、封筒を手に暗室にこもった。

ニカは、アトリエのなかをあちこち歩き回りはじめた。まず、三脚に固定された大型写真機に被せた黒幕の下を覗いた。長方形のガラス板に、何もかもが逆さまに映るのを眺めた――肘掛椅子も、その脇にある、回りをセイヨウイボタの人工の葉で飾られた柱も、みんな天地が逆になっていた。古いガラクタ置き場のようなアトリエを見て回りはじめた。壁に掛かるポートレートには、婚礼のヴェールを被った女性たち、そして胸元の蝶ネクタイに緊張する男性たちが写っている。埃や、煙、褪《あ》せた香水の匂いを放つ重いカーテンの向こうを覗きこんだ。フィレル氏の芸術写真用小道具が並ぶ棚の上に手を伸ばした。そこには、婚儀の花嫁用のヴェールもあれば、羽根飾りのある儀式用のシルクハットが一つと、放浪者のサンダルのように埃まみれになった造花の花束が一つあった。ニカは銀製の握りのあるステッキを手に取ったが、元へ戻した。肘まで届く白い婦人用手袋にうっとりと見とれた。自分の手にはめ、それから、思わずレース編みのヴェールを手に取った。レースを頭から被ってから、その様子を眺める芸術写真の男女に向かって、ペロリと舌を出してみせた。写真のほうから、彼女を見守る者はほかにもいた――サクランボのような飾りの垂れた縁付きの帽子を被る太った婦人たち、モーニングをまとった紳士たち、ほかに、頬を寄せ合い、修整を経たふたつの目に幸せの輝く、どこかの若いカップルまでがニカのことを見ていた。彼女は姿見の前に立ち、生気のないそれらの眼差し、わざとらしい微笑に広がる口元、写真師のフラッシュランプの光に不自然なほど見開かれた、幸福に輝く目の模倣を始めた……。

突然、鏡のなかにユルの姿が映された。シャツの袖がたくしあげられていた。花嫁のヴェールを被ったニカを見ながら、まるでその仮装に気づかないかのようだった。

「見たのかい、あれを？」

ネガについての質問と、彼女は理解した。首を横に振った――その動きで婚礼の花輪が横にずれた。

「少佐夫人は？」ニカの首が否定するように振られるのを見て、しばらくしてからユルは言い足した――「見ないでよかったかもしれない」

いきなり、ユルの思いが爆発した。彼は叫びだした――「悪党！　テロリスト！　人殺し！」仰天して、ニカは花嫁のヴェール越しに彼を凝視した。まだ、こんなふうに感情を表すユルを見たことがなかった。ふと、ユルはニカの手を取ると、暗室へ彼女を連れ込もうとした。そのドアの手前で、彼女は足を突っ張った。握られた手を振り解《ほど》き、厚地のカーテンの向こう側へ駆け戻った。「だるまさんが転んだ」遊びでもするように、ユルは、半暗がりのなかを、ニカのほうにじりじりと進んできた。カーテンを捲りあげた瞬間、ニカは、かろうじて抑えている笑いに息を詰まらせながら、帽子掛けの硬いシルクハットを彼の頭にすっぽり被せた。

「モンテ・クリスト伯爵そっくり！」

花嫁衣装とニカの噴き出し寸前の笑いで機嫌を取り戻したユルは、ゲームに加わった。頭のシルクハットを被り直し、把っ手が銀の杖を握り締めた。ニカは胸元に蝶ネクタイを結んでやった。肘まである白い手袋をはめ、泡立つように軽やかなモスリンのヴェールを被ったニカは、本物の花嫁に見えた。さあ祭壇へ行きましょう、と誘うようにユルに手を差し伸べると、彼はメンデルスゾーンの「結婚行進曲」を鼻歌で歌いはじめた。こうしてふたりは、工房のなかをぐるりと一周した。ポートレート写真の男女が、教会を埋め尽くす招待客さながらに、婚礼のふたりを見送った。ユルは幸せな花婿の顔を作り、花嫁のほうもくすくす笑いをやめた。楽しく遊ぶには、神妙な態度こそ肝心だとわかったからだ。ユルは肘掛椅子に花嫁ニカを導き、シルクハットを傾けると、写真機に被さった黒布の陰に潜り込んだ。焦点を合わせ、セルフタイマーをしかけると、肘掛椅子に駆け戻って、ニカを抱きしめた。ふたりの頬が触れ合い、口と口が近づいて、あわや接吻に結ばれようとした……。

そのとき、フラッシュが光った。ニカは肘掛椅子から飛び上がった。頭からヴェールを払いのけ、白い手袋を引き抜いて、表の通りへと走り出た。

ユルは、婚礼写真を収めた乾板を取り出し、それを暗室に運んだ。今夜はたいへんな仕事が待っていた……。

34

現像液に浸されている焼き付けの写真が輪郭を見せ、赤い電球の光のなかで、白いマグマ状のもやもやしたものから形を成してきた――たくさんの頭蓋骨である。後頭部に見える、弾丸が貫通した孔が、次第にくっきりと見えてきた。縁がギザギザになった黒い穴が、今にも叫び声をあげそうだった……。

その夜は少ししか眠れなかった。暗室にこもって現像をすませると、ひと組のプリントをアンナが古写真の修整作業に使うテーブルの引き出しに入れた。ネガは、もうひと組のプリントと一緒に封筒に差し入れ、雑嚢《ざつのう》にしまい込んだ。灰色の暁が、写真館の飾り窓のガラス越しに忍び寄っていた。そのときになって、ユルはやっと、普段フベルト・フィレルが依頼の客に勧めるあの肘掛椅子に身を落とした。

はっと気づくと、牛乳配達の瓶の触れ合う音がした。ユルは、戦闘服に袖を通し、アトリエに鍵を掛けてから、通りへと踏み出した……。

人っ子ひとりいなかった。晴れ上がった早朝が、今日も暑い一日を予告していた。ユルはまず、門口の陰から出てきた黒猫を見、その後でパトロールに気づいた。庇付きの丸帽を被り、腕章を巻いたふたりの民警が、靴を踏み鳴らして猫を追い立てた――手前に呼び戻して、前方を横切らせまいと、縁起を担ぐのだ。ひとりが口に指を入れ鋭く指笛を響かせたが、猫は引き返す代わりに、民警の足元を掠めて向かい側の門口へと消えた。ふたりの民警は、「こん畜生」と悪態を吐《つ》いた。その瞬間、ふたりは戦闘服の若者に目を留めた。

「君、どこへ行く?」この詰問が、ユルの背後からかかった。ふたりの民警のほかに、もうひとりいた。角から現れた背広の男が、ユルから一メートルの距離に立ち、その身なりと肩から下げた雑嚢に、目を光らせた。

「仕事へ」

「場所は?」警官はユルに訊くのだが、その目は、ずっと三人目を注視していた――なんらかの指示を待つ気配だった。仕事先は、ボレク・ファウェンツキ地区のソーダ工場と返事を引き出すと、警官は、もうひとりに目配せした。

「ほほう」警官が応じた──「なら、行く方向が逆だ」

「身分証明書！」──ふたり目の警官は、もう手を差し出していた。ユルは時間稼ぎをして、のろのろと雑嚢に手をかけた。その瞬間、その手が打ちつけられた。三人目が大きな喚き声をあげ、その声が、建物の壁に反響した──「こいつだ！　ムィシレニツェ分署から逃走中の男だ！」警官が、肩の小銃を外す。ユルは、打ち消すように首を振る。彼は、内ポケットから身分証明書を取り出すふりをしたが、三人目のほうが素早い。ピストルを構え、ヒステリックに叫ぶ──「手を挙げろ！」そのとき、ユルはその男のほうに警官のひとりを押しやって、発砲の邪魔をした。三人目は膝をついて、逃げ出すユルの背中に狙いをつける。

身を屈めて駆けるユルは、ジグザグに走る。野ウサギ式のこの走り方は、「森」の訓練で身に付けた。だが、森は木々の集まりだが、ここは建物と建物の間の細道だ。最初の発砲は壁に当たって、その破片がユルのこめかみや頬を掠めた。追う民警たちの重たい靴音が聞こえ、続いて「止まれ！　止まれ！」の声が聞こえるが、振り返りすらしない。どこでも構わない、角に辿り着いて、曲がろう。

三人目は狙いを定めているが、追いすがる警官たちが逃亡者の影を遮《さえぎ》っている。反対の歩道へと飛び、そこから銃口を向ける。二発目は低すぎた。逃げるユルの踵あたりに火花が飛ぶ。

門口に駆け寄ったユルが、大きな鉄の引き手を引く。扉は微動だにしない。雑嚢を肩からもぎ取り、門と歩道の地面の隙間にむりやり突っ込もうと試みる。なんとか向こうに通して、追跡してくる者たちの目から隠そうと、雑嚢を蹴りとばすが、門に引っ掛かり、喉に引っかかった骨のようにはさまっている。そのとき、ユルは銃口が三つこちらを狙っているのを見る――二丁の小銃とトカレフ拳銃だ。

「袋のネズミだ!」三人目が息を切らせて言う――「ようやく捕まえた!」

35

「いちばん最近、誰を撃ったか?」

「捜査官」は、ピストルの薬室が空っぽかどうか、調べるのに忙しい。弾倉も調べたうえで、やっと目を容疑者へ移した。

「いいえ、誰も」

襟元が千切れた戦闘服を着たユルは、背凭れに両手をかけた姿勢で腰掛けている。手錠も捕縄《とりなわ》もかけられず、ただ両手は背後に置けと命じられた。椅子の背凭れが肩甲骨に食い込んでくる。椅子から二メートル先に事務机が据えられ、その向こうに大尉の軍服を着た「捜査官」が座っている。部屋の壁は傷だらけで、肩の高さぐらいまで灰色の油性ペンキが塗られ、その仕切りには、歪んだ線が引かれている。窓際に図体の大きい「金髪」が立ち、たまたまこの場に居合わせたといった様子で、先ほどから折りたたみのナイフで手の爪の掃除に余念がない。もうひとり、例の「三人目」もいる。上着は脱いで、もう一つの事務机に向かって置かれた椅子の背凭れに掛け、自分はまるで足跡を嗅ぎつけた猟犬のように部屋のなかを行ったりきたりしている。今しも、彼は緑色の鉄製ロッカーに寄りかかって、歪んだ微笑を浮かべながら、ユルを見ている――おまえを捕まえられるのは世界でおれだけだ、と得意満面である。

「クラクフでは何をしていた?」

「出頭するために来ました」

「白状しろ」――「捜査官」は、ユルのピストルから取り出した弾倉で机をトンと叩いた――「任務はなんだったか?」

「特赦をもらったら進学するつもりでした」

「ふざけるな!」――「捜査官」は、全身を乗り出した――「ムィシレニツェ分署から仲間を奪い返したのは、誰か?」

「わたしは、無関係です」――ユルは肩を竦め、無意識に両手を太股《ふともも》に置いた。窓際の

「金髪」が爪の掃除を中断して近寄り、ユルの手首をとって後ろに捻じ上げる。ユルの身体は、痛みからピクリと伸びる。

「捕まりやがって！」——「三人目」の声がする。男はユルの雑嚢を机に載せ、なかを引っかき回した。羊毛の靴下二足は、クラクフへ発つ息子のために母親が編んだものだ。見ていると、男はネガとプリントの入った封筒を脇に置いた。

「そうだ、捕まったんだよ」タバコを吸いこみながら、「捜査官」は強調する——「おまえも兄と同じ判決だろうよ」

「トメクとですか？」——ユルはまた椅子に座ったまま背筋を伸ばすが、「金髪」がユルの二の腕を上から押して元どおりに座らせた。

「そんなに知りたいか？」——「捜査官」は、同じ路線の勤務に嫌気がさした車掌のようにふるまう——「いずれわかるさ。ただし、おまえが自白を始めればだけどな。もう一度訊く、クラクフでの任務は何だった？」

「言いましたよ……」ユルは、尋問を繰り返す遣り方には馴染みがある。なんどか訊いているうちに、いく度目かの答えで必ず尻尾を出す——「特赦が欲しかったって」

「そんなことなら、どこでもできる。ムィシレニツェでもいいんだ」

「受験したかったので」

「受かるさ」——「捜査官」は、吸い殻がいっぱいの灰皿に、吸いかけを押し潰した

——「ただし、百年後にな」

ユルが見ていると、「三人目」は雑嚢の細かなゴミまで払い出してから、封筒を取り出す。まずネガを引き出して目の前に持って行き、窓のほうへ顔を向ける。目に飛び込んできたものに愕然としたのは、明らかだ。次に、焼き増しのプリントを封筒から抜き出し、それに目を走らせると、すぐさま「捜査官」の机の上に置く。

「これで、おそらくもっと食らいますね」視線をユルに移す——「特赦が欲しかった……よく言うよ！」

「金髪」が、声に出して笑った。「捜査官」は写真を見つめ、その目を「三人目」に移動させた。「三人目」は、この一件の重大さはふたりともよく承知している、という合図に相槌を打つだけだった。「捜査官」は、思いもかけぬ贈り物を手にしたという様子。

「どこで入手した？」

「拾いました」

「どこで？」——「三人目」が問い詰める。

「通りで」

この瞬間、「金髪」が不意に椅子を蹴飛ばし、ユルは床に転がった。「金髪」はユルを床から引き上げ、壁に投げ飛ばす。彼の上に、「三人目」と「捜査官」が立っている。矢継ぎ早の尋問攻めだ——「言わんか、畜生野郎、誰に送り込まれた？」「残党の潜伏先は?」「誰を撃ち殺す指令だった⁈」「現住所!」「誰の手先か?」「連絡先!」「指令を出したのは誰だ!」――尋問一つごとに、「金髪」の狙いを外さない蹴り上げがつく。それを、樵《きこり》が木を伐り倒すかのように無感情にやる。仕上げに、頭を壁に打ちつけられ、ユルは失神した。

意識を取り戻したとき、「捜査官」は窓際に立っていた。カティンの写真に見入っている。もう一度ユルを椅子に掛けさせろ、と身振りで「金髪」に命じる。ユルの頭は垂れたままだ。「捜査官」の合図で、「三人目」がユルの顎を持ち上げ、前を見ろと促す。

「どこで手に入れた? 言え!」――「捜査官」は、手にした写真を振る。

「拾いました」

「兄貴を死刑にしたくないよな?」――「捜査官」は歩み寄って、ユルに覆い被さる。

ユルは一瞬おいて、首を縦に振る――「だったら吐け! ただし真実をな! さもないと後悔するぞ――生まれてきたことをな!」

36

針金で格子状に覆われた電球が、濃霧の彼方の落日のように、ユルの頭上にぶら下がっていた。ここがどこか、どうしてここへ舞い込んだか、わからなかった。さんざん殴り付けられた。どこがドアか、目で探そうとして、寝返りを打つのも辛い。そのとき掛け金が音を立て、バケツ一杯の水がザブリとかけられ、一瞬息が止まった。
彼はふと思った――これからは、お袋も息子ふたりの無事を祈らなくてはならなくなるな……。

37

タイプライターを叩く音が、不揃いに鳴る。

「捜査官」はこちらに背を向けて立っている。高い場所にとりつけられた窓越しに、鳩の群れが青空を旋回する様を眺めている。数枚のネガを片手に、時折、その手を高く掲げては、調書の口述に余念がない。

「被疑者は、武器ならびに罪科加重の事由となる資料を携帯し……」

事務机に向かう「三人目」が、二本の指だけで不器用にタイプのキーを叩いている。軍服の男がふたり入室してくる。「三人目」と「捜査官」とは、畏《かしこ》まって緊張する。「ボス」は無頓着に片手を振り、「副官」に目を投げる。どうやら、こちらはすでに本件について連絡を受けているらしい。やはり、片手を資料のほうへと伸ばし、ロシア語まじりに言う――「見せてくれ……」――写真のプリントを見つめ、万事明白というふうに首で頷き、「捜査官」に目を向ける——「ネガは、どこかね?」

「裁判で証拠になります」——「捜査官」は、封筒入りのネガの上に片手を置いた。

「いや……これは必要ない……」——「副官」もロシア語まじりに答え、打ち消すように頭を振る。

片手を封筒に伸ばす。「捜査官」が、すばやく「ボス」に視線を向ける。向こうが頷く。「捜査官」は、封筒を「副官」に渡す。

両人が部屋から出た後、「捜査官」は「三人目」を見て言う。

「昇進ものだよ、君」——言いながら、「三人目」にタバコを一箱差し出す。

「わかるもんか」——「三人目」が、肩を竦める——「捕まえたほうが、そのうち捕まるほうに回る——そんな一件かもしれんさ」

38

地下室の壁はひび割れ、あちこちに落剥の痕があり、水漏れのしみで汚れていた。後ろ手を縛り上げられた人間が、暗がりのその壁に向かって立つ。

この地下の入口に押し込まれたとき、そんな光景がユルの目にちらっと映った。「三人目」を先頭に「金髪」が続き、長い廊下を導かれた。黴臭《かびくさ》い風が吹いていた。ユルはようやくの思いで階段を降りた。正確には、両側から脇を抱えられて引っ張られたのだ。彼の片手がぶらりと垂れていた。今朝方まで、その片手は壁の円環に固定されていたのだ。いつまでもそうして吊るされている間に、ユルには次第に理解された——ぼくは彼らにとって、人間ではない、容疑者ですらない、敵でもない。肉屋にとっての豚の半身のようなものなんだ……。

廊下を幾度も曲がり、階段を降り、今この地下牢と、痘痕《あばた》だらけの壁際に、両手を後ろ手に縛られ、入口に背を向けて立つあの人間を見せられた。入口の脇には、紺色縁の軍帽を被った下士官が立っていた。手にピストルを構えていた。「三人目」が、ユルを突いた。

「わかるか?」

「トメク……?」

振り向こうとしてか、壁際の人間が身動きを見せた。その途端、下士官の発する怒声で、その動きは止まる。「振り向くな!」——「三人目」が、横からユルの顔を窺う。

「死なないでいてほしいか?」——横合いから、「金髪」がことばを投げつける。

「きさま次第だ」

「連絡相手を全部、思い出せ」——「三人目」がユルの肩甲骨を突く——「記憶力は大切だぞ、進学する気なら」

地下牢の廊下から出され、またもや長い廊下を引きずられる。階段を昇る途中、背後から銃声、一瞬間を置いて、もう一発。首を縮めて、ユルはもと来た方向へ走り出したいという動きをするが、押さえている腕力は万力並みだ。今度は、一階の廊下を引っ張られていく。

「兄貴は生きてるよ」——「金髪」が親しげな口を利く——「おれたちは、約束は守る人間さ」——ある独房の扉の際で、そう言う。「三人目」が、片手で覗き窓を開く。「金髪」が、ユルを扉へと押す。丸い覗き窓に片眼を当てると、牛乳瓶の底から見るように兄の姿が見える。あっ、トメクだ……。

「あいつだろう?」——「三人目」が、むりやりユルを独房の扉から引き離す。

「そうです」

「それ、みろ」——「金髪」は、ゴールを入れた後のサッカー・チームの仲間みたいにユルの肩を叩く。

「兄貴は戦争中にムィシレニツェでゲシュタポから逃げた、おまえたちはその英雄を射殺するのか?!」——ユルは唾を呑み込むが、団子のように喉につかえる。

恨めしい視線を、「三人目」から「金髪」へと移す。「金髪」が、今度も親しそうに肩を叩く。

「ふたりとも、生き延びるさ。ただし、口を割ってくれればな」

「さもないと、死刑！」——「三人目」がユルの耳に口を寄せ、ロシア語まじりに占いの予言のように呟く——「きさまも死刑、兄貴も死刑。わかったか?!」

39

フィレルが背後から乗り出して、目の前に写真を置いたとき、アンナは驚きを隠しようもなかった。暗室で見つけたという。乾燥させるため、ユルは、この一枚だけをピンに挟んで紐に吊るして乾かしておいたのだ。それとも、見せびらかすために特にそうしたのか？

「大して修整の要はありませんがね、奥さん」——フィレルは、控えめに、しかし雄弁な微笑を浮かべて言った。そのまま立ち去った後、アンナは写真を覗き込んだ——ニカが結婚式のヴェールを斜めに被り、ユルと並んで、新郎新婦のようにポーズを取っていた。アンナは思案した——「いつ、撮ったのかしら？　わざと、わたしに見せるため？ これまでニカが一度も口に出さずにきたことを、伝えようとしてかしら？ そう、もちろん、おふざけか冗談だけれど、半面、娘にだって自分の人生がある、自分にはいよいよ測りがたい人生がある、ということを示そうとしたのだろうか？」

そのとき、フィレルの声が聞こえた——「おやおや。花嫁さんのお出ましですよ！」

ニカが、戸口に立っていた。長距離走の後のように、息が弾んでいた。フィレルの問いに耳も貸さなかった――「どうしたんですか? 新郎さんは仕事に現れませんが……」ニカは、アンナに駆け寄った――その明るい表情は本物の花嫁のようだった。

「ママ! 来て! 早く! 奇跡が起きたの!」

その奇跡は、家でアンナを待っていた。というより、家の前の通りでだ。軍用トラックが止めてあり、階段口から現れたスタヴヴァク夫人は、毛布にくるんだ羽毛布団を抱え込んでいた。その後ろに続く数人の兵士は、鉄道員の家財を持っていた――大小の鍋、シーツのしわ伸ばし機、スティーム・アイロン……。

アンナを見かけると、普段は無愛想なスタヴヴァク夫人が、満面に笑みを浮かべて言った――「有難いかぎりです、少佐夫人! お世話を頂いたお蔭ですよ。ほんとに大助かりです。キッチン付きのアパートの二部屋に移れるんですよ!」

出入口の階段にスタヴヴァクが姿を現した。兵士の手を借りて、二階から自転車を運び下ろしたところだ。鉄道員は、なんとなく疑わしげな目でアンナを見た。

「さっさと行きな」――と女房を叱った。「こんなことができるなんて、よほどのコネを使ったんでしょうね」

二階に上がると、今朝までは朱い公印のふたつある横長の紙が貼られたフィリピンスキ教授の書斎のドアが大きく開かれ、ブシャの指図のもと、兵士たちがサロンの家具を次々となかへ運び込んでいた。アンナは、サロンの奥にヤロスワフがいるのを認めた。彼は、巨大な衣装簞笥を元どおり寝室へ戻す運搬作業の兵士らを急がせていた。見ていると、指に挟んだタバコの吸い殻の捨て場に窮して、サボテンの小鉢にこっそりと埋めていた。向こうがアンナの視線に気づいた。ヤロスワフは慌て、口ごもって申し訳を言った——野戦生活が長いと、ついつい品が悪くなって……。

アンナは、脇によけた。サロンで使っていた彼女のダブルベッドを、兵士ふたりがかりで運び出すところだったからだ。

「どういうわけですか?」——彼女は、大混雑の全体を指す身振りをして訊く。

「歴史的な公正さの表れとでも言いますかな」——ヤロスワフは、はっきりと皮肉を込めて言った。「歴史が万人にこれを約束しているのです」

「今、歴史は、わたしたちみたいな人間から何もかも取り上げようとしています」

「ポーランドのインテリゲンツィアは、すでに多大な損失を被りました。今や、保護されるべき存在です。奥さまのお世話は、わたしの義務です。どうぞお忘れなく——いつでもお役に立つ覚悟ですから」

アンナの手にかしこまって接吻した。

ブシャは、その昔当番兵のマカールにそうしたように、兵士らを取り仕切り、この家具はここ、そちらの家具はむこうと、指示していた。ニカは、祖父の書斎に本を運び込んでいた。

「どんな手を打たれたのですか?」——アンナは、「領土回復」が未だに信じられない。

「さらに部屋を接収されるのかと、はらはらしていましたのに」

ヤロスワフは、生徒に基本的人権を教え込む教師のように、アンナを見た。

「人民軍において最重要なのは、炊事班と宿営班です」彼は微笑したが、その笑いは、何かが心底楽しいからでは毛頭なく、せいぜい、ある種の事柄に対して一定の距離を保つといった笑い方だった——「幸い、わたしは宿営の担当でして。要するに、少佐殿のご一家が、寛ぎの場所を持てない状況を傍観しかねたという次第です」

そこで、再びアンナの手に接吻したが、今度は、協定書に調印するような接吻だった。

ニカは、祖父の以前の書斎で蔵書の整理に取りかかっていた。アンナは、ピウスツキ元帥の馬上姿の重たい彫像を、書斎へ運び入れた。その様子を見守るヤロスワフ大佐の視線から、ニカは、彼が母をフィリピンスキ少佐未亡人としてではなく、ひとりの魅力的な女性として見ているのに気づいた。偶然だったのかもしれないし、十分に意識したうえだったのかもしれないが、ヤロスワフは、ガラスの扉のある書棚から、アリストテレスでもセネカでも、パスカルでもショーペンハウエルでもなく、マルクス・アウレーリウスの一巻を取り出した。彼は、そこに次の文句を発見する——「自分に起ることのみ、運命の糸が自分に織りなしてくれることのみを愛せよ」（マルクス・アウレーリウス 神谷美恵子訳『自省録』第7章57）。アンナに目をやり、自分の注釈を聞かせた――「一度も戦場で戦わなかった人のことばですな」――数ページをぱらぱら捲ってから、ヤロスワフはまたもアンナのほうに目を向けて言った――「アウレーリウスは、こうも言っています――『自然によることには悪いことは一つもないのである――』（第2章17）」

「では、殺し合いは人間の自然によるのですか？」――アンナがまっすぐ彼の顔に見入ったのは、明らかにある返事を期待してのことだ。

「どんな行為もそれ自体は、善でもないし悪でもありません」ヤロスワフは、手に持った書物の重さを量っていた――「行為の動機によります」

「誰にでもアリバイがあり得るということ？」

「それは良心の問題です。ぼくの叔父は、ルヴフで医者をしていた。ソ連赤軍が叔父の親友の動向を探っているのを知り、叔父は、友人を隠してやろうと願って、病院に入れた。狂人に仕立てたわけです」

「そして、そのおかげで助かったの？」――ニカが、会話に割り込んだ。ヤロスワフは、首を振った。

「そのために死んだ。四一年にドイツ軍が来ると、病気の患者は残らず射殺されたから。今もって、叔父は良心の呵責に悩んでいます――自分のせいで、親友ひとりを死なせたと」

アンナは、書斎の窓際に立った。彼女の髪の毛は陽光に照らされて、少しばかり、銅《あかがね》色の光沢を帯びて見えた。彼女は、建物の屋根の連なりを遠く眺めながら、書斎に集まった人たちに向けてよりも、自分自身に向けてこう言った。

「良心……真実……」彼女は、肩を竦めた――「あの戦争が終わった今、何もかも、以前とは違ってしまうのね。すべてが、変わってしまった」

ヤロスワフは、太陽に照らされるアンナの横顔を見ていた。

「まだ残っていますよ――待つことを知る女性たちが……」

40

思いもかけぬフィレルの到来だった。絹のスカーフを恰好よく靡《なび》かせてきたものの、アンナの手への接吻はせかせかとして、まるで、これまで抱いてきた特別な思いに見切りを付けるかのようだった。

「すみません、悪いけど、お店のほうは辞めていただきます」――落ち着かぬ様子だった。余計な人がいあわせている、といった様子でブシャのほうに視線を投げた――「今日、うちに人が来ましてね」

「誰が？」

「見当つきませんか？　カティンの写真のこととか訊かれ、イェジ君についても、いろいろと」――その先を言い淀んだが、フィリピンスキ少佐夫人には状況を把握していただかなければと、写真師は考えなおした。「『奥さんの周囲にどんな人が出入りしているか知りたい』とも言いました。こうなると、辞めていただいたほうがいいと……」

「あらかじめお知らせくださって、ありがとうございます」

もう一度せかせかとアンナの手に接吻したうえで、フィレルは、上着のポケットから封筒を取り出した。それを、こっそりと戸棚に載せた。フィレルが辞去した後、ブシャは、封筒の中身を覗き、首を振った――家賃と電気代にも足りやしない。冬の石炭は、どうしようか？

「あの大佐が助けてくれるかしら？」

「いけません、お義母さん」アンナは首を振った――「そんなお願い、してはいけないわ」

「なら、どうしよう？」

そのとき、アンナは鏡に映る自分の顔を見た。解《ほど》いた毛髪が波を打って肩に流れ落ち、胸元まで届いていた。己れの姿をしげしげと見つめていた――まるで親しい人との別れの前のようだった。彼女は、ヴェールのある帽子に手を伸ばした……。

41

八月の日射しのなかで、ヴェールに覆われたアンナの顔から感情を読み取るのは難しかった。女優が彼女と気づかなかったのは、そのせいかもしれない。スウォヴァツキ劇場の出入口で、ふたりは衝突しそうになった。女優は午前中のリハーサルを終えて出てきたところで、アンナはその行き先を遮るかたちになった。

「いつぞやおっしゃいましたよね、こちらで髪の毛が売れるとか……」

「ああ、我が国の知識人階級は、そこまで生活苦に追い詰められた！」――女優は、大仰な叫び声をあげた。アンナの手を取って、劇場のなかへと導いた。舞台では小道具の配置が進行中で、その裏手を通った。アンナの頭上に鋼鉄のトップライト、太いロープ、ケーブルなどがぶら下がっていた。オリーブと、埃と、接着剤の匂いが宙に立ち籠めていた。舞台袖に積み重ねられた古い舞台装置の横の狭い通路を、ふたりは抜けて行った。

ウナギの寝床のような狭苦しい工房に来ると、接着剤の臭気はいっそう募り、焦げた髪の噎《む》せそうな匂いが加わった。肥満体の鬘師の女が、焼き鏝《ごて》を使って、白髪の長い髪をルイ十四世スタイルの手の込んだ縮れ毛に仕立てていた。棚の上には木製の頭《かしら》が並んでいて、王様や、お小姓、宮廷仕えの貴人男女の鬘を被っていた。窓際の猫背の女は、新聞紙に包んだ毛髪の束をひとまとめにして、麻地の長い布に縫い込んでいた。女優が声をかけてアンナを引き合わせたのは、その女性だった。

「憶えといてね、ミハリナ、この人の髪はわたし専用にするからね！」

間もなく、アンナは座り心地の良くない椅子の上で、栗色の髪を切る鋏の音を聞いていた。「髪は残します、『ハムレット』の侍童《ページ》みたいにね」と鬘師の女は言った。切り落とすたびに、頭髪の帯はタオルを伝って、下に広げた新聞紙の上に滑り落ちていった。

「切るなんてもったいない」窓際の猫背の女が、話しかけてきた――「ご主人は同意されました？」

「出征したきり、まだ戻りませんの」――アンナが言った。

「これからお戻りになるかもしれませんよ」鬘師が、切り取った髪の束を猫背の女に渡した――「うちの大スター女優さんのために、あんた、張り切ってよ」

「奥さん、ご存じですか、誰かの髪で拵《こしら》えた鬘を被ると、その人の運命まで被ることになるって？」――猫背の女は、アンナの髪を包んで、太い練り棒のような形にしていた。

「そうなってほしくないけど」――アンナが言った。

その一言から女優の半生のうち彼女の知らない一章が明らかにされるとは、予想もしなかった。アンナのことばを聞いた後で、太った鬘師は、ハープ奏者が弦を鳴らすような手付きでアンナの髪の毛を捌《さば》きながらこう言った。「誰もがそれぞれの運命を実現する。ただし、それを神や人間の掟にかなって行うか、逆らって行うかは本人次第でね。さて、あの女優さんはどうだろう、思うに、三度は告解しなくちゃいけないだろうね――戦争中に自分がしでかしたことを……」

「でも、ドイツ人劇場には出演していなかったじゃないの」――猫背の女は髪を布に縫いつける手を止め、鬘師に悪意のこもった目を向けた。言い争いは前々からのもので、相手がどう出るか、はっきりとわかっているふうである。

「ミハリナ、あんたは地獄に堕ちても、あの女優の肩を持つ気なんだ」――鬘師は、アンナの髪の束を切りそろえるのに使ったカミソリを握ったまま、今度はアンナの前に立ち、自分の言い分にどう反応するか、様子を見ようとした。

「じゃ、これが正しいことかい――夫のある身が、亭主の留守に誰かと寝ることが？」明らかな悪意を込めて、言い募った――「亭主は収容所、女房は浮気だなんて！」

「でも、いつも収容所に差し入れの小包を送っていたよ」――ミハリナはあくまで女優を庇《かば》い、それが鬘師の怒りに油を注ぎ、彼女はみるみる真っ赤となる。

「女優稼業って、そんなものよ。舞台の人気に慣れてくると、実生活でもそれが忘れられない。恥ずかしくないのかしら、亭主が収容所にいる暇にその目を盗むなんて」

アンナの目の前にカミソリを片手に突っ立つ鬘師は、アンナの応援を期待した。だが、猫背の女が、やり返した。

「言いがかりだよ――あんたが、お金にばかり夢中の肉屋に嫌々ながら嫁がされたからって。あの人が楽屋で聞かせてくれた話、知らないでしょう」

「だから、どうしたっていうのよ？」――鬘師は、斜視がちにミハリナを睨んだ。猫背のミハリナの言い出したことは、鬘師にというよりわたしに向けられている、とアンナは感じた。それは、噂話の請け売りというよりは、女優を正当化するはずの秘密の暴露に近かった。「確かに女優に艶話《つやばなし》はありましたよ。女優の姑だってそれを知っていた。彼女は戦前から有名なクラクフ一番の占い師でね、嫁にこう意見したそうだよ――『男から崇められることが必要なら、こういうたいへんな時代でも、自分は男好きする女なんだと自分で確認するのをやめることはない。そうでなければ、生きた血の通わぬ女に成り下がる。待つのはゆっくりと死んでいくのと同じで、戦争が終わるころには、乾き上がったカンナ屑か、根っこを断たれて、春が来ても樹液が巡らない大木になってしまう。亭主が戻っても、お愉しみのお相手になれるどころか……』」

ミハリナは熱を込めてそう語り、その目をアンナから離さない。だから、女優の過ちをわかってほしい、と言いたそうだった。鬘師は、怒り立った猫のようにフーッと息を吐き、これ見よがしに肩を竦めた。

「ミハリナ、あんたは、あの女のためなら魂も売り渡す覚悟なんだ」

「それで、どうなりました？」アンナが訊いた――「ご主人は、戻ったの？」

「戻ったよ」猫背の女は満足気に告げ、最後の捨てゼリフは鬘師に向けた──「帰ってみたら、そりゃびっくり、女房が戦前を上回る美人になっている」

鬘師は我慢ならぬと手を振ってミハリナを黙らせ、味方になってくれるのではと期待して、アンナのほうに振り向いた。

「奥さん、どう思われます？」

「これ以上切らないで」──アンナは言った。

鬘師が差し出す手鏡に、彼女は一時間前とは別人になった自分を見た。目がぐっと大きく見開かれ、刈り上げにした髪で頬が広がり、口元がくっきりとした。われながら若々しく映った。なるほど確かに若返っては見えたが、正直なところ彼女は感じていた──皮膚を取り替えてみて初めて、自分が自分でなくなることなどできる相談ではないのがわかると……。

42

「なんてことしたの?!」──ブシャは、広告塔でも見るように、アンナの周りを一巡りした。「アンジェイが帰っても、人違いかと思いますよ！」

憤りを隠さなかった──嫁が、まさかこんなことをするとは。流行遅れが嫌だから？

だいいち、似合わない！　そのとき、アンナはハンドバッグから頭髪代として受け取った金を出し、それを義母の手に握らせた。すると、ブシャはアンナを抱き、短くなった髪を撫でた――アンナが捧げた犠牲に感謝するかのように。

　ボール紙の大きな箱を脇に抱えたヤロスワフが、予告なしに姿を見せた。驚きの表情で、収容所時代に写真で知った顔とほとんど別人になってしまったアンナを見た。

「変わりましたね！」――そう言ってから、箱の包みをテーブルに載せた。

　ニカは、彼女らしい表現で、母親の変化を評価した――「二〇年代後半のモードね！」そう言うと、家族の写真アルバムを取り出して、ヤロスワフの前に差し出した。なかの一枚にアンナが写っていた。葦毛《あしげ》の馬の鞍に跨り、断髪が左右の頬に触れていた。その傍らにアンジェイがいる――こちらも馬上にいて、アンナの乗馬帽を手にしている。優しい眼差しを妻に向けている。アンナは、勝ち誇ったかのような姿勢で狐《きつね》の尻尾を手にしている。

「ママは、あのとき、聖フベルトゥス（七、八世紀の狩猟者の守護聖人）記念競走《レース》で優勝したの」――ニカは、写真から目を離し、アンナのほうを見た。「一等賞だったのね！」

「しかも、こんなに、きれいで」――アルバムを覗き込んで、ブシャが嘆息を吐いた。

「それは、お変わりありません」――ヤロスワフが言い、アンナの反応を注意深く窺った。彼はいつも日向に眠っていても、ことあらばいつでも飛び起きて猫を追いかける構えの犬みたいに、警戒を忘れなかった。アンナからすれば、今日の自分と昔の写真とを見比べられて、覗き見されているような気分になった。

「何もかも変わりましたわ」彼女は、そのことばで、話題を打ち切りにした――「何もかも。思い出だけは別にして」

「思い出は、お荷物です」ヤロスワフは、持ち込んだ国連救済復興機関《UNRRA》物資の箱を開けながら、伏し目がちにアンナの様子を見た――「重い荷物を提げては、遠くへは行けません。人生には、人生の法則があります」

「人生には、義務もあります」アンナは、肘掛椅子から離れず、結婚指輪を回している――「ある人の記憶に貞節を守らなければならないのは、最低の義務です」

「すべてを記憶する必要はないと思います」――ヤロスワフがそう断言し、ニカは同意して強く頷いた。ニカは、乾燥イチジク、ナツメ、チョコレートなどを箱から取り出して皿に並べていた……。

「こうおっしゃられたらどう――今は、すべてを憶えておくことが許されないと」――アンナの声には、苛立ちが感じられた。

ヤロスワフは椅子に腰を落とし、時間稼ぎか、紙巻きに火を点じた。

「その点は、歴史に委ねましょう。歴史はすべてを濾過し、重要なこととそうでないこととを分けてくれます」

　ヤロスワフはタバコの煙の雲の向こうに身を隠した。アンナは、瞼を細めてそのほうを見、ニカは、母は正面攻撃に出るな、と確信した。

「歴史を書くのは、勝者ですよ」――アンナの抗弁は、軍服を着たこの人物に直接向けられた告発のように響いた。

「勝者が自由をもたらすなら、それは結構な話です」――ヤロスワフが述べた。アンナは、襲いかかろうと身構えた虎のように、彼から目を離さなかった。

「囚われの者たちに自由をもたらす力などあるでしょうか？」

「歴史が評価を下しますよ――目的が手段を神聖化するかどうかを」

「歴史は欺くことができる。でも、真実は一つです」

　返答に達するまで時を稼ごうとするかのように、ヤロスワフはタバコの煙を深く吸った。ニカははらはらしながら、母を見ていた――敵として現れた人ならともかく、ママはどこまでこの人を追い詰める気なのだろう。ヤロスワフの態度から、このことばのやりとりで対決を避けたがっているのははっきりと見てとれた。しかしアンナのほうではもはや堰が切れ、そこから、心の底にもう何年となく澱《おり》のように溜まっていたことばが迸《ほとばし》り出た――「真実を隠し通そうとする連中が勝利を収めたら、真実のうち何が残るでしょう？　例ですか？　言いましょう。この間もう一度、市裁判所に行きました。コジェルスクからのアンジェイの手紙を返してもらいにです。いつどこで主人が死んだか、その証明が欲しかったからですが、お役人の女性は手紙を返してくれませんでした。関係書類はドイツ関係戦争犯罪追及の県検事局に回した、という話で。なんとかそこへ行き着き、担当検事に面会して、まず訊きました——『どういう理由で、当方の書類がこっちへ回されたのですか』と。返事は、『これは理にかなっているはずです。ドイツ側の犯罪追及が、こちらの仕事ですから』『夫はカティンで亡くなったのですよ』——その答えとして問われたのは、『その確証はなんでしょう?』『コジェルスクから受け取った最後の手紙が、一九三九年十二月付けでしたから』『ご主人の名前は、ドイツ側の死亡者リストに出たのですか?』——検事は何やら、書類に記入していました。『ありましたよ。ただ、間違いもあって。そちらにも、何か書類があるでしょうが。なにしろ、カティンには、クラクフからポーランド赤十字の委員会代表の立会人が行っています。ロベル博士、ヴォヂンスキ医師、ヤシンスキ司祭とか。ドイツ国内の俘虜収容所からもポーランド人将校の何人かが!』

そのとき検事はペンを執り、メモ用紙の上にかざしました——『具体的に言うと? 他に名前とか、立会人の住所とか、知っていることは?』『ところが』そのときわたしは、そっけなくこう答えました——『その誰ともどういうわけかお目にかかれないのです……』と。

いいですか、四月からずっと、このヤシンスキ司祭にお目にかかりたくて、探しているんですよ」回想を終えたアンナが、熱を込めて言った――「でも、どうやら司祭は逮捕されて、取り調べ中だとか。これが、真実ですよ」

「真実によって、ママは救われる？」ニカが、イチジクをおいしそうに囓《かじ》りながら、言った――「それが、何かを変える？」

「ときには、知らないほうがましです」――考え込んだ末、ヤロスワフが言う。どうやらアンナからの次の攻撃を回避したいらしい。「なぜなら、知らずにいることはただの忍耐です。しかし、知ることは不幸です」

そのことばに頷くニカを、アンナは見た。娘はヤロスワフの側についた――忘却が人生への最良の処方だとする説に与するのだ。

「真実を知らずに生きること？」――彼女は、視線を娘に、そしてヤロスワフに向けた。ヤロスワフは、ニカに発言の優先権を譲るつもりで目を向けたが、彼女は国連救済復興機関物資のチョコレートの味見に夢中だった。

「さまざまな真実があります」――ヤロスワフは、何本目かのポーランド製タバコ「自由」に火をつけた。持参した箱には西側製の「キャメル」のパックも入っているのに。

「明白な真実もあれば、不要な真実もある」

「というと？」

「折悪しく発見された真実です」

煙の向こうにヤロスワフの目を見届けようと、アンナは苦心した。何が言いたいのかしら？　変に持って回った言い方をする。質問への答えの代わりに、一般論を口にする――まるで、哲学の卒論ゼミみたいだ。アンジェイからとても信頼されたというけれど、いったいこの人は何者なの？　知っていることはたくさんあるようだが、ただし、知ってしまったことについては忘れようとしているようだ。何か隠しているのか、それとも慎重なだけか？

「真実にとって、発見されて悪いときなどありません」

ヤロスワフはアンナの焦躁を見てとった。彼は立ち上がり、軍服の裾を引っ張り、ブシャとアンナの手に仰々しく接吻した。彼が辞去した後、ニカは、箱から「キャメル」のパックをいくつか取ってバッグに入れた。

「おまえ、タバコ吸うの？」

「まさか。ユルのためよ」

「あの夜以来、姿を消して、全然現れないけど」

「たぶん、帰省したのね」ニカは肩を竦めた――「オデュッセウスも、長い旅から故郷に帰ったわ」

アンナは短く刈った髪に思わしげに手をやり、考え込んで言った。

「ペネロペの方は、オデュッセウスを待ち続けた……」

43

女の首は、不自然に曲げられていた。窓に背を向けたままで、その窓の外を見ようとするような姿勢だ。垂れた乳が、腹部の皮膚の皺《しわ》のほうに降りている。肘は膝に置かれ、手が顎を支えていた。壇上の丸椅子に、女は腰を下ろしていた……。

ポーズするそのモデルを、ニカは半開きのドアから覗いていた。誰ひとり、彼女に気づかなかった。石筆を画用紙に走らせる音、助手が小声でつぶやく批評のことばだけが聞こえた。助手は立ち並ぶイーゼルの間を行き来しながら、その場その場で手直しをしていた。

学校の帰りに、寄ってみた。勇を鼓して美術大学の教室で、彼を探す決心に辿り着くまで、ニカはあれこれと迷い続けた。彼の姿が消えて感じたのは、笑いものにされたという感覚だった。彼にではない、自分では「自分の気持ちを口に出す前に、きちんと理解してくれる、そんな人と巡り遇えた」と信じていたのに、その信念を笑いものにされたのだ。彼は、「人生で大切なのは、その人がどこに重心を置いているかだ、これが正しい位置にないと、垂直に立てない」と言っていた。だったら、彼の重心はどこにあったのだろう？　彼は重心と共に消えてしまい、彼女は、浅瀬に乗り上げた船のように取り残された……。

「街でユルを見かけた」とアンナから聞かされなければ、家から「キャメル」二箱を持ち出して、ここまで来なかっただろう。母が見たという話は——フロリャンスカ通りを歩いてたら、路面電車からぴょんと飛び降りたのがユルでね、いつもの戦闘服を着ていたけど、片手に吊り繃帯《ほうたい》をしていたわ。わたしに気がつくと、会釈もせずに、くるりと踵を返して、電車の向こう側に隠れたわ……。

この教室を覗いてみることに決めるまで、長い葛藤があった。休み時間になるのを待った。教室の片隅のイーゼルの陰から現れるユルの姿が見えた。彼は一瞬、棒立ちとなった。ニカはくるりと向きを変えて、廊下を歩き出した。彼は追い付いてきて、ニカの腕を取り、校舎の向こうの中庭へ連れていった。ニカは黙っていた。彼女は足元を見ていた。靴で秋の最初の落ち葉を掃いていた。

「ここで何してる？」——ユルの声は、うつろだった。

「モデル志願の手続きよ」皮肉たっぷりの表情を作って、ニカは言った——「あのオールドミスの代わりに。彼女、墓掘り人の夢に出てきそうな身体ね」

「相変わらずだな」貴重な落とし物を思いがけず見つけたような目で、ニカを見た——

「君のことを、思っていたよ」

「なんでいなくなったの?」いつもの嘘かと思った彼女は、相手を非難するように言った——「どうしていたの?」

「運命《キスメット》さ」ユルは、繃帯の手首を上げて見せた——「サイコロ遊《コシチ》びでケガしてね。転がすまえに自分の骨《コシチ》じゃないかどうか気をつけないと……」

カッコつけたことばを聞いて、豪胆そうな表情を見ても、これはいきがっているにすぎない、とニカは見抜いた。彼の人格が分裂しているようでもあり、毒かなにかに身体を侵されたようでもあった。すべて順調だと言い募ることばが、どれも真実を隠すためのように響いたからだ。ユルはこう話した——とにかくツイてなかったんだ。フィルム写真館で会った翌朝、ソ連の自動車と接触事故となり入院さ、骨をつながれてから、家に戻り、手足を伸ばして休んでいた。新学期が始まるのでようやく戻ってきたところさ……。

ニカは、すべて細かなところまで聞かせてもらったが、ふたりとも、まだ話さなくてはならないことが残っているように感じていた。

「あのときのネガは、どうしたの?」——ユルが靴の先で楓《かえで》の枯れ葉を集めて山を作るのを見ていた。返事をするユルも、ずっと足元の草に目を落としていた。

「意識を喪ってたからな」と繃帯の手を上げる——「病院で気づいたら、雑嚢はもうなくて」両腕を動かして見せた——「クソ、どこに行っちまったか」

「あの将校、逮捕されたのよ」

「どの？　あの『大佐』か？」

「違う。将校俘虜収容所から生還したシュフェドフスキ大尉さん」

「政権側の人間は見境ないな、ノミをつぶすみたいに」——犬がうなるような声だった。

「畜生どもめ！」

ユルは突然ニカの手を取り、校門を出た。街を抜ける間、無言のままだった——まるで、話は向こうへ着いてからという無言の約束でもあるようだった。どこへ行くのかさえ、ニカは訊ねなかった。

液体の染みに一面おおわれた高い塀。その向こう、明るい秋空を背に立つ建物は、大西洋横断の巨大な船のように見えた。窓には、鉄格子がはまっている。ユルは、モンテルピフ刑務所の上の窓のほうに頭を動かした。

「あそこのどこかに兄がいる。トメクは陽気なやつだった。やつらのことを笑いものにしていた」歯を噛みしめてこう言い、頭を刑務所のほうに動かしてみせた——「もう笑ってる場合じゃないだろうな」

「判決は、出たの？」

「今のところ出ていない」

ふたりは、有刺鉄線の向こうに聳える望楼から、監視人がこちらを見ているのに気づいた。ユルが、ニカの手を引っ張った。

「何か頼りになるものがあるのかな、おれには？」声を押し殺してこう言った――「教えてくれよ」

「人生はクジ引きだって、言ってたじゃない？」彼女は、ユルから以前の調子を引き出そうとそう言ったが、ユルは塀にもたれかかってほとんど叫ぶように言った――「人生は取引さ！　物々交換だよ！」

そして、ポーランド製タバコ「自由」を取り出そうとするユルの前に、ニカはバッグから「キャメル」を差し出した。ユルの顔が明るみ、彼は一瞬以前の調子に戻った。

「これこそが不公平だ。この国の人間には『自由』はタバコだけ、外の人間たちは本物の自由と『キャメル』を持つのに」

ニカは、ギプスに自分の住所を書こうか、と言った――「ずいぶん長く来なかったから、きっと忘れたでしょう」ユルはシャツの袖を捲りあげて、彼女の目の前に繃帯を見せた。ギプスの表面に、矢に射貫かれたハートが描かれ、その下に彼女の名が書かれていた――Nika……。

44

玄関の間に軍人外套が下がっているのを見ると、ユルは気後れして、引き返そうとするような動きをしたが、ニカは彼を玄関に引きいれた。彼女は、見るからに勢いづいていた。

「見てよ、凄い物があるの」――ユルの連れ込まれたサロンの戸棚の上には、テレフンケンの大型ラジオが置いてあった。ヤロスワフはラジオの傍らで何かを操作し、ワルシャワ局をキャッチするための波長の合わせ方などを、ブシャとアンナに教えているところだった。

「押収品ですよ」――ヤロスワフはユルに向かって言った。腕にPolandと刺繍のある相手の上着を検分するように見ながら。

「勝利者の役得ですね」ユルは不満げに言う――「やりたい放題だ」

ヤロスワフは、こいつ、どこからおれを攻めてくるつもりか、と測るような、狙撃兵の眼差しで若者を眺めた。ユルとしては、「接近戦」で食い下がろうとした。彼は言った――「以前ゲシュタポのいた場所に、今では公安局《UB》がいる。ナチスの手による死を免れた連中が、今度は勝者ソ連の手に落ちてしまった」アンナもユルの側に回った――

「ドイツもソ連も、ポーランドのエリート殲滅を計画していました」

「そういうエリートは、すでに地下に潜った」ユルが呟いた――「あるいは、すぐに潜るだろう」

明らかに、ヤロスワフの返答を待つ構えだった。しかし、まずニカが割り込んだ――

「ドイツとソ連を比べるのは間違いよ。共産主義者は、少なくとも全国民を皆殺しにするとは言っていない。共産主義には、少なくとも人道的な理念がある……」

「君の説は、共産主義と『コミューン』とをごっちゃにしてるんだ」ユルは、おとぎ話が好きな幼女を見るような目でニカを見ていた――「歴史の教えるところだと、あらゆる理念は、最後は目指す理想とは正反対のものとなる」

「インテリゲンツィアは、ポーランド再建に加わるべきだわ」彼女は支持を求めてヤロスワフのほうに目をやった――「今は、ひとりひとりが必要とされる時代よ！　自由は贈り物じゃない。参加しなくては！」

「そりゃ、口先のスローガンにすぎない。一部の共産主義者は、ポーランドという国と結婚する――ただし、それは自由が『孤児』になって独り歩きしないようにするためなんだ」ユルは、この発言はヤロスワフに向けていると言わんばかりに、そちらを見た――「共産主義の唯一の美点は、そこの世界では、誰も孤独ではないということだ。誰に対しても、守護天使がついてまわるから。人は脅されれば沈黙する――それが、連中の狙いさ」

「そのとおりだわ」アンナが応じた――「連中は真実を嘘と呼ぶ。カティンのように。そうじゃありません、大佐さん？」

この質問は、そのままになった。ママに言わせると、ニカは、ヤロスワフがポケットからタバコの箱を取り出すのを見ていた。そもそも、人より多くの情報を持っている。この人には二面性があるそうだが、その通りかもしれない。そもそも、人より多くの情報を持っている。あそこにもいた、ほかの者は誰一人そこから戻らなかったのに。今は黙ったきり、ユルの様子を上目遣いに見るばかり。議論の最大の敵が、ユルだと決め込んでいるかのようだ。

「四三年四月のことは、よく憶えてますよ」言い出したのは、ブシャだった――「ドイツの宣伝ラジオや宣伝新聞で、カティンで虐殺があったと大々的に報じていましたから」

アンナはヤロスワフの顔を窺った。今度はどういうことばを返すかしら。前回は、「ある種の事柄は歴史に委ねるべきだ」という反応だったが。

「あれは、ドイツのプロパガンダにとって、好都合でした」――ヤロスワフはその先の論議を展開しようとしたが、ユルが無遠慮に割って入った。

「あの犯行を行ったのはソ連――これは、万人が疑いを差し挟まない事実です！ カティンについて、あなたはどういうご意見ですか。銃殺を行ったのは、誰ですか？」

沈黙が支配した。全員がヤロスワフを見守っていた。彼は、おもむろにティーカップを取り上げ、それを元に戻してから、タバコの箱を出すとユルに勧めたが、相手は断った。ユルはずっと返答を待っていた。

「それは、歴史に委ねましょう……」

「前にも、あなたはそう言われましたね」アンナの反応は、烈しかった――「わたしたちには、その程度の返事で十分だと？　四三年の正式報告書には、国際委員会も調印していますよ」

「誰を信じたらいいんです？」ユルの興奮は、いよいよ高まった――「スターリン？　それともジュネーヴから派遣された医師団？」

ヤロスワフは歯を食いしばった。彼は、自白が調書にまとめられていくときの被疑者のように、思案を重ねていた。

「ブルガリアのマルコフ教授、プラハのハイエク、この両人は、それぞれ証言を取り下げましたよ（ドイツ側発掘調査は四三年二－六月に行われ、四千百四十三の遺体が確認された。国際法医学委員会がその報告書に署名した。戦後ソ連衛星国になったブルガリアとチェコスロヴァキアの代表は、ソ連犯罪を証明する報告書への署名を取り下げた）」――この発言には、声明書《コミュニケ》みたいな響きがあった。

「この国では、どのようにして意見を変えさせられるか、あなたはまるでわかっていない」――ユルは、自分の喉を締め上げて見せた。

「聞くところでは、ポーランドのサピェハ大司教（変容する政治情勢の中で半生以上にわたり教会の独立性を守りつづけた、ポーランド・カトリックの精神的指導者（一八六七―一九五二）の使者としてカティンへ行ったヤシンスキ司祭も、六月に見解を改めたそうです」――ヤロスワフのことばはアンナ向けだった。彼女の顔には神経的な紅潮が見えた。

「無理強いされたんです！」彼女は吐き出すように言った――「あなたが着ているのと同じ軍服の連中の仕業です！」

「この軍服を着ているものをすべて敵と見るのは、誤りですよ」――ヤロスワフの声には、これほどの侮辱を浴びることに対する、口惜《くや》しさがこもっていた。しかし、彼への攻撃はそれで終わらなかった。

「あなたは何かを隠している」ユルが応じた――「あなたはコジェルスク収容所にいたはずなのに！」

　ヤロスワフは、アンナに、続いてニカに目を向けた――それは、この青年が、自分についてなぜこれほどたくさん知っているのかへの答えを求めるかのようだった。

　ニカは、ユルが知っていることはすべて自分が伝えたと打ち明け、この人の前ではどんな話題でも平気です、信頼できる人ですから、とユルの味方に立った。

「ですから、ご存じのことは洗いざらいおっしゃってください」アンナは身体を乗り出し、手を合わせて切願の姿勢となった――「知りたいのは真実です――犯人は誰なのかと」

ヤロスワフが口を開くより早く、ユルはソファから立ち上がり、自分の後頭部に指二本を持って行った。

「これが、やつらの仕方です。リボルバー拳銃で後頭部を撃つ」

「リボルバーではなかった」ヤロスワフは今度は、アンナを見て言った――「使われたのは、ワルサー拳銃です」

「やはり、ちゃんと知っている」――ユルが断定し、ソファへと戻った。皆が見つめるなか、ヤロスワフは軍服の内ポケットから、何かを取り出し、握り拳に包んだ。掌を開いた。現れたのは、遠くから見れば、小皿に載せて出たナツメヤシの実と大差ない形のものだった。口径7・65ミリ銃弾の薬莢である。ドイツのゲコ社製、口径7・65だとヤロスワフは言った。アンナの緊張に震えた声が、一同の耳に入った。

「軍人さんでもご存じない？　やつらは、この武器をフィンランドで入手したのよ。あなたがわたしたちに教えてくださるのは、殺害に用いた武器はドイツ製ということだけですか？」ことばでなり身振りでなり、ヤロスワフの返答を待ったが、彼はタバコの煙を深く吸いこんでから沈黙を守った――「それならば、もう、どんなお話をしても仕方ありません……」

ヤロスワフは薬莢をアンナの手に載せると、堅苦しく一礼して退去した……。

夕刻、鏡の前にいる母親をニカは見た。目の前には、ドイツのゲコ社製、口径7・65の薬莢が置いてあった。その横に父親の記念の品すべてを収めるフツル地方の模様が入った木箆があった。アンナは、薬莢をその箱に入れ、ニカに洩らした——そのときの母のことばは、永遠に忘れない。

「奇妙な人ね……」

「奇妙って、どういう意味で？」

「なんて言うか……」適当なことばが見つからず、彼女はためらった——「……どっちつかずでしょうが。あの人のなかには、人間がふたりいるみたい。二度とこの家にきてほしくない。これっきりにしたい！」

「それは、無理よ」ニカは首を振った——「また来るわよ。ママ、わからないの？　あの人はママのこと好きなのよ」

45

強風に雨が加わった。

風に煽《あお》られてバタバタと音を立てる映写幕《スクリーン》に引っ張られて、それを支えるために深く掘られた穴までも、宙に浮かび上がりそうだった。スクリーンに映っているのは、掘り返された墓穴。その穴の底には、幾重にも重なる死体の層が見え、奥にはもっと死体が埋まっているように見えた。剝き出しの頭蓋骨が、眼窩《がんか》や鼻孔、口腔や後頭部の銃痕、それらのすべてを使って、一斉に叫びを発していた。厚いゴム手袋をはめた手が頭蓋骨を回転させ、銃弾の撃ち込まれた穴を指し示し、誰かの手が、銃痕の大きさを確認するために、そこへ鉛筆を差し込もうとする……。

モノクロで写された大地の内臓が、次々と暴かれていく。

積み重ねられた遺体は、どれも口を開けていた。発せられるのは声のない叫びだった――これは無声《サイレント》映画である。

ヤロスワフは、秋の日の暮れた闇のなか、石化したような表情で門に立っていた。彼の周囲には数人ずつ人が集まっていた。彼らは強風に身を縮め、スクリーンから時折、顔を背ける――白衣を着た作業員が、担架の板に載せて死骸を運び出す場面……。

移動映画館のスクリーンが風に吹き上げられていた。高い場所に設置されたスピーカーから流れる解説の声が、スクリーンのバタバタいう音で聞き取れなかった。聖ヴォイチェフ教会の脇に、軍用トラックが停まっていた。野外上映用スクリーンが設置されていたのは、その荷台だった。柱の間に張られたスクリーンは、強風に煽られてトラックから離れ、上方へ舞いあがろうとしていた――映し出される坑《あな》や死体、解剖台を取り囲んで何やら調書作成に口述している調査委員会のメンバーと共に……。

ヤロスワフは、火をつけぬままのタバコを咥《くわ》えていた。自分自身の悪夢が上映されるのを観るような目で、画面を見ていた。その映像をすでに見たことがあるが、まだ現実のものかどうか、確信を持てない表情だった。なぜなら、彼自身があの墓に収まっていて然るべき「死者」だったからだ。彼は見ていた――掘り起こされたたくさんの坑を、ぼろぼろになった軍服を、死者のポケットを探りまわす手を。机の上には、まるで宝石店の陳列窓のように、腕時計、シガレット・ケース、結婚指輪、手帳、写真、鑑識標などが並べられていた。

ヤロスワフの傍らにいる者たちは、いくつかの集団に分かれていた。まるで、ひとりでは映像を直視できないかのようだった。ブルデンコ博士（モスクワ大学教授の外科医（一八七六－一九四六））の姿が映り、その脇には優雅な服装の婦人がいた。これもプロパガンダの必要性からだった。ソ連側カティン事件調査特別委員会の長として、米国駐ソ大使ハリマン氏の令嬢を犯行現場に案内しているのだ。掘り下げた巨大な墓穴の深みの上に立って、彼女はハンカチで鼻を覆っている。しかし、すぐに場面が切り替わって、別の女性が現れた――ヴァンダ・ヴァシレフスカ（クラクフ生まれ。後半生をソ連で送り、共産党員となったポーランド人作家（一九〇五－六四））がポーランドの軍服を着た兵士に向かって演説している……。

ヤロスワフは、その日のことを憶えていた。あのときの甲高い声が、今スピーカーから流れている――「カティンの墓穴が開かれるのは、これが三度目です。今回は、恐るべき真実を世界に暴き、ポーランド民族に加えられたドイツによるもう一つの犯罪を立証せんがためなのです……」

ヤロスワフは、火のついていない咥えタバコを吐き捨てた。気づかぬうちに、細かく嚙みつぶしていた。画面を見ていて、いつの間にか拳を握り締めたことにも気づかなかった。

画面では、再び、死者たちの行進が続いていた。砂や草の上に並べられた死骸が、最後の点呼を待ち受けている。ヴァシレフスカの声が、風に切れ切れになりながら、織物会館から聖マリア教会へと鳴り響いた――「俘虜となり武器を奪われた人々が殺されました――冷酷に、無感情に、組織的に。後頭部を射貫かれて……」

アンナの耳に届いたのは、ちょうどその箇所である。売りに出した蔵書のリストを書き上げるのに一時間もかけた末、古書店を出たところだった。通りの角で彼女に強風が叩きつけてきた。それとともに、スピーカーが鳴り響かせる演説の声も――「彼らは、一つの坑へ投げ入れられました――職業軍人の将校たち、技師たち、医師たち。彼ら一万人を超えるポーランドのインテリゲンツィアが、開戦と共に軍服を身にまとったのでした……」

一瞬、自分がどこにいるのかわからなくなった。どうして、いつの間にか集団墓地の真ん中に紛れ込んでしまったのか？　はっと身を固くし、次にヴェールを除け、スクリーンの上を動くものに目を見張った。あの場所だと確信すると、アンナは、荷台にスクリーンが張られたトラックに向かって、夢遊病者のように歩を進めた。その姿が、ヤロスワフの目に留まった。彼は、集まった見物人の背後を移動した。アンナは、モノクロの画面から目を離さず、敷石の広場をゆっくりと動いていった。風に揺られるスクリーン上の犠牲者の遺体は、巻き上がり、散り散りになり、いずこへか走り去ろうとするかに見えた……。

女の声が、風や横殴りに降りはじめた雨を貫いて聞こえてきた――「カティンの森に流された血は、力強くわたしたちに呼びかけています。あくまでも容赦なき仕返しをと叫んでいます……」

アンナは独り歩き続け、すでに店仕舞いした花屋の屋台の並びを通り過ぎ、映写機が据えられたトラックに近づいて行った。ヤロスワフは、彼女の動きから目を離さなかった。

スクリーンには、発掘された所持品を並べた多くの机。スピーカーから、感情をぶちまけるような声が響いていた――「我らの兄弟たちの悲惨な死を、わたしたちは瞬時なりとも、忘れてはなりません。一つの坑に投げ入れられ、その後で墓から引きずり出されたのです――まるでジャッカルか、ハイエナが遺体を食い漁ったような有様でした……」

アンナは、四角く照明された布を見つめながら前へと足を進めた。ちょうどそのとき、軍服を着た遺骸が腰のところで折られるのが映った。手袋をはめた手が、遺骸の軍服のポケットから小物を取り出し、意志を失った頭蓋骨を持ち上げ、鉛筆の軸を後頭部の縁がギザギザになった穴へと突っ込む。穴は黒く開いている。

アンナはさらにスクリーンに接近しようと、数歩進むが、なぜか、脚が動かない。しかも傘を取り落とし、拾おうと身を屈めたとたん、濡れた舗石の上に倒れそうになる。すると、誰のものとも知れない手が、彼女に差し出され、その誰かが半ば彼女を支え、身体の平衡を保つよう助けてくれる。そのときようやく、男の声が聞こえる――「少佐夫人、もう大丈夫、もう安全です」――聞き覚えのある声だ、これで安心、この人はアンジェイがわたしに送った使いですもの。

ヤロスワフの腕に、アンナは支えられていた。ふたりの背後のスクリーンには、ベルリンの国会議事堂の屋根にソビエト国旗が翻り、それと並んで、白赤のポーランド国旗が映っていた。頭の上でがなり立てるスピーカーから、ヴァシレフスカの声がふたりを追いたてた――「みなさん、ドイツが割譲したポーランド西方の新領土に行かれるときには、怒りに歯を嚙みしめてこう言ってください――この地は、ワルシャワの代償だ、ヴェステルプラッテ、またクトノの代償だ（ともに開戦時の激戦の地）と。そして、必ず、忘れずにつけ加えてほしいのです――あのカティンの代償なのだと！」

46

喫茶店の窓の向こうには、秋の夜闇に沈む中央広場で、野外上映スクリーンを畳んでいる様子が見えた。兵士らが、スクリーンの枠を解体していた。

ふたりがこの店に入ったのは、これが二度目だった。最初は、ヤロスワフが彼女にシガレット・ケースを手渡した。あの日は、ヴェール付きの縁なし帽を被ったままだった。今日、濡れた婦人帽はクロークに預けた。アンナは頬杖を突き、この場にいない人たちを見ているかのような、うつろな目で見ていた。ヤロスワフのタバコの煙や、喫茶店の相客たちの顔や、厚手のカーテンを通して、自分だけにしか見えない光景を見ていた――出征する夫アンジェイとの別離の情景を……。

「これで、しっかりしますよ」――ヤロスワフは、コニャックのグラスを差し出した。

彼女は身動きしなかった。

ヤロスワフが差し出したグラスが彼女の結婚指輪に触れる微かな音に、アンナはようやくわれを取り戻し、周りを一瞥してから、一息にグラスを飲み干した。ヤロスワフは、身振りで給仕に追加を注文した。

「ごめんなさい」――アンナが、絞り出すような声で言った。

「なんのことを？」

「なんにでも堪えられるかと、思っていました。長年、いろいろな経験をしましたから、あんな映画を観ても大丈夫だと思って」知らず知らずのうちに、指輪を回しはじめていた――「それが、到底、だめなのね！　どうやら、あまり強い人間じゃないようです。生涯、夢に見そうな気がします。想像上の地獄と、実際に地獄を訪れるのとでは、大違いです」

顔が一瞬引きつったが、それを抑えて、冷静な目でヤロスワフを見た。

「どうして、あそこにいらしたんですか？」――一瞬、ヤロスワフは、自分が印をつけたトランプでポーカーをしているところを見つかった詐欺師のような表情を見せた。「あそこ」とは、何を意味するのか？　質問の意味は何か？　煙の輪を吐き、タバコを消し、コニャックの残りを呷《あお》った。どれも、時間稼ぎと取られそうだ。一旦、頭のなかで答えをまとめ上げるにしても、それ自体容易なことではない。だが、続けてのアンナのことばから、話はカティンでなく、広場のことと知った。こちらが応じるよりも早く、アンナはひとり頷き、多少意地悪な響きを込めて言った――あそこにはいらっしゃらなくてはならなかったのでしょう。上からの命令を実行したまでよね。まさか将校が断るわけにはいかないし……。

「大佐殿は、上映会の総指揮をされていた」――冷ややかな目で相手を見ていたが、ヤロスワフにしてみれば、別の時代、別の場所に移ろうとする目よりはましだった。

「では、わたしがあそこにいた理由が、あなたもお見えかと期待していたから……それならばよかった？」

「あんな催しがあるなんて、存じませんでした」アンナは、肩を竦めた――「偶然でした」

「ときには、偶然が人生を決める」

一時《いっとき》、目を細めてヤロスワフを見たのは、思い浮かんだことを口にすべきかどうか、考えていたからである。

「あなたにはそうおっしゃる権利があります。なぜならあなたが生きているからです」

それは問責のように響いた。彼女自身、そのことばが相手をひどく傷つけるかもしれない、とは感じた。そこで、ことばを継いで話し始めた。ずっとこの世を「カティン以後」の時代として生きていること、アンジェイの名に誤記があった以上、最悪の事態は起こらなかったという希望を繋いでいること、でも、今日あれを見てしまったことで後戻りできない門口を潜ってしまった……。

「あそこへ行った人は、生きて再び出られなかった」ヤロスワフは身を乗り出し、小声で言った――「あれは片道切符の旅でした」

アンナの手を取ろうとしたが、その手は結局するりと引かれ、二杯目のグラスを取ろ

う と伸びた。

「ですが、あなたは終着駅に辿りつかずにすんだ」――そう言いながらアンナは、この人から生の権利を取り上げるに等しい発言だったと後悔し、生きる意味がわからなくなっているので、とさっそく謝罪したが、ヤロスワフのほうは、手を上げて、そのことばを押しとどめた。彼の顔には決意が現れていた。アンナの今のことばが、彼のバネを刺戟し、今こそ打ち明けるべきだと命じた――そんな様子だった。どうしたらよいかわからなくなったアンナが俯《うつむ》いて額を両手で支えたとき、ヤロスワフはまたもやテーブルに身を乗り出し、それまで誰にも明かさなかったことをずばり言ってのけた。

「わたしは、すぐ近くから見たのです」

アンナは顔を上げ、茫然とした目をヤロスワフに向けている――空耳かしら？

「わたしはあそこに行ったのです」ヤロスワフの声は抑え気味だったが、アンナには叫び声のように響いた――「わたしは、カティンに行ったのです」

半身を起こし、椅子の背凭れに背を押し付けたヤロスワフだが、心持ち左右に揺れていた。彼は深くタバコを吸い込んだ。

「そして、生きておられる？」

この質問は、ふたりの間に宙吊りとなった。アンナは、緊張して待っていた。今まさに、この人は自分自身と格闘中なのだ、と直感が彼女に告げた。何を言い出すか、と待ったが、さらにしばらくの間、相手は黙っていた。その暇に席を立って帰ることもできたはずだが、その場に残った。彼だけに語ることのできる話が始まるのを待った。最も重大な秘密を打ち明けるように、彼は言い淀んだ。とぎれとぎれに話し、その合間ごとに、タバコを吸いこんだ。切り出しはこうだった。

「四三年でした。レニノの戦闘の後、我々は汽車に乗せられた……」

「我々というと？　誰です？」

「第一軍団の将校、十数名」

「あなたは、どうしてその仲間に？」

「アンデルス軍に入れてもらえなかった（ヴワディスワフ・アンデルス（一八九二―一九七〇）は、四一年の独ソ開戦後、ソ連軍捕虜だったポーランド軍人の再編成に従事。翌年、中東に移動し、連合国のイタリア戦線で活躍した）。わたしのもとには、ポーランド軍再編成の情報が届かなかったのです」彼は肩を竦めた――「そうでなければ、今ごろは、英国にいたかもしれない」

「でも、ここにおられる」目は相手から逸らさずに、きついことばを投げた――「あなたは東から来られた」

「選択のしようがなかった。その前も、その後も。編成完了、出発！　カティンへ直行でした」

「四年遅れでね、他の人たちよりも」

「プロパガンダ効果が狙いでした」またも、タバコに救援を求めた――「ドイツに対する報復心を強めようという……。ヴァシレフスカ演説は聞かれましたね」

「絶対に忘れませんよ」——アンナは歯を食い縛って言った。

「四三年の四月にモスクワ・ラジオが報道した——グニェズドヴォ近郊で考古学的発見があったと……」

「『考古学的』ですって？」——聞き違いかと、アンナは思った。

ヤロスワフが断言した——「そう、ドイツ軍発見のあれらの死の坑のことを、考古学的発掘と名付けたのです。我々が連れて行かれたときには、もうブルデンコ委員会が活動中でした。墓穴の上に立って、コジェルスクの同囚たちの死体が引き出される様子を見た。それを見ながら、どうにも理解できずにいた——どうしてだ、おれが生きているのは。あの穴の底に、一緒に埋められても不思議ではないおれが……」

テーブルにあったヤロスワフのグラスへ手を伸ばすと、アンナはまた一気にそれを飲んだ。

そのとき、アンナはバッグを手に取り、そこから何か取りだした。それは、彼女の小さな掌の上に収まった。指を広げて見せた。掌に、口径7・65ミリの拳銃薬莢があった。

アンナは視線をヤロスワフに向けた。

「これは、あそこで？」

ヤロスワフは、頷いた。薬莢を手に取ろうとすると、アンナは素早く握り締めた。

「砂に埋もれていたのを、見つけました。隠したんです。以来、肌身離さず持っていました。この薬莢は、ぼくの運命なのかも？　結局、あなたにさしあげた」「やはりそれがドイツ側の犯罪だということ……ですね？」アンナは、男のほうに身体を向けた——「近在の村長が連れられてきた」ヤロスワフは瞼を閉じ、その村長の姿を思い浮かべようとするかのようだった——「『証人として言いなさい、真実はどうだったかを』男は恐怖に身を震わせた。むろん、彼は銃声を聞いていました……」

「いつです？　いつそれを聞いたんです？」

「もちろん四一年、ドイツ軍が来た後です」

「あなたたちは、それを真に受けた？」

「我々は皆、疑問の余地なく知っていたのです。捏造《ねつぞう》に決まっていると、信じていた。帰隊してから兵士たちに『真実』を伝えるのが、我々の任務でした……」

アンナの目に浮かんだ緊張は、話が要点に近づいたとの予告だった。ヤロスワフは、軍服の襟を緩めた。

「で、兵士らには、どう言いました？」——アンナは、声を高めた。相客の目が揃って、こちらのテーブルへと向けられているのに、彼女は気づかずにいた。「やったのは、ドイツだと？」

「あの当時、別の言い方ができましたか？」

アンナは席を立ち、ふらふらと店を横切って歩き出した。さきほど、広場を突っ切って死の坑に向かって歩いたときのように。椅子に足がぶつかり、ウェイターに突き当たった——飲み物をいっぱいに載せたトレーを片手に、奥のテーブルへと通路を船のように進む途中だった。貴婦人をここまで酔わせた軍服の男に、ウェイターは明らかな不快感を込めた視線を向けた。ヤロスワフは、火のついていないタバコを手にテーブルに向かい、空のグラスを持ちあげ、ウェイターに合図した——コニャックをもう一杯……。

47

この日は、別の誰かのための特別な日——そんなことを、この娘は、どうして忘れてしまったのか？

サロンにはテレフンケン・ラジオが鳴っていた。綻《ほころ》びたストッキング修理のかがり仕事に集中していたアンナだが、ニカをちらと見ただけで、気づいた——髪型も目新しかったし、頰紅までさしている。

「聞いたかい？」——アンナが、ニカに尋ねる。新政権を信用している様子の娘が気がかりで、折あるごとに、それがたいへんな誤りだと言い聞かせていた——「ラジオで聞いたけど、地下組織の指導部が逮捕されたそうだよ。『赤』でない勢力を一網打尽に監獄送りにしようって連中だからね。その連中のことを、理想を持つ人たちだと、おまえは言うんだね！」

ニカにはわかっていたが、日々が届けてくれるものを歓迎する心構え、日常が祭日となるかもしれないという発見——それこそが母親にとっては、一種の裏切りに他ならないのだ。今度は議論にのらなかった。ニカは母の珊瑚のネックレスが借りたかった。

「どんな新政府でも、発足したてのうちは多少信頼してやらなくちゃ」などと言って、ママを苛立たせて何の益があるだろう。

「珊瑚、貸してね」

「どこへ行く気？」

「オペレッタよ」

ちょうどそのとき、サロンの入口にブシャが姿を現した。ニカが外出用の晴れ着を着て、首には銀のチェーンに下げたカメオが光っている。生まれて初めてお芝居を見に行ったとき、ニカにかけてやったあの首飾りである。アンナは、娘を指して言った。

「どう思います？　この子は、父親の『名の日』にオペレッタに出かけるんですって！」

これまで、アンジェイの「名の日」には必ず、一家三人が揃って、彼の不在を思い出話で埋め合わせしたものだった。今日が、その日、「アンジェイ（アンデレ）の日」だということを、ニカは忘れていたのか？　忘れたのではなく、別段重要なことではないからと聞き流したのか——オペレッタの切符があるんだ、とユルが話したとき、確かに「アンジェイの日」の晩だよ、とユルはつけ加えていた。ブシャは、いつもながらの涙目を向けている——まさか、選りに選ってこんな日に家を空けるなんて、信じられないとばかりに。だって、今夜はアンジェイのための日でしょうが！

「せっかく、二度焼き《ビスコット》ケーキをこさえたんだよ」ブシャは、孫娘の肩を撫でた——「アンジェイの大好物のね。昔の写真でも、みんなで見ましょうよ」

「この子は、もうどうでも良いのよ」アンナが非難の目を向けると、ニカは、母親の首飾りを鏡の前で合わせている——「今日出かけるなんて、どういうことなの？」

「ユルが、学生割引で切符を手に入れたから」

「彼のほうが大事なのね！」ソファに腰を落としたアンナは、諦めの思いのこもった手の動きで、壁に掛かるアンジェイの肖像画を指さした——「お父さまよりも！」

ニカは首元の珊瑚を乱暴に外すと、母親の膝にそれをほうり投げた。これまで抑えてきたことばが、彼女の口から雪崩のように迸《ほとばし》り出た——後ろ向きに生きるのはイヤ、アルバムに貼ってあるぼやけた写真みたいな顔になるのはイヤなの！……。

「お母さんは嫉妬しているのよ——わたしに恋人ができたってことを。他人の恋愛を、ねたんでいるだけよ！　自分の娘が十八になったことに妥協できない――それって、なぜ?!　一生、わたしまでが、お墓探しさせられるわけ?!　わたしは考古学者ではないの、過去をほじくり回すのはイヤ！」

アンナは、興奮して両手で耳を塞いだ。ブシャは小刻みな足取りでニカに近寄り、そんな残酷な口をきくのはよして、と哀願するように手を合わせた。ニカはもはや自制が利かなかった。あれこれの思いをすっかり最後のことばまで叫んで吐き出さずにいられなかった。そうでもしなければ、息が詰まりそうだった。

「お父さまだって、きっと喜んでくれるわよ――わたしが、人生を愉しんでると知ったら！」

「お父さまだって、おまえと一緒に人生を愉しみたいでしょうに」アンナの声は小声にそう言ってから、つけ加えた――「オペレッタでもなんでも行きなさい――それがあんたの人生なら！」

これが、その日ふたりの間に交わされた最後のことばだった。

48

十一月三十日は、霧が深く、空気はスポンジのように湿気を帯びていた。街灯の明かりが、霧の海のなかを流れていた。ニカは環状通《プランティ》りを歩いていた。落ち葉を踏みしめる音が響く。

想像のなかで、ニカは母親とのやりとりを続けていた。そうした無言の会話を幾度も繰り返した末、やっと彼女は確信に辿り着いた――母は、苦しみを独占する権利があるという思いなしではいられないのだ、そうすることによって喪失の痛みを、人生のたった一つの意義に変えているのだと。彼女のただ一つの愛の対象が帰ってくるという望みを断たれ、最後までその愛に忠実になろうとしながら、母の選んだのは、犠牲とならずにすんだ者たちに対する憎しみと遺恨だった。ニカは、まるで母が夜露に濡れたベンチの脇に立っているようなつもりで、話しかけた。「ママから聞かされたことは、わたし、忘れていない。わたしにも、わかるときがくる――全生涯にたった一度しか与えられない、そういう人を得ることの意味が。でも、それをわたしが、今、わかったとしたら？なんども、ママは言ったわ――どのように愛することができるかが、その人間の本質を示すと。そう言ったわよね、違う？ならば、わかってくれなくちゃ――どうやら、わたしも、全生涯にたった一度しか与えられない、そういう人に行き逢ったの……」

どうやってここへ来たのか自分でもわからなかったが、いつの間にか、オペレッタ劇場の入口にいた。劇場の演目案内板から、孔雀の羽を頭上に翻した踊り子たちのうつろな笑顔がこちらを見ていた。ニカは、周囲を見回した。遅い時間で、もう彼女を待つ人はなかった。通りには、パトロールの足音が聞こえていた。小銃を肩で支えた警官たちがウインドウの前に立ち止まり、動きの止まったダンサーたちにうっとりと見入っていた。

49

クリスマスは、まるで忍び足で近づいてくるようだった。魚屋の店先だけは、鯉《こい》（イヴに鯉を食べるのは中・東欧のカトリック国の慣習）を買う行列が少しずつ長くなっていった。こんな雪降りのなかで、ニカは、二時間も鯉を買うために立ちつくす気になれなかった。織物会館の前に出ている露天商のおばさんたちのところで買おう。織物会館の建物に立てかけてある、売り物の青々としたクリスマス・ツリーの側を通りかかった。彼女は、森の香気を鼻に吸い込んだ。ニカはブラッカ通りの自宅に持ち帰れるツリーを探して、木々の間を歩きまわっていた……。

ちょうど、そのとき、ヤロスワフが彼女に気づいた。ジープに停車を命じ、広場を斜めに突っ切り、ニカと反対の側からツリーの林に分け入った。ヤロスワフは首を伸ばし、犯人検挙を指揮する隊長のように、ツリーの天辺越しに辺りを見回した。だが、ニカの姿は、もうそこに見当たらなかった……。

彼女は織物会館の商店街を歩いて、山地の民芸品を並べた屋台の前を通りすがりに、ユルへのプレゼントになるような物がないかしらと考えていた。そうだ、その必要はないのだっけ――彼女は思い出した。クリスマスは実家に行くとユルは言っていた。三人息子のうち、ひとりが監獄だろ、せめて残るふたりが行ってやらなくちゃ……。

唐突に、長身の男に行く手を塞がれた。ヤロスワフが、偶然の出遇いに仰天したといった様子で、微笑んでいた。双方とも、言い出すことばに一瞬詰まった。

「プレゼントのお買い物ですか?」

「そんな相手はおりません」――手短に答えた。まるで、全生涯をできるだけ短いことばで要約して報告しろと命じられたような口調だった。ニカは、わが家のためにあれほど気を遣ってくれる人に対して、どうふるまったらよいのかわからなかった。彼女は、母親に対して恨みすら感じていた――喫茶店で最後に会ってから、「ヤロスワフの名前を耳にするのさえイヤ」が、母の態度なのだ。しかし、ヤロスワフのおかげで、住居がぜんぶ一家のものに戻ったのだし、父のシガレット・ケースをとり返したし、小包やラジオももらった。ニカは、自らに白状せねばならない――一家の暮らしにおけるヤロスワフの存在が、彼女にとって安心感を与えていること、一家の心配をしてくれる男性は、彼のほかにいないことを。なのに、家に出入りする権利を失わねばならないようなことを、何かしたというの?

「少佐夫人はお元気ですか？」

「変わりありません」

「わたしにお手伝いできることは、ありませんか？　連れ合いのいない女性三人では、今どき、楽ではないでしょう」出遇いにどぎまぎするニカが、凍えた指先で、思わず頬のホクロに触れる動作を、ヤロスワフは見ていた――「存じていますよ、お母さまに煙たがられていることは。しかし、ご一家のことは、始終、気にかけていますよ。ご家族については、お父さまがお話ししてくださったものでした。奥さまのことやあなたのことを」無骨なその表情が、美しい音楽を聞いたかのように、不意に緩んだ――「ニカさんは、五歳になるころまで『鶉《プシエピユルカ》』が言えなくて、回らぬ舌で『再缶詰《ピエレプシユカ》』って発音したんですってね」

ニカは、大声で笑い出した。頷きながら、何度も言ってみせた。「そうそう、ピェレプシュカ、ピェレプシュカって。そう言ってました」――ヤロスワフも、つられて笑った。ニカは、彼が大きく口を開けて笑うのをはじめて見た。それまでは、まるで笑いが弱みをさらけ出すのを恐れるかのように、自制して一度たりともそんな様子は見せなかった。

「まいったな」彼は、溜息混じりに言った――「わたしも、こんな娘が欲しくなった」それが口先だけのことばではないと、ニカにもわかった。ヤロスワフは、電話番号も書かれた名刺を差し出して言った――「なんでも困ったときには、お知らせください」

彼女が、その気になったのは、翌日の朝だった。アンナは、タイル張りのペチカの側に膝をついて、シャベルで灰を片付けていた。出かける支度をしている娘を見ると、また彼と約束をしたのか、と訊ねてきた。

「彼って？」

「あのユルですよ」

「ユルならムィシレニツェに帰省したの」

「なら、どこへ行くの？　お祖母さんを手伝って、イヴの用意をしなくちゃ！　聞いてるの？」

聞いてはいたが、もうドアの向こうにいた。

郵便局は混雑していた。見知らぬ人々が大声でクリスマスの挨拶を交わし合うのを聞く羽目になった。やっと電話の順番が来て、ニカは番号を回した。先に女性が受けた。「そちらは、どなた？」と女が訊ねた。「フィリピンスキセリム大佐に繋ぐよう頼んだ。ニカは叩きつけるように言った。受話器ががさがさとし、やがて少佐の家族です」――「セリム大佐ですが、もしもし」「わたしです」――ニカが言ったヤロスワフが出た――「何かありました？」――気遣わしげに訊ねてきた。

「クリスマス・イヴに、家へお招きしたくて」

「わたしを?」――その声は、ひどく意外そうに感じられた。

「いらっしゃいますか?」――隣の電話ボックスの声にヤロスワフの答えがかき消されないように、ニカは空いたほうの耳を手で塞いだ。少しの間、受話器を沈黙が支配した。電話が切れたかしら、と思ったほどだが、相手はずっと電話の向こうにいた。

「お母さまは承知ですか、ご招待を?」

ニカは、しばらく考えた。嘘は吐きたくないし、真相を言うわけにもいかず、力をこめて言った――「いらしてください。きっとよ!」

「どなたからのご招待でしょう?」――食い下がってきたが、電話に感激する様子は伝わった。

「全員、揃ってです!」――ほとんど叫ぶようにそう言うと、ヤロスワフの反応も待たずに、急いで受話器を下ろした。その後、ニカは湿った雪に覆われた街を歩きながら、ずっと、ヤロスワフが玄関に現れたら母はどんな表情を見せるか、想像しようとしていた。でも、来るかしら? うちじゅうに必要な存在だと、信じてもらえるかしら?

「ねえ、誰が来たとおもう?」――ニカは、とうになくした大切な思い出の品が見つかったかのような明るい表情の母に迎えられた。キッチンから転がるようにして出てきた、頬の朱い丸々と太った女は、後ろにまとめた白髪に鼈甲《べっこう》の櫛を挿していた。肥えた女は大きく両手を広げてニカを迎え、飛びついていったニカの勢いのよさに、押し倒されそうだった。

「フランチシュカ！　フラネチカ！　フラヌシャ！」――ニカは叫び声をあげ、女の抱擁にしっかりと抱かれた。

ブシャとアンナは、この様子を感激して見守っていた。これで、久しぶりに一堂に会したこととなる――一家の三人とフランチシュカと。ピクリツェに暮らしたころは、家政婦として、何年となく切り盛りに努め、その後、プシェムィシルがソ連赤軍の手に落ちると、アンナとニカを自分の家に引き取ってくれた。ピロシキの捏《こ》ね方をアンナに教えたのも、キャベツの漬け物樽への詰め方やら一頭きりの羊の乳の搾り方やらをニカに手ほどきしてくれたのも、このフランチシュカだった……。

四一年以来の再会だった。独ソ戦勃発直後、アンナとニカが、クラクフへ移ったためだ。今フランチシュカは、戦前の平和な雰囲気をこの家に持ち運んできた――彼女は、鯉を捌くのを手始めに、籾《もみ》を取った小麦を炊いて降誕祭罌粟料理《クテイア》を作りはじめる……。

サロンの床には、破れの目立つフランチシュカのトランクが、紐をかけられて置いてあった。ソファの上に、筒状に巻かれて紐で結ばれているのは、ヴェロニカの子ども部屋に敷かれていた小さな絨毯だった。ニカはそれを解こうとして、巻物のなかに何やら重たい物が入っているのに気づいた。

「フランチシュカ、何を持ってきたの？」

フランチシュカは、黙って紐を解き、敷物を広げた。アンジェイが佩用《はいよう》していたサーベルだった。鞘からは、洒落た模様で飾られていた柄が出ていた。

「これは、奥さまのお手元にあるべきだと思いまして」――フランチシュカは、顔を紅潮させながら、旅の報告をした。「途中で取り上げられるのではないか、とずいぶん心配しました。だから、ヴェロンカのベッドの上に掛かっていた絨毯に包んだんです……」

フランチシュカにとって、ニカは、いつでも子ども時代の愛称「ヴェロンカ」なのだった。そのヴェロンカが、今年は高校卒業資格検定を受験する年齢になったことを、彼女は忘れていた。ニカのために持ってきたのは、片耳の千切れた熊の人形だった。ヴェロンカが眠りに就く前にいつも抱きしめていたあの縫いぐるみだ。ニカは熊を手にし、アンナはサーベルを握っている。鞘からサーベルを引き抜くとき、アンナは興奮の面持ちだった。ブシャは、聖なる遺品のようにサーベルに触れた。フランチシュカは厚紙製のトランクの脇に膝をつき、そこから、新聞紙に包まれた、靴型の入った新品同様の半長靴を出そうとしている。アンナはフランチシュカの隣に跪いた。そして、生きたものに触るように、靴を撫でさすった。

「靴屋のヒシュパンスキさんに作ってもらったのよ」――アンナは、感慨深げに言った。

ワルシャワに夫婦で滞在したことを思い出したに違いない。あのとき、フミェルナ通りに行き、有名な靴職人のヒシュパンスキの店で、アンジェイの足のサイズを測ってもらったこと。ニカは、もう片一方の靴を手に、つくづくと眺め回し、果ては自分の足に添えてサイズを調べたりもした。

「ユルにぴったりの大きさじゃないかしら」母の顔を窺った――「これ、彼にプレゼントしていい?」

「いけません」――アンナは、断乎として言った。つべこべ言わせない手厳しさだった。アンナは、靴型を入れたままの半長靴を、アンジェイの軍服が掛けてある衣装箪笥へ運んだ。

50

その時刻が迫るにつれ、ニカは次第にそわそわしてきた――あたかも、待ち受けるものが、ある意味で彼女の人生を変えることとなるかのように。彼女は、クリスマス・ツリーの飾りつけをしていた。色紙を糊付けした手製の鎖をツリーに吊るしていった。ブシャが息子のアンジェイに手伝わせて、一緒に拵えたその紙の鎖は、大切に箱にしまって保管していた。気忙しく立ち働くフランチシュカに指図されて、ニカは降誕祭罌粟料理《クティア》用の罌粟《けし》の実を三度も繰り返して肉挽き器にかけた。フランチシュカのほうは、鯉料理の盛りつけに忙しかった。ニカは、テレフンケン・ラジオのダイヤルを回して、賛美歌の放送を探したり、聖餅の支度をしたりと精出したが、それでも、張りつめた気持ちは鎮まらなかった。見ていると、アンナは刺繍のある雪白のテーブル掛けの上に、料理の皿を配置していた。不意の旅人のために用意される五人目の皿の隣に、アンナはアンジェイのシガレット・ケースを置いた。その「不意の旅人」がヤロスワフとわかったら、母はどう言うだろう?

アンナは、燭台に立てた数本の蠟燭に火を灯した。電灯を消した。ちょうどそのとき、玄関の呼び鈴が鳴った。

「きっと、息子よ!」——ブシャがその場で身を固くした。彼女は、アンナに、次にフランチシュカに目を向けた。このふたりが、今夜という特別な時間、神がわたしたちを忘れなかった証人であるかのように……。

ニカが、表のドアを開けた。ヤロスワフは軍帽を取った。曖昧な微笑を浮かべた。何やら長方形の品物を小脇にしている——包装紙に包んで、縒《よ》り紐が掛けてある。

アンナは、ヤロスワフにぎこちなく小首で挨拶し、それから視線をニカへと移した——この訪問の裏工作をしたのが誰か見抜いたふうである。サロンの扉に、ブシャの腕を支えながら、フランチシュカが姿を見せた。

「おや、あなたでしたの」――蒼白な顔をしたブシャは、ヤロスワフを見て、一同が待っていたその人でないことに落胆していた。

フランチシュカは、ブシャを連れてサロンのソファに腰掛けさせ、予期せぬ客人が誰なのか、小声でブシャに訊ねた。

ヤロスワフが、包みをアンナに手渡した。包み紙は、うっすらと濡れていた。

「ご招待に感謝申し上げます」――彼はアンナの手に接吻した。

「今夜は、どなたのためにもドアは開いております」――月並みなことばで混乱を隠した。

アンナは、もう一枚、大皿をテーブルに置いた。アンジェイのシガレット・ケースとともに並べたほうの皿は、まだ、その持ち主の到来を待っていた……。

ニカが、ヤロスワフのプレゼントの包みを開いた。包み紙が落ちると、そこからプシェムィシルの教区教会の絵が現れ出た。見事なその銅版画をちらとみるなり、フランチシュカはふっくらとした手を叩いて叫んだ――「おや、うちの教区の教会だね！」

アンナは、さっきのようなぎこちない頷き方で、客人に贈り物への謝意を表したが、ヤロスワフはその視線に含まれた問いかけを感じ取った――この選択は、どうして？

「ヴェロニカさんの洗礼は、ここだったそうですね」

「まったくね！」フランチシュカは、大きな自分の乳房にニカを抱き寄せて、派手な声で言った――「わたしはね、赤ちゃんは必ずお洩らしするからと思って、二枚目のお包《くる》みを、ちゃんと持っていきました！」

またも時間は逆行して、一同はニカを生後五か月の赤児のように見た。ヤロスワフは微笑を浮かべてその話を聞いていたが、ニカは彼が内心緊張しているのを感じていた。アンナが聖餅の包みを広げる間に、ヤロスワフはコジェルスクでの聖体拝受の話をした――収容所で初めてのイヴのために、どうやって聖餅を用意したか。炊事場からこっそり盗み出した小麦粉が材料だった。すっかり準備が整い、嬰児イエスを入れた飼い葉桶までもできあがっていたのに、聖夜直前に、従軍僧の司祭ら全員がよそへ移されることになろうとは、誰も予想しなかった、など……。

「少佐殿は、手帳にこう書かれました――『恐ろしい事件発生。聖夜を前に従軍司祭全員が連行されるとは……』と。これが、三九年十二月最後の記述でした」

収容所でのクリスマス・イヴの話をする間、アンナは、アンジェイからの使者としてヤロスワフを見ていたが、聖餅を彼と分け合うときが来ると、視線を逸らせた。ヤロスワフが彼女の手を取り、接吻しようと上半身を屈める姿勢になると、アンナは一歩後ずさりした。ヤロスワフは、アンナの目を見つめて、決然として言った。

「わたしは、裏切り者のユダではない」

アンナは、顔をそむけた。前に会ったときの気分に戻ることが、彼女としては、やりきれないのだ。イヴの食事の間、ヤロスワフは空の大皿の傍らに置かれたシガレット・ケースに、ちらちらと目を向けていた。ニカがラジオ放送の賛美歌を流したとき、彼はついに意を決した——何も言うことがないふりをするのは、これでおしまいにしようと。

「うかがったのは、実はわたしのほうで、奥さまとお話がしたかったからなのです」

「話すことは別にないでしょう」アンナは肩を竦め、単なる通行人を見る目で相手を見返した——「今夜は、人間に関わる事柄よりも大切なことがあります」

「お礼を申したかったのです、奥さまに」——ヤロスワフは、手早くアンナの両手を摑み、そのままの姿勢で、助けを請うように彼女の顔を見つめた。客と母との間の緊張がいちだんと強まるのをニカは感じた。母は、礼儀正しい女として振る舞おうと試みた。だから、取り繕ったように儀礼的な声でこう言ったのだ——「感謝しなければならないのは、こちらのほうです、住まいも元通りにしていただきましたし、アンジェイの記念の品まで……」

ヤロスワフに握られた両手を自由にするため、シガレット・ケースに手を伸ばした。飾りや数字の並んだそのケースの蓋を彼女は愛撫した。それを見たヤロスワフが、ひとこと、ことばを発した。それが、これから始まる思いがけない告白の始まりだった。

「このケースがここまで来るには、ある人が命を落とさねばならなかったのです」

「誰が？」

「話しましょうか？」

彼の声には、実際のところ問いかけはなかった。この場を去るまでに、最後まで聞いてもらう権利がある――そんな自信がこもっていた。しかも、余人を挟まず、差し向かいの対話にしたいとの手ぶりを見せた。アンナはシガレット・ケースを手から離さずに、書斎へ足を運んだ。

ニカは、そういうふたりを見送った。自分はなすべきことをしたと、今になって彼女は確信した。


シガレット・ケースは卓上にあった。床に立ったランプの温かな光に照らされて、その蓋の彫刻のすべてが見えた。それは、ヤロスワフの証言を信用させるのに必要な品としてそこにあった。

ヤロスワフは、書棚に背を凭せ掛けて立っていた。アンナは、肩掛けを羽織って肘掛椅子にじっとしていた。書斎は冷え冷えとしていた。節約のためこの部屋は暖房されていなかった。それでも、ヤロスワフは寒さを感じなかった。せかせかとタバコに火をつけると、ガラスの扉のある書棚に整然と並んでいる蔵書の金色の背文字に目を向けた。アンジェイのシガレット・ケースにどのような悲劇が潜んでいるかについて、アンナに話すにしても何から始めたらよいか、ヤロスワフの頭はまとまっていなかった。テーブルをはさんだふたりの間に横たわるシガレット・ケースは、国境を示す石標のようだった。

「前に話しましたね、ルヴァフの医者だったわたしの叔父が、親友を病院に匿《かくま》ったことは」

アンナは頷いた。あれは、ヤロスワフが自分の権力で朱印の並ぶ接収の貼り紙を引きちぎった日に、この書斎で初めて交わした対話の折だった。「はい。あのときあなたは、言われた――人間の行為それ自体には、善も悪もないと……」

「万事は動機によるからです」――ヤロスワフは、あの日に口にしかけた結論を最後まで言い切った。打ち明けるときが来たのか――それを窺うように、アンナの様子を観察していた。前にふたりが会ったとき以来、自分の胸に抱えてきた一切が、はたして彼女には受け容れられるだろうか、それを目で調べ確かめていた。

「どんなに言い訳しても足りない、そんな瞬間が、必ず来るものです」――アンナはそう言って、片手で頭を支えた。ヤロスワフは彼女と向き合って肘掛椅子に掛けた。ふたりの目が合った。アンナは、「ひとりひとりの人間の一生には、自分自身で清算しなくてはならないときがやってくる」と言おうとしたのだったが、あるいはそれが伝わったために、ヤロスワフはもう先延ばしすることもなく、また哲学的な決まり文句の助けを借りようともしなかったのかもしれない。彼は椅子から身を乗り出して、デスクに置かれた銅製のペーパーナイフに手を伸ばした。その握りには、葡萄《ぶどう》の木が精密に鋳込まれていた。刃には溝があった。その刃の部分を手に載せた。掌から二センチあまりその尖端が突き出た。彼はその刃をアンナの目の前に差し出した。

「これだけの長さを、あいつの腹に突き刺した――これを手放さずにすむように！」

シガレット・ケースの話だった。アンナはヤロスワフの顔から目を放さなかった。彼は不意に表情を変えた。飢えた狼そっくりになった。そういう目で見ていた。一語一語が吠え声のようだった。

「いつ？　どこで？」――アンナは首を振った。このアンジェイのケースと犯罪が結び付くとは信じたくないようだった。

「強制収容所《ラーゲリ》です」――ヤロスワフは、ケースに手を伸ばしたが、アンナの手が早かった。彼女は取り戻した宝物のようにそれを両手に包み、切れ切れなことばで語られる話に耳を傾ける間中、そうしていた。ヤロスワフにしてみれば、絶望的なほど忘れ去りたい事件である。脇を見れば、そこにはフィリピンスキ教授の蔵書があり、英知を集めた書物が金の背文字を光らせていた。しかし、彼の目の前に浮かんでいるのは、一台きりのストーブが燃えるバラック小屋の内部、襤褸《ぼろ》に身を包む政治囚が藁《わら》の寝床から突き出した足であり、聞こえてくるのは、賭けトランプに熱中する一般犯罪者の大声や悪罵《あくば》だった。

書斎の扉の向こうからは、ブシャやニカやフランチシュカの話し声、ラジオ放送の賛美歌の調べが聞こえたが、ここにいるふたりの耳には入らなかった。ヤロスワフは別の人声を聞き、己れの地獄を見、耳を傾けるアンナも、彼のあとについて収容所時代に入っていった。彼は短い単語の列を投げかけ、それをかろうじて文にまとめ上げていくので、アンナは、なるほどこんな話し方のできるのは本当にその場にいて、現実に命を賭けたことのある人間だけだろう、と感じていた……。

「わたしはストーブの側で暖をとっていた。囚人たちは片隅で賭けカード。賭けの対象はロシア正教の坊さんフィェドゥシュカの着ているもの。坊さんは何も知らず、板の寝床で祈っていたが、連中はその着ているものを賭けにしていた。ずる賢いやつらだ。ずっとおとなしく待っていて、勝負が決まったとたん、坊さんを丸裸に剝いてしまう。朝にはもう絶命していた。バラックの温度は零下十八度だ。わたしもゲームに誘われた。結局、これを賭け金として出さなくてはならなかった」彼は、アンナの手にあるシガレット・ケースを指した――「わたしは勝った。それでも連中は、それをよこせとねだった。一度でも甘い顔をすれば、次には一日分の食事、四百グラムのパンをせしめられる。『血塗れの追剝《ショムカ》』という渾名の男が手を差し出した」一瞬、声を止め、タバコを楓の葉の形の灰皿に消すと、再びペーパーナイフを持ちあげた――「ナイフは、ここまで肋骨の下に入った」

アンナは固唾を呑んだ。シガレット・ケースを両手でしっかり握り締め、ヤロスワフの手が弄《もてあそ》んでいるナイフに見入った。

「で、どうなりました、結末は？」

「所長は、悪党同士の揉め事として処理した」

「でも、どうして、あなたはラーゲリに収容されたんですの？」

「やつらに、わたしのようなものを扱う方法がほかにあったでしょうか？　コジェルスク収容所はもう廃所になっていた。要塞築造の仕事でフィンランド戦線に狩り出された後、とある国営農場《ソフホーズ》に回された。食べ物は何もなかった。全員が盗んだ。ジャガイモ百キロを盗んだ罪で、労務班長と班員が残らずラーゲリ送りになった。それは死刑の宣告も同じ、ただし処刑は先延ばしだが……」

ヤロスワフはまた、横にある蔵書の金の背文字を見ている。アンナは、彼の目はけっして記憶から消すことができないあることを見ているに違いないと思う。これから聞くことは、自分にしか聞かせられないある告白への導入にすぎない、と感じている。こんな風な話し方ができるのは、重圧に打ちひしがれている人間、しかし、そこからなんとか起き上がろうと願っている人間だけだから。

ヤロスワフの独白は大河のように彼女を運び、予想もつかぬ結末へと連れていった。

ヤロスワフは、まるで自分の身から生肉をむしりとるかのように話した。苦痛なしには話せなかったが、それはかつての屈辱が原因の痛みではなかった。彼は、今、「人間性」の最後の可能性として彼のなかに保たれてきたものから、「嘘」を切り捨てようと努めたのである。

「奥さまは、地獄とは何か、ご存じですか？　それは、食うか食われるか、そのいずれかの選択しかない場所です。自分は何者だったか、そんなことは地獄では忘れなくてはならない。自分のうち、残るのは皮膚だけです。剝き出しの皮膚です。虱《しらみ》の餌にもならない。周囲には、嘘と恐怖。ただ天空だけが鉄格子の外にあった。やつらがやり放題なら、神はどこにいるのか？　空を仰いでも、神は沈黙している。だから、自分で答えを見つけるしかない……」

「どのような？」

「共産主義者が神なのです。やつらは万能です。やつらの真実が啓示なのです」

そのことについて、彼は話しはじめた。タバコを吸う間だけ、中断した。話し方がそれまでと一変した。命令やら報告のように響く短文の羅列ではなかった。修飾語のない文を積み重ねて話したのは、「鉄格子の外にあるのは空だけだった」現実に、彼が徐々に呑みこまれていく物語だった。

「『東の世界』とは何か——わたしは理解した。世界は時間のカテゴリーが支配しているが、『東の世界』とは空間だ。やつらの風景のなかでは、ひとりひとりの人間は消滅し、蠟燭のように溶けてしまう。個人と同じく、何千人もが消えることもある。だからこそ、やつらが我々にもたらした自由が代償を伴うとしても、そんなものは取るに足りないと断定する。なにしろ、人間が多すぎる《ウナスリユジェイムノーガ》。彼らの頭には、自分たちはポーランドに本当の自由をもたらしたのだろうか、というような問いは思い浮かびもしない——自分たちが奴隷なのだから。恐怖の奴隷です。恐怖こそが支配者です——理念と虚偽の全面支配の前でどのような抵抗をしても人間が救われないとすれば、人間はその家来になる。『万人のための幸福』などというスローガンを自分でも叫び始めるが、万人のために与えられているものなど、命を終えたその果てに、棺桶が埋められるたった三平方メートルの土地だけです。しかし、生き延びたいなら、恐怖を感じなくてはならない。選べ——信じているふりをするか、さもなくば、『おさらば《プロシチャイ》』すなわち死だ！　自分の考えに逆らって生きることに同意した以上、ある時間が経てば、おまえの考え方は生き方と同じになる。最悪なのは、この病からの逃げ場がまったくないことだ。なにしろ、この病気は人間の体内に、内側に、中心に巣食っている。そいつは腫瘍のように成長し、大脳だろうが、心臓だろうが、皮膚の下だろうが、ところ構わずに膨れ上がっていく。おまえが敗北するのは、おまえが外側から囲繞《いにょう》されているからではない。おまえが敗北するのは、敵を自分の内部に取り込んだからだ。敵はおまえの内部に、おまえの腸に、おまえの魂のなかに踏ん張っている！　おまえは、おまえ自身と違う人間になっていった。

しかも、おまえが忌み嫌うような人間にだ。おまえは恐怖に感染した。彼らが恐れるのは、彼らを恐れない者どもだ。そういう者どものためにこそ、後頭部に撃ち込む二十グラムの鉛弾があり、深い穴がある。穴に投げ込まれたくないなら、他人に似るように努力しろ。おまえはもう誰も信じていない。生命はひとつだけだから、おまえはただただ生き延びたいと思う。人間は、自分でも信じていないことを口にするたびに、死ぬんだ。そうして、わたしも数知れぬ回数死んできた。こう言い訳をしてきた――もしなんらかの運命がわたしに与えられているとするなら、わたしの権利とはその運命を無条件で受け容れることだと。わたしは、哲学的に考える習慣は捨てた。その代わり、沈黙することを学んだ。沈黙もまた、ときに反抗の証《あかし》になる、と考えたから……」

ヤロスワフは、幾本ものタバコを吸いつくした。彼の体内はまだ沸騰していた。混沌とした物語のなかから、アンナはあることを読みとった――この人間は、もう久しい以前に、自ら踏み付けにしてしまったかつての自分に戻りたいと願っているのだと。そして、理解となんらかの助力を当てにしている。

「いつから、あなたはそういう哲学を支えにするようになったのですか？」

「わたしの全面降伏が、いつかというご質問ですね？」ヤロスワフは、すでに満杯の灰皿に何本目かの吸い殻を捻り潰した――「カティンでした。レニノの戦闘が終わった後、我々はカティンへ連れて行かれた。わたしは、あの坑の数々を見ていました。思いましたね──おれも実は死んだ人間なのだと。なぜって、死んで坑に横たわっていようと、生きてその上に立っていようと、わたしに言えることは結局同じだ──すなわち沈黙です」

アンナは否定するように首を振り、少し伸びて肩まで届くようになっていた頭髪を撫でた。

「あなたは真実を知っていたのですね」

ヤロスワフは身を前に乗り出した。近くからアンナの顔を見た。彼は内心、希望を抱いていた──自分が理解されるのではないか、事実と告白の入り交じった独白が作用して、この女性は再び自分のなかに人間を見てくれるのではないか、かつてフィリピンスキ少佐の信頼を得たあの人間を。

「あなたこそ真実をご存じです」自分にとってあまりにも明白な事柄を説明せねばならぬことに、ある種の内的な痛みを感じつつ、彼は言った──「わたしは、恐怖も無力感も知っています。言うも恐ろしいことですが、まさしくあそこのあの場所で、わたしは、真実はもはや問題ではなくなったと了解しました。世界は真実を知ろうとしないのです。ソ連は、真実を隠匿するために、あらゆる手を尽くすことでしょう」

「彼らはわたしたちに悪を行い、そして、けっしてその謝罪を行わないのですね」──アンナは、手にしたシガレット・ケースが、日向に置かれた石のように温もっているのを感じた。ヤロスワフは感動した面持ちで彼女を見ていたが、同時に、一時間に及ぶ彼の独白がどのように受け取られたのか、確信を持てない様子だった。彼は立ち上がり、曲がったネクタイを直した。

「感謝いたしたく存じます、奥さま」

「何をでしょう？」

「お会いできたのは、運命の贈り物でした」

「と申しますと？」

「奥さまは真実を求めてこられた」

「すべてを代償にして」

「そのことが、わたしを救ってくれました。義務を果たすことは生きている人々に対してだけではない――もう一度、そう信じることができました」肘掛椅子に座るアンナの上に身を屈めると、彼女の髪が匂った――「奥さまをお支えしたい。お手伝いすることがあれば、なんでもいたしましょう」

アンナの凍っていた心が溶けた。シガレット・ケースを左手に持ち、空いたほうの手を差し出した。ヤロスワフは優しげにその手を自分の手で覆った。彼の面には、教会で聖体を拝受されるときの信者にも似た、誠実さに満ちた柔和な表情がある――アンナはふとそんなことを考えた。ヤロスワフは上半身を倒して、アンナの手に接吻した……。

フランチシュカはキッチンで食器を洗っていた。ブシャは拭いていた。ニカは壁に釘を打ち込み、ヤロスワフが持参した銅版画をそこに掛けた。アンナは鏡の前に腰を下ろし、伸びてきた髪に櫛を入れていた。そのとき、背後にニカが立った。彼女は母親の肩に手を置いた。ふたりの目が鏡のなかで出遇った。

「寒い書斎に丸一時間もいらしたのね」ニカが言った――「告白のようなものだった？」

「ご自分のことを話されたの」アンナは鏡に映る自分の姿を見ていた――「不思議だわ、だって……」

「だって、なんなの？」

「だって、これまで、わたしの前で、あれほど心を開いた男の人はいなかったもの」

自分の前では人生に秘密などないといった顔付きで、ニカは肩を竦めた。

「ママはまだ気づかないの？　あのかた、ママに夢中なのよ！」

51

クラクフのマルティニ検察官がカティン犯罪の犯人特定に乗り出すことになった――

そのニュースを「アメリカの声（VOA）」放送で聞いた瞬間、アンナは検察官との接触を思い立った。思い切ってヤロスワフに電話し、グロッカ通りの喫茶店で至急会いたいと頼んだ。そこを選んだのは偶然ではなかった——弁護士、判事、検察官らがよく顔を出す店と聞いたからである。ここには、マルティィニ検察官もよく来たらしい……。

ヤロスワフは私服で約束の場所に来た。アンナは、軍服を着ていない彼はまったくの別人のようで、自然にふるまうには自分を慣らさなくてはならない、と感じた。彼女自身、今度は、ヴェール付き丸帽は被らなかった。唇に薄く紅をさし、眉は黒いペンシルで描いてあった。一時間前、外出の準備をしていると、ニカが訊いてきた——ママ、デートなの？　イヤリングを付け、眉墨を使い、睫毛まで黒くした母を見るのは、初めてだった。莫迦な質問しないで、卒業試験の準備でもなさいと、注意したのは、照れ隠しだった。行くのは、デートどころではない。ヤロスワフが、「アメリカの声」で聞いた検察官と会えるように取りはからってくれるだろうと期待しているにすぎない……。

「マルティィニ検察官をご存じですか？」——ヤロスワフにそう訊いたのは、ウェイトレスがコーヒーのカップを置いたのと同時だった。

「何かの会合で会ったことがあります」

「ここは、検察官さんお気に入りの喫茶店だとか」

「それも当然でしょう」微笑と共に答えた——「女好きでしてね。どこに美しい女性が出入りするか、先刻承知だ」

アンナを見つめるヤロスワフの目は、彼女もそのひとりに加えていると物語っていた。

「一度、お目にかかりたくて……」

ヤロスワフは、そう打ち明けられてはっとなった。アンナは、神経質に結婚指輪を回しながら、カティン事件の調査開始という「アメリカの声」のニュースを聞いて大きな希望の光が灯った、と彼に語った。

「調査が着手されれば、裁判も開かれるのでは？」

ヤロスワフは、いつもの狙撃兵の鋭い目で彼女に見入った。はっきり言って、アンナの単純さに呆れていた。

「ポーランドで？　裁判？　誰を被告にして？　莫迦げている！」声を抑えて言った——「あなた自身もご存じのように、ここクラクフで事情聴取の対象となっているのは、虐殺の当事者じゃない、当事者のことを知っている人々だけです——ポーランド赤十字の委員会も全員が聴取された……」

「ニュルンベルク裁判で何か変わりません……？」

「あなたを失望させることになりますが、ソ連が自由意志で自らに有罪を宣告するはずがありません」

彼女の希望に冷水を浴びせたい一心である。あんなものは、真実を隠すためのゲームにすぎない。それでも、アンナはマルティニ検察官と会う決心を翻さない。だからこそ喫茶店でヤロスワフと待ち合わせたのだ。検察官がここに来るものと期待していた。もしもヤロスワフが個人的にマルティニに紹介してくれるなら、アンジェイの死にまつわる一切の状況が説明される機会となるかもしれない……。

「あなたが事情聴取の対象になりますよ」

「隠すことは何一つありません」

「ヴェロニカの高校卒業試験は間近です。その後、大学に進む考えなのでしょう。そんなことをなされば、彼女の今後の人生は容易なことではなくなります」

アンナは落胆の眼差しで見ていた——あれほどの告白を聞かせ、嘘との絶縁を宣言し、今後はアンナの味方に立つとはっきりと約束しながら、今日はまた、人を金縛りにする「恐怖」という装甲に身を隠しているではないか？　アンナはわからなくなっていた——今、わたしの前にいるこの男は何者なのか、己れの戦友たちの惨死の秘密を永久に地面の下に埋めたままにしようとする男か、それとも、真実の側に立つことを決心した男なのか？　こうして会っているのはこの人物を最後にもう一度だけ試すためだ——彼女にはそれがわかっていた。

そのとき、ヤロスワフはタバコの火を消し、喫茶店のなかを見回し、彼女に向かって身を低めた。

「わたしが、そのマルティニ検察官と会う方がよいでしょう」

「あなたが？　彼らに何を言うおつもりで？」

「四四年一月にカティンを訪れたブルデンコ委員会の作業に立ち会った者として、証言する考えです」彼はゆっくりと手を伸ばし、優しくアンナの手に被せた――「ついでに、あなたの件についても何かしら聞き出すよう努力します。それは、わたしの案件でもあるのだから」――ヤロスワフは、あの夜、あのモノローグを始めるときと同じように、アンナの目をまっすぐに見ていた。アンナは、彼の手が彼女の手を握り続けることを許した。

52

マルティニ検察官殺害の知らせを伝えたのは、ユルだった。

早朝、彼は現れた。ニカから聞いて、彼女の母親がマルティニとの会見を心待ちにしていること、そのための伝《つて》を求めていることを、彼は知っていた。アンナが表のドアを開けるなり、手にした新聞を一振りした。

「マルティニ検察官が、自宅で殺された！」

自室の扉の前に、ニカは立っていた。アンナが新聞を広げ、記事を読むのを彼女は見ていた。

「エイプリル・フールよ！」不意に彼女は気づいた——「だって、今日は四月一日じゃない！」

冗談ではなかった。事件は前日に起こっていた。マルティニはクルプニチャ通りの住居で虐殺された。新聞は詳細を伝えていた——猿轡《さるぐつわ》をはめられ、タオルで首を括られ、鈍器により十二回の強打を受け、喉を掻き切られ……（ロマン・マルティニはソ連の指令で、ドイツをカティン事件の犯人として告発しようとして、逆にミンスクでソ連の犯罪証拠文書を発見してしまった。一九四六年三月にクラクフの自宅で虐殺された）。

この報道はヤロスワフも確認した。夕方近くに姿を見せたのだ。この日は軍服着用だった。

「さぞかし驚かれたことでしょうね、マルティニ副検事死去の報は奥さまにとって衝撃だったことでしょう。わたしは明後日に会う手はずでした。それが……」途方に暮れた体《てい》で手を広げた——「如何ともしようがありません」

「事件に関わる者は誰もかも始末するのでしょうか」——アンナは、犯行の動機は摑んでいるといった表情で、頷くように首を振った。

「ママは、どこにでも陰謀が潜んでいると疑ってかかる。でも、これは安物小説に出てくるようなドラマよ」ニカは、いつもながら母親の解釈には同意したがらない——「ユルが聞いた噂では、検察官には十七歳の愛人がいて、その恋人が嫉妬から殺したそうよ」

「検察官が禁欲主義者でなかったのは事実です」ヤロスワフは、長靴をきゅっきゅっと鳴らしながら、サロンを窓からドアへと往復して歩測していた――「もう一つ事実をいうなら、ディトル通りにある検察官夫人の住居も昨夜捜査が行われた。関係書類等が捜索されたのです」

「この件では、何事も偶然に起こりはしないのです」――アンナは、神経質に指の結婚指輪を回していた。

「恋人をめぐる嫉妬が原因の殺人までが、ママにとっては、歴史の陰謀の一つなのね！」ニカが母親に向ける目には、無限の憐れみがこもっていた――「今にママは、生きていない人間しか信用できなくなるわ！」

ニカは小走りにサロンを出て行った。アンナの叫ぶような声が、その背中を追いかけた――「冷たい子だこと！　頭にあるのは、自分のロマンスばっかりなのね！」

アンナはソファに倒れ込んだ。両手で顔を覆った――今この瞬間、母と娘とがまったく別の世界に生きていることを、したたかに悟ったかのように。

「あれが、ニカの本心ではありません」ヤロスワフは、身体を丸くしたアンナの肩に軽く手を触れた――「卒業試験が間近のせいで、いらいらしているだけです。理解してあげなければ」

「どうしてわたしのことを理解してくれないの?!」

彼女のなかで、何かが破裂した。喉からしぼり出すようにして、彼女は訴えた——今度もまた何もかもが示し合わせたみたいに彼女の前に立ちはだかる、マルティニが殺され、彼から少しでも知られるかもしれないと当てにしたがお流れになった、それでも足りずに、娘さえもが反旗を揚げた……。

ヤロスワフは彼女の手を取り、その目を覗き込んだ。一瞬ぎょっとして、アンナは身を強ばらせた——大丈夫かしら、わたしが耳にしたくないことを言い出すのじゃないか、

「わたしは、あなたをフィリピンスキ少佐の未亡人としてでなく、内心の深い秘密を分け合った女性と考えています」などと。

「今日は、マルティニについてお話しするために来たのではありません」彼は言った。その目は、何か重要な用件のあることを告げていた——「望みが出てきました。昨日ある人と会ったら、わたしたちの助けになってくれそうなのです。明日、会う約束ができています……」

「わたしたち」って、言ったわ、わたしの問題が、彼のものにもなったってこと? その先のことばを、彼女は待った。わたしたちの助けになるという、その人は誰なのか? だが、ヤロスワフの言ったのは、明後日、夕方の五時、ヴァヴェル城の「龍の洞穴《スモチャ・ヤマ》」の入口のすぐ脇にあるマロニエの大木の下で落ち合うとの約束をとりつけるに止まった。

ヤロスワフが立ち去った後、ニカはすべるようにサロンに入ってきた。クリスタルガラスの花瓶を壊した子どものように、彼女は、うなだれて立っていた。

「ごめんなさい」——歩み寄ったニカは呟くように言った。アンナは彼女を抱き寄せ、その耳元で言った。

「許してね、ニカ、こんな時代にあなたを産んでしまって……」

53

金属製のシェードをかぶった台所の電灯は、テーブル全体に強い光を投げていた。そこには、コーヒーをぶちまけたように見える紙の山が乱雑に積まれていた。装幀が擦り切れた靴底のように折れ曲がってしまった手帳類も載せてあった。

テーブルに身を屈めているのは、背の高い女性である。彼女の身のこなしは、注意深く慎重だった。顔は、目の高さまで大型の白いハンカチで覆い隠されている。ハンカチが仮面のように表情を隠していた。そのハンカチの上から、黒い目が斜交《はすか》いにヤロスワフを見ていた。

「あなたの軍服を見たときは、どきっとしましたよ」——女は、白布に隠れた口から言うので、一語一語、発声のたびに布が波打ち、ことばが解き放たれて自由を得たがっているように見えた。

「近頃じゃ、軍服を着ていれば自然に身が守られる」ヤロスワフは、弁解したい様子だった。

――「前もって、アダム君が奥さんに言ってあるかなと思っていましたよ」

女は否定するように首を振り、うちの人の性格はあなたこそよくご存じでしょう、とでも言いたそうに、肩を竦めた。

ヤロスワフは脇に立っていた。吊り電球のシェードが強烈な電光を遮り、彼の立っている辺りから、影が始まっていた。女はテーブルに屈み込み、ゴム手袋をはめた両手で何かの物品に触れるより先に、ピンセットでつまみ上げ、次には死んだネズミを扱うように油布の上で回してみる、この女性の仕事ぶりに彼は眺め入っていた……。

レトリカ通りの古い住宅のキッチンは暑かった。料理用ストーブには火が点けてあった。ストーブの蓋は熱気がなるべく早く上に抜けるように外されていた。キッチンの部屋全体に長い紐が張り渡され、さまざまな書類が、洗濯物の靴下のように紐から下がっていた。染みだらけの紙は、洗濯バサミで留めて、紐に掛かっていた。捲れ上がった手帳のページ、赤錆色の染みで汚れた将校手帳の表紙、女性やら子どもらの古写真……。

ヤロスワフは、ストーブ脇のベンチに置かれた箱を見下ろして立った。箱には文字や数字の書き込まれた封筒類がいっぱいに詰まっていた。その上に半身を乗り出したとき、彼は耐え難い臭気に襲われた。彼は身をかがめ、嘔吐感に堪えた。慌てて服のポケットからハンカチを取り出し、口に当てた。

女は彼のほうに目を向けたが、何やら貼り付いた紙同士をピンセットで剝がそうとする手は止めなかった。

「屍臭にはなかなか慣れないものですよ」——奇妙に高低のメロディーのある声で彼女は言った。その声も白いマスクを通して聞こえた——「アダムに言わせると、ウォッカを飲んでもダメみたい」

「わたしにも憶えがある」——口にハンカチを当てたまま、ヤロスワフは言った。息の詰まる甘いような空気の臭いは、あのカティンの坑の上にも漂っていたのを、憶えていた。あのときも、ハンカチを口に当てて救われた。ウォッカの数滴をハンカチに染ませて、悪臭を消そうとした者もいたが、その臭いは鼻孔に染み込むだけでなく、コートにも、衣服にも染みつき、髪の毛に残り、それどころか、爪の下にまで食い込んだ……。

「わたしたちのこういう作業には、ガスマスクを着けなくちゃだめなんですよ」

キッチンに、山ほどもある書類を持った男が現れた。図太い面構えに太い枠の眼鏡をかけ、部屋にこもる屍臭を嗅ぐと、肉付きのいい鼻を歪ませた。ヤロスワフと同年配なのだが、髪は白髪交じりである。

「ソ連の士官学校で支給されていた、あのガスマスクがないとだめだね」——男は上目遣いにヤロスワフを見ながら言った。ヤロスワフは大箱を敬遠して、離れたところに立っていた。

「ガス警報の訓練じゃ、貴様、いつでもビリだったなぁ、マスク着用に手間取ってさ」

ヤロスワフは、元同輩の肩を叩いた――「さっそくソボタ軍曹から皮肉を言われたっけ――『おい、フリドマン、おまえは大学教授くらいにしかなれないな、軍務に就くには愚かすぎる！』」

「予言は大当たり」教授が上機嫌で言った――「君のほうは、十分な知性があったから将校になれたが、おれの生きる道は大学しか残らなかった」

ヤロスワフはまだ何か言いたげだったが、かろうじて吐き気をこらえているところだった。恥ずかしくなった。ここにきてほんの三十分なのにこの様《ざま》だ。自宅を奇怪な「虐殺記録研究所」に作り替えたこの夫婦から何を言われるか、わかったもんじゃない。

「女房には舌を巻くよ」――フリドマンが言った。

「作業が始まってかなりの時間になる。調査が一部でも片付いたら、次の資料はポーランド赤十字技術委員会に渡してしまうつもりだ。もっとも、四三年五月にロシアから届いた大箱数個のうち、残ったのはごく一部だがね。ドイツ軍が、四四年夏に箱を持ち出したが、ロベルの指示で一部はフランチシュカンスカ通り三番地の教会文書館に隠した」フリドマンは、キッチンに積み上げたもの、テーブルに並べたもの、箱に収まったものの一切を、手の動きで示した――「残ったのは、わずかだ……」

彼は持ってきた封筒の中身を取り出した。キッチン・テーブルの油布の上には、まるで大売り出しのように、誰とも知れぬ人の一生の遺品が並べてあった。ワイシャツの袖を留めるフック、吸い口の噛み潰されたパイプ、白樺の木で作ったシガレット用の小型パイプ、錆び付いた印章付き指輪《シグネット》、軍服から外された三つ星の階級肩章、表紙の折れた祈禱書、一九三九年の汚れた手帳。それらは、ひとりの犠牲者の遺体の傍らで見つかったものだ。フリドマン夫妻のキッチンに広げられた遺品の墓場を眺めるうちに、ヤロスワフの目の前には、またしても、長い板を打ち付けた急拵えの卓、そこに寝かされたぼろぼろの軍服の遺体、履いた長靴が黴《かび》だらけだった様子などが浮かび上がった。彼の目には、坑も見えた。あのときおれは、自分の墓場でもあり得た場所を見下ろして立っていた。ひょっとしたら、おれの書類も、将校手帳も、葉巻入れも、今頃は、この油布の上に並んでいたかもしれない。「将校になるには愚かすぎる」とソボタ軍曹にけなされたかつての戦友フリドマン博士は、発見していたことだろう――将校すなわち「十分な知性があった」ヤロスワフがカティンの森の坑に埋められたのを……。

ヤロスワフは、厚手の手袋をした女性の手が、テーブルに封筒の中身の品々を、ソリティアのトランプのように、並べていくのを眺めていた。

「この書類は、委員会のほうで蠟引きの紙に包んであった」――教授が説明した。

「それでも、この屍臭を発している。だから保管所に鍵を掛けてしまっておかなくちゃ駄目だ。わたしが、そこから封筒を少しずつ取り出してくる。溶液に浸して、脂肪分の除去と洗浄をする必要がある」講義のように具体的に話す――「こっちの貼り付いた書類は、石油エーテルで湿気を与え、薄紙の上で乾燥させる……。数時間がかりだよ」

「ときには丸一日かかります」――女はハンカチごしに言う。布は彼女の容貌を神秘的に見せている。士官学校のかつて級友の妻が、実際にはどんな容姿なのか、ヤロスワフはまだ見てさえいない。彼女からこのキッチンへ招き入れられて以来、顔からハンカチを外さず、ゴム手袋も取らなかった。ヤロスワフは、まるで解剖室にいるような感じがした。教授は、油布の上に次の遺品を並べていた。

「洗浄を済ませたら、品物の目録作成、姓名の確認をしたうえで、元どおりに隠匿する」ヤロスワフに、辛抱強くすべての手順を説明していった――「いわば、犠牲者の発掘のやり直しということになるかな」

「いつかこれらの書類の存在を公表できる日が来ます。そのときにもう一度発掘されるのを待っているのです」――マスクごしに女が言った。ヤロスワフは、まだハンカチを口に押しつけたままだ。

「奥さん、よく、そんなに頑張りますね？」

「誰かがしなくてはいけないことです」――首を回して卓の上の品々を示す。

寝床を分け合った仲間たちの遺品が、これほどの数も残された。世界の運命についてあれだけ話し合った同志、ドイツとソ連という二つの大国がポーランドを支配しようとしていることをめぐって議論した仲間の……。ヤロスワフがここに乗り込んできたのは、彼が見つけ出した元戦友で古文書学の専門家だったアダムから、フィリピンスキ少佐に関するデータを調べるという約束をもらったからだった。少佐について、確かにわかっていることが何かあるのだろうか？　書類でもありはしまいか？　カティン死亡者の一覧では、姓名に間違いがあったが……。

「本人確認は、決して容易ではなかった」教授は言った――「わたしにそう話したのはロベル博士だ。彼が九個の大箱をクラクフに移送した、四三年のことだ」

アダムは、書類のその後の運命を説明していった。まず、コペルニクス通り七番地の化学局の建物に保管され、ロベル博士がカティンから送られた封筒の一部の調査に当たった。彼は助手と共に、機械的・化学的方法で書類の汚れを取り除き、発見された被害者妻子の写真を複写した。次にドイツ側の命令により、箱は化学局からグジェゴジェフスカ通りにある法医学・犯罪医学研究所に移された。そこでは書類の目録作成が行われた。石英水銀灯を使って書簡及びメモの内容を読み取り、後にその内容がタイプライターで清書された。文書化されたものの一部は、法廷鑑識課の建物の屋根裏に隠され、一部はフランチシュカンスカ通り三番地の大司教座庁ならびにシェンナ通りのクラクフ古文書館が保管した……。

「では、それ以外は？」――ヤロスワフは口からハンカチを外さぬままに、訊ねた。教授は両手を広げた。

「ドイツは四四年、大箱十五個をブロツワフ（大戦終結まではドイツ領ブレスラウ）方面のどこかに持ち出した。我々に残されたのは、書類の一部と発掘の立会人たちだ。ただし、彼らにしてみれば、現在のところ、知っていることも知らぬふりをするのがいちばんだがね……」

「去年ですけど、ロベル博士は、数か月間も、内務人民委員部《NKVD》の取り調べを受けていますよ」テーブルに向かって作業中の妻が口をはさんだ――「ヴォヂンスキ博士には逮捕状がでているし……」

「フィリピンスキ少佐の件を明らかにする手段があるかね？」

教授は、何かのリストに目を通した。夫妻が手を触れた書類のなかに、少佐関連のものは何もなかった。今日の分にもなかった。

「じゃ、どこか別の場所で調べることができるかい？」

「さぁ、うまくいくかどうか怪しいね」――教授は料理用ストーブの下にバケツの石炭を足した。ストーブ上方の熱気に軽く吹き上げられて、紐に吊るした書類が、枝から落ちようとする枯れ葉のように舞った。「ぼくの勤めている古文書館にあるものは一部分だけだ。資料分類ファイルのなかに隠してあるから、引き出せるのはぼくと助手だけさ。他の誰にも行き着けない場所だ」

「この屍臭を辿っていけば、行き着くわよ」——マスクごしに女が言った。

「確かめておこう、そういうファイルがあるかどうか」教授は、まだハンカチで口と鼻を塞いでいるヤロスワフのほうを見た——「月曜日に向こうで会おう、九時だ……」

「朝のかい？」

「夜だよ。ノックはこうしてくれ」教授は折った指でテーブルを三度叩き、短い間を置いて、今度は二回ノックした——「おれか助手がドアを開ける」

「助手は変わり者に見えるけれど」マスクの女が言った——「でも、彼はわたしたちの仲間よ」

廊下に出て、出口を目指すときになって、ヤロスワフは鼻からハンカチを外した。軍帽を被ると、さっきの女がキッチンから現れ、狭い通路をこちらに歩いてきた。彼女は顔からマスクを取り、そのときになって初めて、ヤロスワフは彼女の美しい顔を目にした。彼女は手の甲に接吻させず、ゴム手袋の手を引っ込めた。

「じゃ、月曜に、ヤロスワフ！」——表のドアを閉めながら、教授が声をかけた。

ヤロスワフは階段を駆け降り、門口に着いてようやく、まるで深海から水面に浮かび上がった潜水夫のように、新鮮な空気を肺いっぱいに吸い込んだ。

54

この訪問の詳細はアンナに伝えまい——ヤロスワフはそう心に決めた。キッチンの天井の下に吊るされていた手紙、写真、覚え書きの様子は語るまい。堪えられないほどに立ちこめていた猛烈な屍臭のことも語るまい。アンナには、ただ一つのことだけを語ろう——友人は、フィリピンスキ少佐の名のファイルが古文書館にあるかどうか、それを確かめると約束してくれたと……。

アンナを待つ大木の下、四月のマロニエの繊細な若葉を透かして、ヴィスワ川に沈む落日が光っていた。彼女とはヴァヴェル城で会う約束になっていた。城の庭のこの場所を指定したとき、アンナは驚いていた。ここを選んだ理由は、彼女に伝える内容が招かざる客の耳に届くのを警戒してのことだった。ニカに会いに来る学生に対して、こちらはなんとも思っていないのに、あの男は、議論となるといつも自分を敵扱いした。

マロニエの木の下から眺めていると、ソ連兵の一団が、ヴァヴェル城を背景に記念写真を撮っているところだった。

「以前は、ポーランド総督フランクの本拠だった場所（一九三九年九月にドイツが占領したポーランド領のうち、ドイツ領に併合されなかった地域をポーランド総督府と呼ぶ。首都はクラクフ。総督ハンス・フランク（一九〇〇－四六）は、「ポーランドの虐殺者」と呼ばれた）に、今度はあの連中がいるのね」——それが彼女の最初のことばだった。

彼女は薄手のスプリングコートを着て、絹のスカーフを首に巻いていた。編み目の濃いヴェールで顔を隠していたあの女では、もはやなかった。ヤロスワフに、指令を受け取るのを目的にここに来た連絡兵のような、待ち受ける視線を向けた。士官学校時代の友人のある教授が、無事隠匿された書類のなかから、フィリピンスキ少佐のファイルを探し出そうと確約してくれた、ということだけをアンナに告げた。

「わたしも立ち会うことになっています」

「それは、いつですの？」

「月曜日の夜に古文書館に行きます」ヤロスワフはアンナの肘を取って、命令の下達に慣れた人の声で言った――「火曜日のこの時刻にここにいらしてください」

「今日、この場所を選んだわけは？」

「奥さまはここに良い思い出がおありでしょう？」

「どうして、そんな風に想像されるんですか？」

「ここで、あなたの未来の夫があなたにプロポーズをした」

彼女はしばらく動きを止めて、その場に立ち尽くした。

「まぁ、アンジェイはそんなことまであなたに言ったの……？」

アンナはようやく理解した――ふたりがお互いについて知っていることは、今日に関わることだけではない、共通の過去によって結ばれる者のみが知り得る事柄もまたそうであると。しばらく、アンナは彼の顔を見つめていた。それは、迷路で道に迷った者が案内人を見る眼差しだった。彼女には、なんの予感もなかった――これが今生の別れになろうとは……。

55

「*Carpe*《カルペ》 *diem*《ディエム》 *quam*《クアム》 *minimum*《ミニムム》 *credula*《クレドウラ》 *postero*《ポステロ》（この日を楽しめ。明日の日はどうなることかわからぬから）」――ニカはホラティウスの詩句をリズミカルに口ずさんだ。ユルは上目遣いに彼女を観察していた。ニカの高校卒業試験準備期とあって、フィリピンスキ家でユルは歓迎されざる客だった。娘の勉強の邪魔になるとアンナは気が揉めるのだ。

「ラテン語を使わずにもっと単純に言えばこうかな」タバコの煙を吸いこみながら、自分の解釈を述べた――「その日暮らしをしろ、あったことは忘れちまえ」

「男の人って幼稚ね」ニカが肩を竦めた――「すぐに世界を単純化する。勝利しか目にないんだから」

「敗軍の将は兵を語らず」――ユルが挑戦的な調子で言った。このところ、ふたりの会話はことばの決闘の観を呈する。彼女が実用主義の立場を取れば、彼女はスローガンや理想を信じる相変わらずの理想主義者だった。ユルは、こう断言した――現情勢下でぼくのような人間にあるのは、三つの選択だ。闘うか、逃げるか、それとも現実と妥協するか。そして、この最後を選ぶ者が勝者となると。ニカが議論を挑みかけると、論駁しようのない根拠はあるが、それを明かすことはできないと言いたげに、その対話を中断させた。概してユルは内に「こもる」ことが多くなり、無口で、心ここにあらずといった様子だった。

表のドアが軋る物音を聞くなり、彼はタバコを消した。あるときから、彼はフィリピンスキ宅で喫煙を禁じられていた。ニカはよく微熱になり、肺のレントゲン撮影の結果も思わしくなかったから、タバコのためにさらに彼女の健康を損なうことは許されなかった。ユルは、そこに差別待遇を感じていた。というのは、彼には禁煙が押し付けられているのに、例の親ソ「大佐」が来ると、次から次にとタバコをふかしても、誰も止めないからである。

「何か手に入った?」――ニカは玄関の間に走って出た。母がヤロスワフと会いに行ったことは知っていた。だから、軍人さんが、母の疑惑を確信に変えるような書類を何か入手してくれるなら、と期待していた。

「月曜日には、何か知れるかもしれないって」

「月曜に?」

「ヤロスワフさんは、月曜の夜に古文書館の人と会う予定だそうよ。記録が保管されているかもしれないって」

月曜日……古文書館での面会……。

閉じられていないドアの隙間から、そのやりとりはユルの耳にも届いた。

ニカが部屋に戻ると、ユルは戦闘服のジャケットを着るところだった。

「神さま、ありがとう」ニカは祈るように手を合わせて、天井のほうに上げ、小声で言った――「月曜日には万事判明ですって。これでママの病気も全治するわ」

「運命《キスメット》さ」――ユルは帰る用意をしながら、そう呟いた。

「そんなに急いで、どこへ行くの?」ニカが驚いて訊いた――「映画に行くはずだったじゃないの」

「卒業試験がすめば、時間ができるだろう。今は君の勉強の邪魔をするなって叱られている気分だから」

ユルが立ち去った後、ニカは引き出しから写真を抜き出した。ふたりが頬を寄せ合っている。ふたりの目は笑っているようでいながら、命がけの宣誓をするときのように生まじめにレンズを見つめていた。ニカは花嫁のヴェールをまとい、ユルは蝶ネクタイをしていた。結婚写真のパロディーを撮ろうと決めたとき、ふたりは何かに導かれるように新郎新婦役を演じてしまったが、そのことにふたりとも驚いていた。マグネシウムが焚かれ、シャッター音が響いた瞬間、ユルが接吻した。わたしは彼を突き放し、慌てて逃げようとして、長いヴェールに躓きそうになった……。

彼女は唐突に不思議な感覚にとらわれた――あれが、遠い遠い昔の出来事だったかのような……。

56

春雨のけぶる日だった。街灯の光のなかで、濡れた鋪石は磨き上げられたように見えた。カッカッと鳴る馬蹄の響きが、人気のない通りに谺《こだま》した。前の座席に背を丸めている馭者は、帽子を目深に被っていた。張られた幌の縁から雨が滴っていた。辻馬車の男は振り向いて、苛立ったように、また行く先を客に訊ねた。

「しばらく、まっすぐ」――ヤロスワフが応じた。乗る際に、所番地を言わなかった。シェンナ通りが目的地だが、古文書館の入口には乗りつけたくなかった。がらんとした道を、彼は幌ごしに見ていた。濡れたコートが重いのか、馭者は座席でますます背中を屈めていた。いきなり鞭を振り下ろす音がして、馬が大きく脇へ避けると、驚いた猫の鳴き声があがり、ほとんど同時に、馭者の罵り声が続いた。夢中で駆け出した猫が古い建物の門口へと逃げ込むのをヤロスワフは見た。

彼は片手で馭者の肩に触れた。辻馬車が停まった。車を降りてから、馬車が角を曲がるまで彼は見送った。誰もいない道を歩き始めた。縁のある帽子のお蔭で顔は濡れなかった。ギャバジンのレインコートを着て、窮屈で少し足の痛む靴を履いてきた。出かける前、軍服にすべきかどうか、彼は迷った。軍服には安心感があった。大佐の制服ならばパトロールに制止される心配は絶対にないからだ。しかし、軍服は今日彼を案内してくれるはずの人物に悪い印象を与えるかもしれないという恐れが勝った。

シェンナ通り十六番地の手前で、街灯の光で腕時計を確かめた。九時まで五分ある。彼は重たげな鉄扉の前に立った。辺りの壁は湿っぽく、ぼろぼろになっていた。そろそろノックしてよかろう――三回叩き、間を置く、次が二回か……。そのとき、自動車が走る騒音が響き、ヤロスワフは、ヘッドライトの筋が四つ角の向こうの通りを照らし出して伸びるのを見た。自動車が通り過ぎると、再び湿った闇が支配した。クラクフとしては、住民が立ち退いた後のように寂しい界隈である。

ノックした。たっぷり一分も待たせて、扉が細めに開いた。背が高く、歯ブラシのように痩せた男が立っていた。灰色の作業衣の上に、くたびれた革のハーフコートを羽織っていた。瓶の底のような分厚い眼鏡の向こうから、男は彼を見た。なるほど、フリドマン教授の助手は教授が描写通りの外見だった。

「教授の指示で……」

助手は頷き、扉を閉め、閂《かんぬき》を掛けた。助手は先に立って、弓形にせり上がる天井付きの廊下を行き、ヤロスワフはついて行きながら、助手の男が巡礼の履きそうなサンダルを履いているのに気づいて目を見張った。廊下の天井には暗い電灯しか点いていなかった。その黄色い光線を受けて、廊下の厚い壁は苔が生えているように見えた。

「最悪の事態を覚悟なさってください」――助手は振り返りもせずに言った。

「何か危険なことでも?」――ヤロスワフは、警告の内容を摑みかねた。

「ハンカチはお持ちですか?」――助手が訊いた。彼は後ろを向いて、ヤロスワフがポケットからハンカチを取り出すまで待った。助手は作業衣のポケットから小瓶を出し、栓を開けた――「アンモニアです」彼はハンカチを広げ、数滴を垂らした――「こうすると楽ですよ。もっとも涙が出ますが。そのため目は見えなくても、あの刺激臭よりはましですよ! 普通の人には堪えられない臭さですから」

彼は短い革コートからゴム付きのネルのマスクを出して、顔にかけた。また、先に立って歩き出した。

ふたりは、文書がぎっしり詰まった棚が並び立つ脇を歩いていった。黴と濡れ雑巾の臭いがした。これらの文書のなかに閉じこめられた人間や家々の歴史が放つ臭いなのか? 黄色い灯りを頼りに、ヤロスワフは、大理石《マーブル》模様の表紙で綴じられた紙挟みやファイルや帳簿の背に目を走らせた。ふたりは廊下を折れ、新しい迷路に入り込んだ。しばらく行くと、助手は顔のマスクを直して、奥の棚を指さし、手に持った長い紐付きの懐中ランプで照らし出した。ヤロスワフは吐き気を覚えた。そちらから屍臭が波のように流れ寄ってきた。慌ててハンカチで鼻を押さえた。アンモニアで彼の息が止まり、鼻が刺戟されて涙が出た。

　助手がヤロスワフの手にランプを手渡し、光を低い丸天井の一隅に向けさせた。自らは棚に近づき、大理石模様の紙で装幀された大判のファイル数個を投げ落とした。紙は湿気を含み、腐肉のように見えた。助手はさらに奥に手を伸ばした。足からサンダルを脱ぎ、羊毛の厚手の靴下を下段の棚に載せて身体を支えた。その姿勢で天井の下に潜り込むと、短い革コートを着た背中が弦のように張りつめた。古文書の棚の向こうに押し込んである何物かに手で触れようとしていた。力が入るあまり、呻き声が漏れた。ふと身体の動きを止めると、床に飛び降り、足にサンダルを履いた。何かに不安を覚えたに違いなかった。

　乱暴にドアを叩き壊す音が遠くから聞こえ、次いで、警察犬の吠え声と何やら命じる男の声が響いた。犬の声が近づいてきた。ヤロスワフは、自分の膝に犬が鼻先を寄せてきたとき、不意に理解した――犬は自分の跡を追って来たのではなく、古文書館の一番奥に隠された文書に染み込んでいる死臭を追ってここまで辿り着いた……。

「手を上げろ！」――この迷路には電球が灯っていたが、それに加えて、誰かが懐中電灯で彼の目を眩ませた。ヤロスワフは両手を上げた。片手にハンカチを握ったたままだった。脇の助手も手を上げ、その指先は廊下のアーチ型の天井に触れそうだった。

「こんばんは、セリム大佐」――「捜査官」はランプを消し、ヤロスワフは初めて見知らぬ男の顔を見た。逮捕された脱走兵を見る隊長の目付きだった。

「わたしのことを知っているのか？」

「捜査官」は一歩近づいて、懐中電灯の先でヤロスワフの顎を上向かせて、凄みのある声で言った――「人民政権の敵の顔なら、全員知っているとも。従って、わたしは神さまだって知っている」

「わかっているのか？　ポーランド軍将校を不法逮捕したのだぞ」――ヤロスワフは身分証明書を取り出そうと、ポケットに手を伸ばそうとしたが、それより早く、ふたりの男がヤロスワフに体当たりして、その膝を折った。床に跪けと命じた。もみ合いになって、戸棚の厚い帳簿類、紐で括った文書、鉄製の金具で綴《と》じられたファイルが、ヤロスワフの背を目がけてばらばらと降ってきた。墓穴に下ろされた棺の上に土塊《つちくれ》が落ちるようだった。

「おまえは、もう二度とそこから立ち上がれないぞ」――「三人目」が言った。

コートを着て床に跪くヤロスワフは、古文書の山に半ば埋まってしまった。彼は、助手が隠したファイルと封筒を探しまわっていたあの場所を、死臭に誘《さそ》い寄せられて来たジャーマン・シェパードが、クンクンと鼻で嗅いで回る様子を、横目で見ていた。上段から飛び出た大封筒の一つから、品物がこぼれ出るのを、まだ跪いたままのヤロスワフは見た——革バンドの腐った腕時計、軍服のボタン、将校手帳の表紙、献辞が書き添えられた数葉の写真。その持ち主の生涯を記念する品だ。彼は跪いたままそれを視界の端に見ていたが、たちまち見えなくなった——別にいた私服の公安が小山にまとめ、おもむろに手袋をはめると、もうひとりの公安の差し出す麻袋に、何もかも突っ込んでしまったからである。

「アザ、探すんだ！」——「捜査官」が次の戸棚を指して、シェパードを嗾《けしか》けた。それでも、シェパードはすぐに、もう中身が半分以上詰められている麻袋のほうに戻ってきた。

「探し物はもう見つかったじゃないか」——「三人目」が言い、コートの襟を摑んでヤロスワフを立ち上がらせた。

古文書館の迷路を引き立てられながら、ヤロスワフはふと思った。おれは、アンナの欲しがっている書類を発見する寸前まで近づいたのだろうか、いやそれすら知りようがないのだな……。

57

サロンの時計が九時を打つと、アンナはまるで延着の列車をホームで待つ乗客のようになった。居ても立ってもいられなかった。何もかもが彼女の神経を苛立たせた。周囲の物音や気配のすべてが、彼女を苛立たせた。まず、ラジオ放送だ——新しい人民政権と世界平和の守り手ヨシフ・スターリンの功績を大げさに伝えている。アンジェイの帰還を占ってソリティアの札を並べているブシャの独り言。さらには、卒業試験の勉強中のニカが、ポーランド文学の実証主義時代を声に出しておさらいしているのも。ひとりきりになりたかった。窓際に立って、雨に濡れた道路を見ていた。

わたしは何を待っているのか？ どうして、今夜の九時に真実が明らかになる可能性がある、などという期待を持ってしまったのか？ アンジェイのメッセージを伝えてくれた人、彼のシガレット・ケースを届けてくれた人ならば、もう一つのことも成しとげてくれるだろう、などと信じてしまったのか？ そのときニカの問いかけが耳に入った

——「まだ寝ないの？」

気がつかなかった——あと十分で午前零時だ。

「待っているの」——アンナは肩のショールを掛け直した。

「考えているのね?」——ニカが追い討ちをかけてきた。アンジェイのことを訊いているのか、それともヤロスワフのことか、アンナにはよくわからなかった。

「あんたこそ、なぜ寝ないの?」——問い返した。

「だって、詰め込まなくちゃ」

「どうなの、ニカちゃん」夫の好きだった呼び方を真似た——「卒業試験の後、大学じゃ何を専攻する気かしら?」

「オフェーリアよ、尼寺へ行け」——ニカは舞台で観たシェイクスピア役者の悲壮な表情を作ってみせた。

「憶えてる、いつかシスター・アナスタジャがあなたに何て言ったか?」

「考古学は、退屈な人間に向いている」——何を言われても聞かないといった表情で、肩を竦めてみせた。

「バレリーナになるといいって、お父さまは、おっしゃっていたけど」

ニカはまたも肩を竦めて、少しばかり頰を膨らませた。

「お父さまは、わたしの踊るところを一度も見なかったから」

「なんてこと言うの?」アンナは一歩寄って、まるで無賃乗車の乗客を見る検札係の目で娘の顔を覗いた——「忘れたのね。ダンスを教えてくださったじゃないの。あんたが五つぐらいだったわね。みんなで将校クラブに出かけた日のこと……」

アンナは返答を待った。娘の記憶を借りて、過去についての自分のイメージをもっと豊かにしたいからだった。もし、母娘が過去の同じ光景をまざまざと思い浮かべることができれば、その光景はさらにくっきりしたものとなり、時間による腐食をもっと長く耐えしのいでくれるはずだ。だが、ニカは否定するように首を振った――「覚えがないわ。家じゅうでクラブへ行ったことも、パパにダンスの手ほどきを受けたことも」なぜ、こんなことを言ってしまったのだろう。わたしの目の前にはあの映像がはっきりと浮かび上がったというのに。寝室。パパは儀式用の派手な軍服を着て、真っ白な手袋を引っ張りながら入ってくる。ママはさっきから鏡に向かい、ドレスをさらさらいわせながら回っている。今日は聯隊の祝日、舞踏会にそろってお出かけ、わたしひとりが残される。わたしは想像するだけ、ふたりがどんなふうに踊るかを。お似合いのご夫婦と評判の高いふたりだもの、きっと見事なダンスに違いない。将校クラブの丸天井の下で踊ることだろう。母が羨ましい。わたしだって踊りたい。蓄音機のハンドルを回し、タンゴ「秋のバラ」が鳴りはじめると、白い手袋をはめた父の手をとり、ふと思いついたお願いを何度も繰り返す――「パパ、ダンス教えて」パパは、わたしの手にレディーにするように恭しく接吻すると、抱き上げる。わたしの足を靴に載せて、床を靴で滑りながらわたしにステップを教え、ダンスをリードする。レコードが終わって軋むような音を立てはじめ、「秋のバラ」は萎《しお》れてしまう。それから、パパはわたしを寝床へ運び、大まじめな顔でこうおっしゃった――「ヴェロニカお嬢さん、これからも一度ならず、ぜひともダンスのお相手を……」

不意に気づいたが、あれ以来、ダンスをしたことは一度だってない！　あの後――つまり、「カティン以後」にだ。時間を「その前」と「その後」に分けたのは母である。「その前」にはアンジェイがいた。「その後」はいない。

「ということは、ダンスなんて、まだ誰とも踊ったことがないということね」――ニカは、母に向けてというよりは、独り言のように言った。

そのとき、衣装箪笥の上の時計が十二時を告げた。

「ヤロスワフさんは、来るの？」

「いいえ。この前の場所まで行くように言われたわ」

「向こうはデート気分よ」――ニカが言いきった。

「まさか。だって、彼は目を付けられているのをよく知っているのよ」――アンナはまじめな顔で言った。

「彼が『目を付け』てるのは、ママよ」――ニカは反応を待たなかった。暗い部屋から滑り出た。アンナは、また窓際に立った。街灯の明かりを受けて、濡れたアスファルトが黒い底深い湖のように見えた……。

58

彼は、ヴァヴェル城に現れなかった。三十分待って、門を通って下まで降り、また戻ってみた。敷地に彼の影はなかった。マロニエの大木に寄りかかって、アンナは立っていた――アンジェイにプロポーズされたときのように。

ブラツカ通りの自宅にも来なかった――火曜日も、水曜日にも。

学校から戻ったニカが問いかける目に、アンナはただ首を横に振った。嫁と孫娘の間に何か隠し事があるらしいと、ブシャは感づいていた。アンジェイのことを何か知っているのかも、ただわたしには言おうとしないだけで……。

木曜日、アンナは郵便局まで一緒に来てほしいとニカに頼んだ。ニカは表で待っていた。

「ヤロスワフ・セリム大佐とお話ししたいのですが」――電話の向こうに出た女の声に向かって訊ねた。返事はなく、しばらく待つと男に代わり、居丈高な調子で名前と用件を聞いてきた……。

「お名前と用件をおっしゃってください。こちらから、直ちに大佐殿にお伝えします。もしもし、聞こえますか？」

慌てて受話器を置いた。まるで受話器に火傷したかのように。

ニカは母の表情から、吉報なしと、察した。アンナは、ただひとこと「彼は消えたわ」とだけ洩らした。

「消えたって？」信じられなくて、ニカは首を振った——「ママを置き去りにするわけがない」

「きっと捕まったのよ」その発見にわれながら愕然として、アンナは立ち尽くし、ニカと向き合った——「だとすれば、死刑よ！」

「その前に裁判があるわ」

「ニカちゃん」幼い子どもを見るような目付きで、娘を見た——「将校を誰が裁くっていうの」

折から聖マリア教会の塔から時報ラッパが響いた。アンナは反射的に教会の入口のほうへ折れた。ニカが追いついた。

「どこに行くの？」

「お祈りに……」

「『カティン以後』はあれほど神さまを責め続けてきたママが？」

「わたしが彼を引き込んだのだもの。あそこで死を免れた人が、わたしのせいで、また犠牲になる」

ニカは、母親について教会へ入った。ステンドグラスから射し込む陽光が、疎らな信者たちの顔を色とりどりに染めていた。蠟燭を灯し、脇の祭壇に捧げるアンナの様子を、ニカは見守っていた……。

59

「五月ミサ」には、わたしもお伴します――アンナにそう言われて、ブシャは驚愕した。これまでは教会は独りで通っていた。行けば必ず、フィリピンスキ家代々の名の刻み込まれた墓碑の前に立ち、お祈りした。この日に限って、アンナが同行した。それはトファルク司祭と知り合いの弁護士の評判が耳に入ったからだ。その弁護士ならば、ヤロスワフの場合のように、行方の知れぬ人々の所在を突き止めてくれるというのである。ヤロスワフは、春の季節の到来と共に、川から消え去る氷のように跡形もなく姿を消した。

アンナを見かけるなり、トファルク司祭の表情が明るんだ。

「今に、心を開くおかただと思っておりました」――教区司祭室で向き合っての司祭の反応だ。アンナは、否定するように首を振った――信者としてうかがったのではない、所在不明の人の運命を探し当てる弁護士と知り合いだとのお話を聞いたので。「ご主人の一件が、未だに気懸りで？」

「いいえ……。その件でお力になってくださったかたが行方不明になったのです」

「近ごろは、その種の不正義が横行中ですからね」——司祭は例によって一般論に走り、その嘆きを溜息で強調してみせた。

「そのかたを救出しなければなりません」

「男のかたですか？」——司祭は、その点が重要だと言わぬばかりに訊ねた。アンナは頷いた。

「将校です。主人もそうでしたが。主人と同じ収容所にいました。無事生き延びたのに、わたしのせいで、今度は犠牲になりました。わたしは神さまに問いかけたい思いです、こんなことがどうして起こり得るのでしょうかと」

「神は誰ひとりとして、答えなしに見捨てたりはなさりません」

「わたしの場合は、いつも沈黙です。辺りには、これほどの悪事！　これほどの辛酸があるというのに！」

司祭は、どう言えばいいかとためらった。組んだ両手の親指をくるくると回している。

「人間が人間性を発揮するところまで成熟していない、と神に嘆いても空しいことです」

赤い布地を張った高い椅子の背凭れに真っ直ぐに身体を起こして、彼は、博物館のガイドが案内の文句をうんざりするまで繰り返すあの口振りで話し出した。曰く——相互の争いに引き込まれた人間の苦難は、それに先立つ何世代かが行った非行に対する罰なのかもしれません。曰く——地上におけるすべての辛酸は、永遠の神に対する貢献を先払いすることと解釈できます、なんとなれば、それぞれの苦難ないし犠牲は、不幸という秤皿《はかりざら》から一グラムを減らし、その一グラムを救済の秤皿に加えるものであるからです……。

「ということは、司祭さま、わたしたちは、誰かの罪の責任を取らなくてはならないのですか?」アンナは、司祭の突き出た唇に見入った（舌先がしきりにそこを舐めていた）——「なぜわたしは、人類の罪に責めがあると感じなければならないのですか?」

「世界とは我々自身なのです。神はその息子を犠牲として世界に送り出し、十字架に掛けられて死ぬのを止められなかった」

「それが慰めだと?」

「道を示しています」司祭は半身を傾け、ぷくぷくと膨らんだ片手で、穏やかにアンナの手を取った——「我々は、従順と苦難のなかに生きねばなりません。我々は天国でそのご褒美を頂戴することでしょう」

「わたしが助けを求めるのは、ここ地上においてです。どうか、ご心配なさらないでくださいませ。司祭がご存じの弁護士のお名前は、誰にも洩らしません」

そのとき、司祭の口からピョンテクの名が出たのだった。ピョンテク弁護士。その名ならアンナは知っていた。去年騎兵大尉ヴェンデ未亡人のところで、あの男性がそう名乗った。

「五月ミサ」は終わったが、ブシャはフィリピンスキ一族の墓碑の前に立ち尽くしていた。そこには、まだ新たに追加して刻む余地が少し残されていた……。

60

アンナは、まず肉屋の前の長い行列に何時間も並んだ。ウインドウに丸っこい文字で「肉」と書かれ、作りものの細いソーセージを組み立てた飾り物の脇には、タイルのモザイクで作られた「偉大なる平和の旗手」ヨシフ・スターリンの肖像が慈愛あふれる微笑を浮かべていた。

自宅に戻り、UNRRAの文字が印刷された段ボール箱に、買ってきたばかりの太いソーセージ、パン、ジャム、玉葱《たまねぎ》を詰め込んだ。「刑務所では玉葱は絶対だよ、いろんな品と交換の利く大事な物だから」――モンテルピフ刑務所の入口に立ち並ぶ間、女たちが口々にそう話していた。

それは、ピョンテク弁護士の助言から始まった。アンナが弁護士を訪れたのは、自由広場の事務所である。姿を見かけると、弁護士は事務机から立ち、背凭れに掛けた上着を着込んだ。彼女は、トファルク司祭のご助言で参上したと言った。司祭のご判断では、ピョンテク弁護士は他の誰よりも頼りになるからと。弁護士はしばらく彼女を見ていた——どこで、いつ会ったのか、たぶん憶えがないのだろう、とアンナは思った。

「アンナ・フィリピンスカと申します……」

「自己紹介には及びません」——そう言うと、弁護士は騎兵大尉ヴェンデ未亡人の家での初対面のときと同様、手に接吻した。初対面の日、レナタを邪険に扱ったことで、弁護士の好意を期待できないのではないかと、覚悟していた。さまざまな条件を提出し、困難を並べ立てるのではないか。ヤロスワフ・セリムの所在を突き止めることができるならば、あらゆる経費を支払う用意がある。罪状は？　被告なのか？　告訴は？　訴えられているのか？　セリムが軍人だと知ると、ピョンテク弁護士はこう言った——「そうなると、軍事法廷の検察の権限内ですから、わたしごときでは手が届かない」

そこで弁護士は助言してくれた。刑務所に収容されているかどうか、どの刑務所かを特定するには、差し入れの包みを持参して、刑務所の受付に行くのがいちばん。包みが受け取られるならば、その受取人は収監されているということです。

包みの箱を抱えて、刑務所の塀に立ち並んだ。時間が経つごとに、腕に抱えた箱がずんずんと重くなり、手からずり落ちそうに重く感じられた。アンナは、夏のワンピースを着て、派手なリボンの麦藁帽を被っていた。行列の女たちは一様にくすんだ色の服で、彼女はひとり目立った。女たちは彼女を胡散臭げな目で見ていた――周囲から浮き上がっていた。アンナは何も知らなかった、門番には「お役人さま、食料品を持参しました」と言わなくてはならないことも、知らなかった。

そうすれば、門番が包みを受け取るかもしれない。受け取れば、それが、送り先がここに収容されていることの確かな証拠になるのさ……。

暑い日射しのなかに並んだ女たちが、順繰りに先へ進んでいった。灰色の高い塀には、近づく国民投票のポスターが、べたべたと貼られていた。ようやく番が回ってきて、軍艦の船体のような色の鉄の正門に辿り着き、爪先立って窓口に包みを出した――「ヤロスワフ・セリム宛です！」

はらはらしながら、角々の折れ曲がった分厚い帳簿のページを捲《めく》るお役人の指先を、アンナは見守った。Sのページがあった、ずらりと並ぶ書き入れの姓名を指が辿って行き、打ち消すように首を振った。アンナは何も訊ねなかった。行列で彼女の前後にいた女たちが、ここでは質問は厳禁と教えてくれたのだ。包みが受け取られるということは、宛先に届いたことを意味する。受け取られなければ、モンテルピフ刑務所から地区刑務所に移動して、もう一度同じことを試みなければならない……。

アンナは青と黄色の路面電車に乗った。また一時間列に立って、ついに包みを窓口に置くことができた。「差出人は？」と質問されると、一瞬も考えずに、答えた——「家族です」

「受け取ったわ！」——アンナのその叫びがニカへの最初の一言だった。玄関に迎えに出たニカの服装は、純白のブラウス、プリーツの利いた紺のスカートで、髪は後ろにまとめてピンで留めていた。

「何か判明した？」

「生きてるってこと！」母親がこんなに興奮した声を出したのは、久し振りだった——「包みを受け取ったら、彼もわかるわ、独りぼっちじゃないってことが」

「今日という日は、それぞれたいへんな日だったのね」——ニカのそのことばにアンナは、はっと思い出した。卒業試験のポーランド語の口述試験が今日だった。

「そうだったね！」アンナは跳びついて、ニカを抱いた——「帰りに学校へ寄れるかと思ってたけど」

娘に謝り、事情を話し、あれこれ聞こうとアンナが思ったのと、ユルの現れたのが同時だった。チューリップの花束を手にしている。ニカは、今日の試験の細かな話はユルに聞いてもらいたかった。アンナに対して、ことさらに反抗してみせようとしているだろうか？　もしかしたら、こんな風にして、この娘はわたしに知らせようとしているのかもしれない――過去の真実探しという迷宮にヤロスワフを引きこんだのはわたしだ、とすれば、ある意味でわたしが彼に罪を宣告したことになると。

ひとりきりになると、アンナは衣装箪笥に近寄り、アンジェイの軍服の袖を引き出して、そこに頬を寄せた……。

61

卒業試験合格証明書を受け取ったその日、ユルが校門に迎えに来るかとニカは待った。けれども、彼は来なかった。美術大学の授業の都合で来られないのかしら？

後で家に現れるだろうと思った。来ないはずがない。お互いに約束していたのだから――試験最終日には、まず一緒に喫茶店にアイスクリームを食べに行く、それからユルがニカをミハリナ叔母さんのところへ連れて行く、そこでニカを「草原の天使」として描いた油絵を見せてくれる。そう、草原だ。五月の草原をニカは歩く、歩くというより空中を泳ぐ、白い雲たちが彼女の背後に描かれ、まるで天使の羽のよう。完成したその絵は、卒業試験合格のお祝いになるはずだった。ユルは、「草原の天使」になったニカをとても美しく描いてくれた。寝る前などに、ニカは、あの草原とその上空を舞い飛ぶタンポポの綿毛のような自分の姿をよく思い浮かべた……。

　ユルはどうしたのだろう――学校にも来なければ、家にも探しに来ないなんて。逮捕されたのかも？　三日前のようなことをまたしでかしたのではないか？　手をつないでシェフスカ通りを歩いていたときである。ポスター係の男が壁に貼り歩いていたのが、国民統合のための国民投票では「三回『賛成《タク》』と答えよう」と呼びかける政治ポスターだった。門口に民警がふたり立ち、アパートの管理番と立ち話に忙しかった。ユルがニカに耳打ちした――「逃げ出す用意をして」そして、貼っている男の横を通り過ぎるとき、うっかり蹴躓《けっまず》いたといった風に糊入りのバケツに足を引っかけ、同時に、貼り立てのポスター一枚を剝がした。警官がふたりの方に走ってきた。ユルはニカの手をぐっと握って一目散。前にも一度、逃げたことがあった。ふたりで初めて市内を散歩したとき、肉屋の店先で警官に「この豚面やろう」と呼びかけて、挑発したあのとき……。

　あのような悪戯《いたずら》をしたのかもしれない。逮捕されたのか？　こんなことがなければ、ふたりで「草原の天使」を見に行ったはずなのに……。

　自分から探すことに決めた。美術大学の彫刻実習が行われている教室に忍び込んだ。ユルの同級生が彼女を認めた。

「ユルはいませんか？」――小声で訊いた。

「いるよ」と天井を指した――「天井裏のガラクタ置き場に立てこもっている。昨日から様子がおかしい」

行ってみると、ユルはシャツのボタンを外し、床に座り込んでいた。物置部屋は、粘土や石膏で作られた労働者の不恰好な彫刻や、カエサルの首や聖母マリア像でいっぱいだった。床には瓦礫《がれき》や、石膏の破片や、乾ききった石膏の入った容器がばらまかれていた。ユルは彫刻用のハンマーを片手に持ち、膝の間に挟んだ鉄兜《てつかぶと》を被る兵士の首に、音は鈍いが力を込めてハンマーをぶつけていた。石膏の粉が顔にふりかかった。脇には、ウォッカの空瓶が一本転がっていた。一発ハンマーを振り下ろすたびにユルは何かを繰り返し呟いていた――「何てことをしちまったんだ、このおれは⁈」

ニカはこの光景に呆然として、戸口に立ち尽くした――石膏像の墓場にたったひとりだけ生きた人間がいる。

「あなたを待っていたのに」

ユルは生気のないガラスのような目を向け、兵士の首を押しやってから、床に背を丸め、ぶたれた小犬のように下からニカを見上げた。

「忘れてくれ、おれと知り合ったことを！」泥酔して呂律《ろれつ》が回らなかった――「おれが生きていたということも、忘れてくれ」

ニカは傍らに膝をつき、頭を撫でて慰めようとしたが、ユルはその手をはねのけ、部屋の片隅に這って逃げた。そこは、瓦礫と割れた鋳型の山が積み上げられたゴミ捨て場だった。彼は顔を片手で覆い、さっきの独り言を繰り返した――「何てことをしちまったんだ、おれは?!」

「何があったの?」――彼の上に身体を近づけた。

「これだ!」ユルはズボンのポケットから、公印が捺されている紙を取り出した――

「読んでみな……『トマシュ・コスマラは心臓発作にて死亡』!」

「お兄さんが死んだの?」――彼女は公文書を手に掴んだ。

「こんなもの、寄越しやがった!」ニカの手から書類を取り返すと、壁際に散乱した彫刻のガラクタを蹴飛ばしながら喚いた――「命は助けてくれるはずだった。命と命の取引だなんて言いやがったが欺された! 嘘だった! ところが、バカなおれは……」

――その先を言わなかったのは、最後まで言う気力がないからのようだった。床から瓶を取り上げ、逆さまにしたが、瓶の口からはほんの二、三滴落ちただけだった――「もともと、死刑と決めてやがったんだ! 間抜けだった! あんなやつらを信じたなんて!」

彼のとりとめのない咆哮《ほうこう》を聞きつつ、ニカはユルが誰の何を告発したのか、理解しようとした。落ち着いて、何が起こったのか、思い切って言ってちょうだい。

「お兄さんは組織にいた罪で逮捕されたのね」ニカはユルの肩を壁に押しつけた――

「まだ裁判だって開かれていなかったじゃない」

「裁判?!」彼は嘲《あざけ》るような渋面を作った――「死んだも同然の者を裁判にかける必要な

んかないのさ。残るは、心臓死だ！　おれは知っている、よく知っている、あそこではどのようにして心臓死に至るかをね」

　ふらつく足で立ち上がり、一片の板きれに手を伸ばし、製鉄所労働者を象《かたど》った石膏胸像の背に添えて立てた。それから、熱病に浮かされたように、ハンマーで幾度か板を打った。板が跳ね、ユルは打撃のリズムに合わせて、切れ切れのセンテンスを胸から吐き出した。

「『ハンマー打ち』の仕業だ！　わかっているぞ！」

「ハンマー打ちって?!」

「やつら、刑務所にナチス親衛隊《SS》を拘留している。重量級の欧州チャンピオン。そいつが『心臓発作』を仕立て上げる。背中に板を添えて、九キロのハンマーで一撃だ！」ユルが、これが最後とばかり板を打ちつけると、彫刻が真っ二つに割れた――「家族は後に、死亡証明書を受け取る。どうして俺は、兄貴を救えるなどと信じ込んでしまったのか?!」

　この瞬間、ユルは言いすぎたという意識にとらわれたのかもしれない。あるいは自分で自分に決着をつけるべき瞬間が来たと悟ったのかもしれない。ラジエーターで瓶の口を叩き割り、鮫の歯のような切っ先を突き出したガラスを手首に近づけた。ニカが跳びかかり、ふたりはもみ合いになった。思い切って全力で立ち向かわないと、ユルを押しとどめられない、彼を永久に失ってしまうと、ニカは感じた。彼を両腕で抱き、後ろに引き倒した。ふたりの身体は瓦礫で覆われた床の上にあり、ニカは相手に逃げさせないように全身でのしかかり、接吻を額と目に浴びせた。そのとき彼女は、ユルの身体が力を失って床に落ち、その両手が腰に巻きついてくるのを感じた……。

　ふたりは床に並んで横になっていた。彼女は、考えていた――今日起きたことのうち、後々何が記憶に残るのだろうかと。屋根裏倉庫の傾斜のある天井についた染みだろうか。白い電灯の笠からふたりの頭のすぐ上まで降りてくる一匹の蜘蛛だろうか。それとも石灰で汚れたあの梯子だろうか。記憶から消してしまいたいのは、首がなくなったウォッカの空瓶とユルの繰り返したことばだ――「何てことをしちまったんだ、おれは⁉」

　ふたりは、石膏の欠片《かけら》が散らばった、埃まみれの床に身を横たえていた。今のことが、花の咲き乱れる草原の上だとか、あるいは夜空に点々と開いた穴のような星の下で起こればよかったのに――ニカは、そんな風には思わなかった。今起こるしかなかったのだ、と感じていた。兄の悲劇と心の折り合いをつけられずにいる彼に、孤独ではないことを知らせてやるために。ニカはユルの短く刈り上げたブロンドの髪を撫でた。ユルはニカの胸に顔を押し付けて、詫び言を繰り返した――悪かった、ほんとうはまじめに優しく君を抱きたかったのに、何もかも台無しにしてしまった。台無しにしたのはね、おれが人間の屑だからなんだ。そろそろわかってもらいたい、君と一緒にいる人間が屑だってことを……。

「わたしだって、ちょっと酔っていたの」――彼を慰めたかった、初めてのふたりの体験が、理想どおりのものとならなかったという罪の意識から、解放してやりたかった。でも、彼は幾度も幾度も繰り返した。

「君にこんなことをしてはいけなかった……。おれは屑だ！　君はおれのこと、何にも知らないんだから……」

彼が良心の責めを感じるのは、わたしに対してというよりはお兄さんに対してなのかもしれない、と思った。トマシュが死んだ、その日に女と戯れた。まるでその死にウォッカ一本の価値しかなかったかのように。でもユルは、彼女に何か詫びなくてはならないことがあるような目だった。

そのときのニカには知るすべもなかったのだが、ユルは、あたかも切り開かれた動脈から血が流れ出ているように感じていたのである。あんなことをしでかしたおれに、彼女を愛する資格などない。胸に残ったのは、最初から敗けると決まっているゲームに自分を引きこんだ、やつらへの憎悪だけだった。

彼女の前に跪き、叫び声をあげようとして口で空気を吸いこもうとした。壁と屋根を貫くような声で、世界に告げようとするように――「ここに、トマシュとユルの兄弟ふたりが絶命しました」と。彼の目は、ニカの裸の胸を見ていたが、まるでそれが目に入っていないようだった。射殺された遺体の目のように死んだ目だった。それがニカには屈辱だった。さっきまでふたりは一つだった、今彼は別のどこかにいってしまった。急に恥ずかしくなり、ブラウスでさっと胸を覆った。ニカには、ついさっきまで一緒だった男が、見知らぬ異邦人になってしまったような感じがした。彼の力の抜けた両手を揺すって、自分の方に引っ張った。

「来て……抱いて」

「君は知らないんだ、ぼくのしでかしたことを！」――そこでことばを切り、誰かに致命的な一撃を与えようと身構えるかのように、ハンマーを持ちあげ、先ほどニカに兄の死について話したときのような叫び声をあげはじめた。酔ってはいたが、吐き出されるのはまとまったことばだった。先に考え抜かれ、用意され、その重さも十分に計量されたことばだった。「おれは裏切った！　自分自身を！　君を！　すべての人たちを裏切った。すべての人とすべてのことを！」ハンマーで床を叩いた、まるで棺桶に最後の釘を打ち込むように――「実は、あの大佐を売り渡したのは、このおれだ！」

「まさか⁈」――ニカは胸の上でブラウスを押さえながら、跪いた。

「大佐を売り渡したんだ！　おれは大佐を敵に密告した――わかるか⁈　その時刻にカティン文書を探しに古文書館に現れるだろう、そうやつらに告げたのはこのおれだ」

「なぜ⁈　なぜなの、ユル⁈」

鋭利な刃物がぐさりと腹に食い込んだかのように、ユルの全身が二つに折れた。彼は両手で顔を覆い、前後に身を揺すっていた。

「『その代わり、トマシュは生かしてやる』――やつらはそう言っていた！　判決を軽くするからとも」彼は頭を持ち上げてニカを見たが、まるで何も見えてないような目だった――「ところが、兄はやつらに殺された。悪党め！」

ハンマーを片手に持って立ち上がると、直立して身じろぎもしなかった。何時間も前から体内で煮えたぎっていたアルコールが突然すべて蒸発してしまったみたいだった。

「しかし君は、けっしてぼくを許さないだろう。何ていうことをしてしまったのだろう、おれは⁈　何ていうことを⁈」

ユルは出口に急いだ。ニカは、その背中に叫んだ――「どこへ行くのよ、ユル⁈」彼女が耳にしたのは、鍵を回す音、続いて階段を駆け下りるユルの足音だけだった……。

ニカは手早く服を着て、追いかけた。ユルは何をするかわからない、それを止めたかったが、ドアに鍵がかかっていた。彼女は屋根裏の囚人だった。把っ手を鳴らし、大声を出した。人が来て、この罠から彼女を解放してくれるまでに、かなりの時間が過ぎた。

ユルはどうしたの、と訊ねたが、確かなことを答えられる人はいなかった。

どうやら、校門の外に走り出たユルは、「三回『賛成《タク》』と答えよう――ポーランド人ならそうしよう」というポスターを次々と剝がしていった……らしい。

どうやら、警官たちが駆け寄ってきた……らしい。ユルはそのひとりを投げ飛ばし、ハンマーで叩いた……らしい。

どうやら、もうひとりの警官が銃で撃とうとした……らしいが、ユルは集会に参加するため演壇の前に集まっていた群衆のなかに紛れ込んだ……らしい。

どうやら、演壇に飛び上がって叫びはじめた……らしい。「みんな、やつらを信じるな！　悪党だ！　ぼくの兄を殺したんだ！　ポーランドを売り渡した連中なんだぞ！」

どうやら、ユルは取り押さえられ、GAZ（ゴーリキー自動車工場）ジープに乗せられた……らしい、そして車は走り去った……らしい。

62

ニカは、灰色に塗られた門へと続く行列待ちの人々のなかで、最年少だった。降る雨に髪が濡れ、眉にまで垂れ落ちたが、手にした包みだけは雨から守っていた。刑務所の門口にある窓口までようやく行き着くと、丸帽を被った役人の男がリストで何かを調べ、それから包みを突き返した。それに質問を投げかけても意味はない、とアンナから聞いていた。そのとき、スカーフで頭を覆ったどこかの女が、親しい誰かに声をかけるような口調で慰めてくれた――「心配無用だよ、お嬢ちゃん。まだ平気よ。生きているかもしれない、ここじゃなしに。モンテルピフへ行ってご覧。そこにいなけりゃ、また別の刑務所がある。人間は縫い針じゃないんだ、跡形もなく消えはしない……」

そのときニカは、ユルが刑務所の窓を指さして見せたときのことを思い出した。兄貴がここのどこかにいるんだと。そのトメクは、もはやどこかの墓地に眠っているはずだ。だが、弟のユルはどこに消えたのか？

63

今回のトファルク司祭訪問は、母娘《おやこ》一緒だった。ピョンテク弁護士から言われたのだ——もう一つだけ方法がある、行方不明の人探しには、教会の手を借りる他ないと。アンナは、夫を追悼するために教会の壁に掲げる墓碑の件で話がしたいという口実を作り、司祭に声をかけた。

「少佐夫人のところには、ご主人の死について何かの書類がおありですか？」

「夫の不在、これが、いちばんの証拠です」

「墓碑の文面ができたら、それを見せてください」

そこにニカが割り込んで言った——司祭にぜひお願いしたいことがあります。今や教会だけが頼りですから。死刑宣告の際には刑務所担当の教区司祭も裁判に同席するとか。

今日母娘でうかがったのは、そういう僧職のかたに紹介いただける道を見つけていただきたいからなのです。誰が収監され、どのような判決が下されたのか、生きているかどうかによく通じておられるはずですから。

苗字も名前も明かさなかった。向こうも訊こうとはしなかった。トファルク司祭の返事はこうだった——紹介の道はありません、刑務所の教誨師《きょうかいし》に知人はおりません、むしろ心配なのは、当局が教誨師制度を廃止することです。「しかし、愛に対して常に心を開いておかねばなりません」——司祭は、ニカを現世の悪から守るかのように、その頬を撫でた。

「わたしの心には、憎しみしかありません」ニカは、トファルク司祭の赤い頬を見ていた——「十分なのでしょうか、神さまと話が通じ合うだけで？」

「神は万人に耳を傾けられますから」

「では、わたしの問いも、今に聞き入れてくださるのでしょうか、わたしの夫の運命について の」——アンナが訊ねた。司祭は、アンナが嗜《たしな》みのないことを口にしたかのように、その顔色を窺い、天井に向かって一本指を立てた。

「すべては、あちらに記されています。神は場所と時間とをお選びになるだけです」

64

いつの間にか、その自覚さえなかったが、初夏はニカの脇を、触れることもなく通りすぎた。アカシアの花はとっくに盛りをすぎ、街はがらんとして、子どもらは休暇旅行へと旅立ち、一方、彼女は相も変わらず、モンテルピフに包みを運び続けた。それは受け取る本人がそこにいる、との証拠であり、鉄格子のはまったいずれかの窓越しに外を見ているかもしれない、しかもこの瞬間、青磁のような紺碧の空に彼女が見ているのと同じものを仰ぎ見ているかもしれない、という証拠でもあった。今、鳩の群れが突然飛ぶ方向を変え、白い翼が新しい模様を描きなおす……。

ある日、包みは引き取りを拒否された。

その包みはサロンのテーブルにあった。彼女は椅子に腰を下ろし、大きな画帳に残されたスケッチに描かれた自分自身の像を眺めていた。さまざまなポーズで描かれていたが、正面からのスケッチには、必ず目の下にホクロが描き込まれていた。ユルのスケッチを眺め、フィレル写真館の肘掛椅子にふたりして結婚衣装を着て座って撮った、あの写真を眺めた……。

大学の入学試験が近づいていた。でもスケッチを眺めていたかった。まるで、本当に大切なのは過去にあったことだけだ、と考えるかのように。

母アンナのことが理解できるようになってきた。まだそう口にしはしなかったけれども、ニカにとっても過去のほうが現在より重要になった。生きている人が一時不在であること――ユルは生きている、と彼女は思っていたから――がこんなに辛いのなら、母は犠牲者リストに載せられた人の長年にわたる不在をどうやって耐えられたのだろう？　母のアンナや、息子アンジェイの帰還を祈ることから一日を始める祖母のブシャを見ながら、ニカは、生者が一時不在であるのは耐えがたいけれど、死者が不在であるのは不可避の定めなのだ、という発見に至った。ニカはユルと対話する、そのときふたりは、もしかしたら空を舞う同じ鳩の群れを眺めているのかもしれない。アンジェイと対話するアンナは、卵形の枠に入った写真を眺めるばかり……。

テーブルの上に置かれた包みを見ると、アンナはニカと並んでソファに腰を下ろし、彼女の肩を抱いた。母娘というより、姉妹のように見えた。

「まだ全然平気よ」まるで授業中に隣席の級友に打ち明け話をするかのように、耳元に囁いた――「よその刑務所に移されたのかもしれないじゃないの」

ニカは、アンナの膝に頭を載せた。

「待つ身の辛さが、わたしにもわかってきた」――ニカが言った。

ふたりはしばらくそのままの姿勢でいた。それぞれが、自分の記憶のなかにあるさまざまな映像に見とれていた。そのとき突然ニカは、最も遠い過去に押しやっていたあること、しかし自分以外ではアンナだけが記憶しているかもしれないことを確認したい、という要求を感じた。母だけには言えるはずだ――今ニカが過去から手繰り寄せた父の像が現実のものか、生まれて最初の記憶（それ以前の記憶といえば、マグマのようにどろどろに溶けていて、とらえがたいから）と考えているその場面が実際に起こったことなのかを。

「ヴェジルは栗毛だった？」

「違うわ」――この質問にアンナは不意を突かれた様子はなかった。彼女の思いもニカがまだ三歳だったあの時代の辺りをさ迷っていたようだ――「栗毛だったのは、スルタンという馬なの。その前が鹿毛《かげ》だった。それがヴェジルよ」

やっぱりヴェジルのほうだったのね、だって鹿毛だったから。鬣《たてがみ》が白かった。それが忘れられない。母に手を引かれている。ふたりは馬のすぐ横に立っている。ニカの頭の高さでは、鐙《あぶみ》にさえも届かない。鐙には長靴が光っていた。誰かの手が両脇を抱き上げるのを感じる。母が抱き上げて、鞍に跨る父が前屈みになって伸ばした両手に渡したのだ。その手には手袋がはめられ、その向こうに父の微笑む顔がある。その両手がわたしを摑み、手のなかで空中に舞い上がる、高々と舞うと、今度は顔ごと鬣に舞い降りる。父が座らせてくれたのは、鞍の先端の部分、わたしは馬の鬣を撫でている。馬の毛並みの匂いがする。タバコと馬具の革の匂いも、まるで繊細なヴェールのように漂ってくる。轡《くつわ》の音がかちゃかちゃと鳴り、父が手綱を引き、鹿毛の横腹を踵で軽く締め付けると、馬は脚を緩め、ゆっくりと馬場を一回りする。母はとても丈の長いコートを着て、ベレー帽を被り、上げた片手を振っている——まるで遠い旅に発つわが子を送り出すかのように。鞍の上で上下に揺れ、後ろにいる父の存在を感じ、軍服に染み付いたタバコの微かな香気を感じる……。

「パパの吸ってたタバコの名前は？」

「『エジプト』」

「ヤロスワフは、『自由』という嫌な匂いのタバコを吸っていた」

「今はあれしかないもの」

「わたし、ようやくわかったわ——記憶って辛いものね」

同じ日にふたりの手許に届けられた物——それが伝えた未知の事柄の分だけ、ふたりの記憶は容量を増した。玄関の呼び鈴が鳴り響いたのは、もう遅い時刻だった。ブシャが扉を開けた。夏外套を着た長身の女性が扉の所に立っていた。平べったいファイルを手に持っていた。アンナはいるかと訊ねた。アンナが出迎えると、ファイルから厚みのある大封筒を取り出した。

「これをお探しですね？」

なかを覗くなり、アンナは全身が縮み上がった。底のほうに油紙に包まれた書類や品物があり、自分と、十一歳のころのニカの写真も見えた。息を呑んで、女性に視線を移した。女性のほうはアンナのすべてに通じている様子だが、アンナはこの女性について何一つ知らなかった。彼女がフリドマン教授夫人だとわかるはずもなかった。一度も会ったことがなかったのだから。

「どこで見つかったんですの？」

「お訊ねにならないでください」――女は向きなおると、もう階段を降りかけていた。アンナは踊り場で追い付き、背後から訊ねた。「ヤロスワフは？　何かご存じでは？」

女性は向きなおって、アンナが訊ねた人物は「消えた」と、身振りだけ示した。それから足早に階段を降りて行った。使命を果たした伝令が、できるだけ早く姿を消そうとするかのように……。


夕刻、電灯の光の輪のなかに、まるで競売にかけられるかのように、品物が並べられた――将校手帳（染みだらけ）、ハンカチ（ＡＦの頭文字付き、皺だらけ）、アンナからの手紙一通（乾いて折れ曲がった樹皮のよう）、肩掛け用ベルト（青黴が生えている）、アンナの写真一葉（帽子を被りサクランボを手に）、ニカの写真（十一歳、微笑んでいるので、前歯が一本欠けているのが見える)、第十重砲聯隊の徽章、ロシア語新聞の一枚(折り畳まれている、湿気と黴で黄色くなった紙面では、キリル文字が薄れかけている)、手帳……。

いちばん大切なのがこの手帳だった。やはり、湿気や黴の染みで破損した一九三九年手帳。アンジェイがすべての出来事をメモしていたという手帳……。

テーブルを囲むのは、ふたりの女。就寝前の祈禱を終えたブシャが、電灯を消すのを待った。今、ふたりは聖遺物の墓場の上に身を屈めていた。地下組織の会合のように、ひそひそ声で話していた。ブシャには知らせないほうがいい。知らせてはならない。ふたりは顔を見合わせていた――ヤロスワフが話していたこの手帳にアンナとニカのどちらが先に手を伸ばすか、決めかねているようだった。ふたりはそこに、最後のメモとして定着された時の記録を見出すだろう。

アンナが手を伸ばしたが、すぐに引いた。ニカのほうを見た。

「何もかもわかっているのに、怖くて……」ふたりは目を見合った――「どの日まで、わたしたちと一緒に生きていたのかしら……? 何時まで……?」

手帳のページは貼り合わさっていた。血痕かと見える褐色の汚れもあるが、あるいは、お茶をこぼした跡にすぎないのかもしれない。尖った鉛筆で書いたせいか、筆跡が次のページに凹みを残していた。最初のメモを小声で読み上げていくと、アンナの耳には、アンジェイの声が聞こえてきた。「アンナもニカもいない初のクリスマス。恐ろしい事件発生。聖夜を前に従軍司祭全員が連行されるとは……」

ニカともども、去年のクリスマス・イヴにヤロスワフが話してくれたことを思い出した。軍服の男たちで満員になった元修道院の収容所、監視の目を潜って寝床と寝床の間で告解を聴く司祭――そうした光景もヤロスワフのおかげで思い描くことができるようになった。「司祭を奪い去ったのは、我ら全員に挫折感を与えるため、我らの精神の支柱を奪うためだ。やつらをがっかりさせてやる！　来年のクリスマスは祖国で親しき者たちと共にすごすだろう」

母と娘が村のフランチシュカの家で聖餅を分け合った三九年のクリスマスの晩、アンジェイは心のなかでふたりと一緒だった。そして、ヤロスワフの話からもまた、ふたりは、無精髭を生やした軍服の男たちに紛れ込んだアンジェイの姿を思い描くことができた。全員、一斉に軍帽を脱ぎ、コーラスで歌い出す賛美歌「神の子生まれ、統治者は恐れる……」不安になった監視兵が修道院の内部を覗き込み、兵たちは高々と聳え立つ望楼の窓から一番星が出たのを目にした――さあ、互いに祝詞を述べあおう……。

先ほどのメモで一九三九年手帳は終わった。一九四〇年の最初の数か月の記録を、アンジェイは、前年一月分の空いた部分に書き入れていた。「師団長ザルービンによる尋問。インテリで、外交官を気取る。わたしについて、やつらはわたし自身よりもよく知っている。やつらは、二〇年にわたしが何に対して軍事功労勲章を授与されたのかも知っている。だからやつらは我々を赦そうとしないのだ……」

「尋問」と記していた。ヤロスワフの話がなければ、その「尋問」がいかなるものだったのか、知るすべもなかったことだろう。筆記係を務めたウクライナ女は、ヤロスワフと同じルヴフの街のペウチンスカ通りの同じアパートに住んでいた。彼が誰であるかすぐに認めたが、憶えている、と目配せで知らせもしなかったし、一礼しても、「こちらはあなたが思う以上にあなたのことを承知していますよ」などという気配は示さなかった。ヤロスワフが目に痛いほどの煌々《こうこう》たる電球の下に引き出され、尋問官が七連発のリボルバーを取り出して書類の横に置くより先に、彼女は密かに何かを尋問官に伝えていたに違いない。そうでなければ、いきなり尋問官が訊ねるはずがない——「セリム中尉は、ナチス・ドイツ撲滅の戦いに加わる覚悟があるか？」その一か月後、ロシア語の申し渡しが下った——「セリム中尉！　私物を持って集合せよ！」

同じころ、アンジェイは野戦病院に入院中だった。手帳にはこういう記述が読まれた。

「肝臓がやられた。昼夜を分かたぬ寒冷と点呼が原因。血尿が出る。なんとか持ち堪えたい。生きるのは、己れのためだけではない……」

留守の身を案じていたのだ。入院に際してもヤロスワフに、シガレット・ケース、そしてアンナと母の住所を手渡していた——「野戦病院行きを申し出る。万が一に備え、アンナと母の住所をS中尉に伝えた」

S中尉は生き延びた。アンジェイのシガレット・ケースもここにある。さらに、この手帳までも……。

この日以来、ブシャに打ち明けられない秘密を共有するアンナとニカの心は、さらに固く結ばれた……。

65

いつものように派手すぎるほどの身なりで、彼女は戸口に立っていた——耳飾り、鰐《わに》革のハンドバッグ、ドレスの色柄に合わせた紺色の靴。

アンナは驚嘆したような目で見ていた。よもやヴェンデ騎兵大尉夫人の不意の訪問があろうとは思わなかった。夫人は自信なげな微笑を浮かべ、アンナの冷たいあしらいを遮ろうとするかのように、バッグから封筒を取り出した。

「こんなことさえなければ、お邪魔するつもりはなかったのですが」そう断りを言ってから、彼女は公印の捺されたその封筒を敷居越しに手渡した——「今日、裁判所から届いた文書ですの！」

明らかに感情が高ぶっていた。ここを訪れたのも、似た境遇の相手とすぐに知らせを分かち合いたかったからだった。市裁判所は手短に通告していた――「ヘンリク・ヴェンデ騎兵大尉の死亡年月日を一九四五年五月九日と認定する」

「奥さまも同じような通知を受け取られましたか?」

アンナは玄関口を出て、「フィリピンスキ教授」という表札の下に掛けられている郵便箱を確かめてみた――白い公用封筒が、そこから覗いていた……。

間もなくふたりはサロンで向かい合い、テーブルにはまったく同じ文面の手紙が二通置かれていた。大尉夫人の家からアンナが腹立ち紛れに席を立った一年前とは、まったく違った目で互いを見合った。一瞬、アンナの頭を、大尉夫人はこの虚偽の文書に満足して当然のはずだ、という考えが走り抜けた。未亡人と認められれば、ピョンテク弁護士と結婚できる。でも、バッグからシガレット・ケースとライターを取り出すレナタ・ヴェンデの手が震えているのを見ると、思いなおした。ふたりとも課せられた運命は同じ、違うのはそれにどう立ち向かおうとしているかだ。この一年間にいろいろなことが起こった、アンナにはもはやレナタが非難されるべき女性とは見られなくなっていた、彼女も同じ悲劇の犠牲者なのだ。どちらも、夫を失った身ではないか……。

「死亡の日付も同じ?」――アンナの声には、問いかけというよりは、新たな嘘を確認するような響きがあった。

「五月九日が選ばれた、つまり終戦の日の戦死ということ！」レナタは、ガラスの細いパイプに挿したタバコに小刻みに震える手で火をつけた――「悲劇を笑いものに仕立てる気でしょうかね。誰を欺くつもりなのかしら？」

「わたしは、主人が死んだ日を正確に知っています」

アンナは立ち上がり、衣装簞笥の引き出しから、フツル地方産の民芸木筐を取り出し、そこからアンジェイの手帳を出した。

四月三日付けのメモを読み上げた。「次の移送隊出発。約三百名。行く先は不明。残された我々を待ち受けるのも、未知の場所への旅なのだろうか？」

ヴェンデ大尉夫人は、問いかけで結ばれる文章を聞き、身を凍らせた。ふたりとも、問いへの答えを知りすぎるほどに知っていた。レナタのタバコの先に灰の柱ができ、スカートにほろりと落ちた。彼女はそれに目をやりもしなかった。次の、四月五日のメモを読み上げるアンナを見つめていた。「ついにわたしの順番が来た。命令書の伝達――『私物を持って集合せよ！』出発直前、持ち物検査。監視兵らが貴重品を没収。わたしの万年筆も奪われた。内務人民委員部《NKVD》隊長に抗議した。返答は次の通り――『おまえらの行く先では、もはや無用の品だ！』わからない、何が私を待ち受けているのか……」

その日のうちに、アンナはこっそりオルゲルブラント百科事典（サムエル・オルゲルブラント（一八二〇－六八）が刊行した二十八巻本）の数巻を古書店に運んだ。前払い金を受け取ると、路面電車でラコヴィツキ墓地へ行き、石屋にアンジェイの死亡年を記した墓石を注文した。死亡の年は、もちろん、裁判所から通告のそれではない。

夕刻、アンナは娘にその話をした。

「これはアンジェイの死を象徴するお墓になるわ。死者を葬らずに、平安はあり得ないでしょう」

「でも、ブシャが教会でそれを見たらどうなるかしら？　お祖母ちゃんは今でも、パパが帰ってくると信じているんだから」

「いつか彼女も理解するわ――死はけっして、存在しないことを意味するわけではないって」

その日、ふたりはアンジェイが四月六日に記したメモを読んだ。「三時三〇分、コジェルスク駅より西の方角へ向け出発……寒い。冬外套《シューバ》のおかげで堪えられる。移送は囚人輸送車による。最初に自由が奪い去られた、次には誇りを……」

66

アンナが先に立ち、その後から二輪車が曳かれて舗石がガタガタと音を立てた。車輪には、鉄の枠があった。石工が轅《ながえ》を引き、ドイツ軍服を仕立て直した、色の褪せたシャツを着た労働者が後ろから押していた。荷車には、ぼろ布に巻かれた墓碑が載せられていた。

アンナには嫌な予感があった。教区司祭の控え室が近づいても、墓石は下ろさせなかった。トファルク司祭を探し、夫の死を記念する墓碑を壁のどこに埋め込むべきか、場所をご指示いただきたい、と頼んだ。

「しかし、あなたにはまだ証拠がないでしょう?」

「何の証拠ですか?」

「少佐殿が亡くなられたことの」

「あります」――アンナは言い張った。「反駁しようのない証拠があります。この墓碑もまた、他のかたがたにとっての証拠になるでしょう」

司祭は明らかに不安な表情を見せた。気の進まぬ様子で、控え室の前の芝生へ足を運んだ。石工がぼろ布を取り除き、墓碑を見せた。自分の作品に自信たっぷりの石工は、碑文を読み上げる司祭を見ていた――「アンジェイ・フィリピンスキ少佐は、一九四〇年、カティンにおいて苦難の死を遂げた」労働者に墓碑に覆いをかけるよう命じ、アンナには小声でささやいた。

「これを祈禱所に置きたいとおっしゃる?」

「主人の家族は百年の昔から、この教会に寄進しています。これだけのことをしていただいて当然でしょう?」

司祭は、なるほどそのとおりと頷いてみせたが、その表情は、アンナの依頼を受け容れるわけにはいかないことを物語っていた。

「いずれにせよ、この形では無理です」両手をすり合わせていたのは、次に言わなくてはならないことに気まずさを感じていたからかもしれない——「本日のところはご遠慮願いたい。死亡の年も場所も記されていてはなりません」アンナのほうに身を屈めて、強く言った——「教会に迷惑がかかるのをお望みではありませんね? 近ごろでは、葬礼のミサの際、故人の来歴を述べることばにさえ検閲があるのですから!」

荷車に歩み寄ると墓碑の布をさっと取り払い、アンナにではなく石工に向かってこう言った。

「『苦難の死』が故人の運命だったのです!」

石工は、わかったというように頷いた。アンナを見た。彼女は打ち消すように首を振り、石工はぼろ布で墓碑を覆った。アンナは労働者に合図して、轅を引かせた。

荷車はまた舗石にガタガタという音を立てた。こうしてブラッカ通りに戻った。アンナは地下室の錠を開け、そこに墓碑を運び込ませた。室内に置くわけにはいかなかった。部屋では、ブシャがアンジェイ発見の報を変わることなく待ち続けていた。だって、今でも、あんなに多くの軍人が放浪の旅から復員してくるじゃないの……。

その日、ふたりはさらにメモを読み進めた。毎日一頁分だけ、続きを読むことにしていたのは、そこに描かれた場面を思い描く時間を持ちたかったからである。持ち物検査、駅への移送。ヤロスワフからもこれは聞かされていなかった。もはやその場所にいなかったからだ。四月七日――「九時四五分、イェルニャ駅に停車中」

そのときのアンジェイには、四人運搬車の窓から見られるものだけしか見られなかった。その日、わたしたちは何をしていただろう？　どこにいただろう？　フランチシュカに言われて、復活祭の食卓を飾るネコヤナギの枝を折りに川端に降りた日だろうか？　それとも、アンナの毛皮を売りに市場へ行った日だろうか？　あるいは、フランチシュカが、アンナとニカを屋根裏に隠した日かもしれない。軍服を着た男たちが車で村中を駆け回り、「ポーランド軍将校の妻たち」は隠れていないかと住民に尋ねて回っていたから……。

どうしてわたしたちは日記をつけなかったのだろう？　そうすれば、ふたりの生とアンジェイの生がすれ違っていくのを、一日また一日と比べていくことができたはずだ。その果てに、ふたりは彼にとっての最後の時間を知っただろう。四月八日――「一四時四〇分、スモレンスク駅構内の引込線に停車中。結婚指輪を上着の縫い込みに隠した」

没収されたようだ。あるいは、遺体発掘を行った者たちが、発見しなかったのかもしれない。残ったのは、アンナが指にはめている結婚指輪だけ……。

67

オルガンが、メンデルスゾーンの結婚行進曲を鳴り響かせていた。踊るような足取りで進みたくなるその崇高な響きと、ステンドグラスから射し込む斑《まだら》模様の陽光とが渾然一体となり、聖フランチェスコ教会はにわかに祝祭気分に満たされた。

アンナは祭壇近くに立っていた。こんなに近く立つのは、結婚式以来ついぞなかった。あの日は、衣装の裾を長々と曳きながら教会の出口の階段を三段下りると、ふたりの頭の上には、軍人たちが高く掲げるサーベルの門ができていた……。

レナタ・ヴェンデは花嫁衣装をまとい、ピョンテク弁護士は紺のスーツ姿だった。新郎がレナタの指に結婚指輪をはめたとき、アンナはふと、この瞬間からも、人々はヴェンデ夫人について「大尉夫人」と呼びつづけるのだろうか、と考えた。彼女の結婚式の立会人になるなんて、思いもよらなかった。このわたしが？

一か月前、大尉夫人ヴェンデがアンナの家の呼び鈴を鳴らした。レナタは息子の手を引いてきた。ヴォイテクは片足を後ろに引き、一礼すると、恐ろしくかしこまった表情で持っていた薔薇《ばら》の花束をアンナに渡した。

最初サロンでふたりの話題にのぼったのは、ナチス犯罪のみが問責されたニュルンベルク裁判の嘘、ヤロスワフ・セリム大佐についてはなんの情報もないこと、アンナは裁判所から証明書を受け取ってから墓碑を教会に掲げようと望んだが、断られて地下倉庫に置きっぱなしにしてあることなどだった。ふたりとも紅茶を飲み終えてしまい、アンナは考えていた――大尉夫人は実際のところ何が目的でここに来たのだろう。ヴェンデ夫人から受ける印象は、用件を打ち明けるのを恐れている依頼人のそれだった。ふとタバコの火を消すと、息子を膝下に抱きよせた。

「アンナさん、お願いがあってまいりましたの」掌をヴォイテクの頭に載せた――「彼からも頼まれて。あなたに立会人になっていただきたいの」

「裁判の?」

「いいえ。結婚式です」

「わたしが?」

「あなたです」――レナタはアンナの目をまっすぐに見つめた。「そう、あなたです」

レナタはアンナにそうした依頼をする資格があるかどうか、ずいぶん迷ったが、その末に思い至ったのは、なにはともあれふたりの運命が同じであること、公的には同時に未亡人と認められた（裁判所の嘘が夫たちの死亡日時を同じ日に定めたので）ことだった。レナタはアンナが自分をどう見ているか理解していたが、こうなればふたりを分つものより結びつけるもののほうが多いし、将来の夫であるピョンテク弁護士は誰よりもアンナに敬意を抱いていた……。

思いがけぬ申し出にどう応えたらいいか、確信がないままにアンナは椅子から立ち上がった。まったく同時にレナタも立ち上がった。しばし向き合ったまま立っていたが、突然何かに一度に反応したかのように、ふたりは両手を差しのべ、固く抱き合った……。

今、レナタは優雅な帽子を被って祭壇の前に立っていた。アンナは最前列の奉納者席に腰をかけていた。間もなく、立会人たちが結婚証明書に署名する瞬間がやってくるだろう。メンデルスゾーンの結婚行進曲がまだ鳴り響いていたが、ふとアンナは、柱の向こうを見知った横顔が動いていくのに気がついた。色彩豊かなステンドグラスから陽光が落ちて、アンナの目を眩《くら》ませてはいたが、遠ざかっていくあの背の高い男性は彼かもしれない！　それにあの足どり！　兵士たちの前を行進する将校の歩き方だ。彼に違いない！

席に座る人々は、ヴェールのついた帽子を被ったレナタを目で追っていった。アンナは側廊をほとんど駆けるようにして、男に追いつこうとした。男は教会の入口で身を前後に揺すっている物乞いの前で足を止め、ポケットに手を伸ばした。ようやくそのとき、アンナはそれがヤロスワフではなかったのを悟った……。

68

アンジェイの手帳を、アンナは鍵のかかる木製の小筐にしまっておいた。この筐は衣装箪笥のなか、山になったシーツの下に隠してあった。アンジェイの勲章、シガレット・ケース、身分証明書もあった。7・65口径ピストル用銃弾の薬莢もあった。手帳を取り出すのは、ブシャが床に就いた後である。ニカは教科書を読むのを止める――今読んでいるのは、新石器時代の発掘品とその時代のヨーロッパ文化における意味を説明した箇所だ。ふたりはベッドに並んで座り、アンジェイとその死の間に残された、数か月、数日といった長さすらない、ほんの数時間の進み行きを追っていった。四月九日――「グニェズドヴォ駅に停車中。起床の命令。午前五時まで十数分。続いて下車準備の命令」

たった四つの文。文字が次第に大きくなり、その列が次第に乱れている。アンナには夫の筆跡であるとはとうてい思えないほどだ。興奮していたに違いない。急いでいたに違いない。自分の死後生きる者たちに宛てた報告として書いた。この報告が公にされる日が来るだろうか？　アンジェイのせかせかした息遣いが感じられる。今しも何かが起こる、そこからの引き返しはない……。

ニカが、喉から振り絞るような小声で読み上げた。「車でどこかへ行くらしい。我々の私物をトラックに積んでいる。囚人移送車が見える。『黒いカラス』の呼び名だ。この後、どうなる?」

「黒いカラス」とはどんな車か? その駅で降ろされたとき、どういう説明を受けたのか? 自分から降りたのか、銃剣で脅されての下車か? 壁に記された文字だけが残った。ヤロスワフが言っていたではないか――誰もが、何かしらの痕跡を残したくなると。メモを取るか壁に刻みつける、自分の名前を、日付を、時間を……。

ふたりは、ガウンを着たブシャが不意にドア口に立ったのに気づかなかった。一年以上前からアンナを責めさいなむ、あの質問をまた繰り返した――「あのアンジェイの手紙、役所からいつ取り戻すのかい?」

嫁と孫娘が額を寄せ合っているテーブルに、ブシャが歩み寄ってきた。そのとき、ニカが、卓上ランプのコードをこっそり引き抜いた。サロンは真闇になった。街灯のせいで、ほんのり明るい。

「また、ヒューズが飛んだよ」――ブシャが溜息をつき、手探りで扉のほうに歩いていった。

69

アンナは、ヤギェロン大学の建物の窓を見上げていた。かれこれ一時間、構内をあちこちとぶらぶらした後である。久しぶりにヴェール付きの深紅の帽子を被っていた。娘を待った。心待ちにする相手は、もはや娘以外に誰ひとりとしていなかったから。

ニカは、口頭試問を受け終えたところだった。試験官は全員グリーンのビロードに覆われた長テーブルに着き、グレーの上着の下に緑のシャツを着たブロンド髪の男のほうを見ていた。教育委員であるこの男は、書類に目を通していた。顔の皮膚が干上がったような教授が、合格を目指すニカににこやかな顔を見せた。

「考古学を選んだ理由を言ってください」

「ある人から、以前、とても重要なことを聞きました」瞬間、彼女の脳裏にシスター・アナスタジャの顔が思い浮かんだ――「数世紀を経た後にも、歴史上の真実を突き止める学問、それが考古学だと」

教授は認めるように大きく頷いたが、そこへ教育委員が割り込んできた。

「身上書のほうから始めましょうか」彼は書類をぱらぱらとめくり、どこかに鉛筆で線を引いた――「出身は？」

「父は戦争中に死亡し、母は亡くなった父の恩給で……」

「どういう状況で亡くなられたのですか？　場所は？」

「カティンです。一九四〇年に」

緑のシャツの男が、カンニングの現場を見つけたような視線をニカに向けた。試験官たちは互いに顔を見合わせ、自分の記録作成に熱中するふりをした。あれほど優秀な成績で筆記試験に受かった女子高校生が、まだそこにいるのを忘れたかのように……。

アンナは、結果を訊くまでもなかった。遠くから母親に向かって、首を振ったからだ。

「なんに引っかかったの？」――娘の肩を抱いて、アンナが訊ねた。

「パパの死んだ場所を訊かれた」

「裁判所の通告を添えたのに」

「どこで死んだとは、書いてなかった。わたし、それを言ったのよ。言ったのよ、いつ、どこでか」

「なんのために、そんなことしたの？」

「ママも、この問題では嘘を許さなかったじゃないの」

アンナは不意に立ち止まり、乱暴にニカを抱き締めた。まるで娘のことばにお礼をするように。
「いつか受かるわ」――ニカは言った。

70

姿見を見ながら、思い出そうと努めた――去年の「アンジェイの日」には、何を着たのだっけ。ママの珊瑚のネックレスが借りたかったのね。だって、オペレッタに行く気だったもの。ユルが学生割引を二枚、手に入れた。行かなかった。「アンジェイの日」に家を離れるなんて裏切りだって、ママに言われた。オペレッタを選んだ、ということはお父さまの思い出を裏切るってことよ！　ママのやきもちよ、わたしの若さ、誰か待っている人のいることが、羨ましいんだわ――そう面と向かってママにぶつけた。同じ年ごろの子と楽しくやって、ダンスに出かける――パパだってそう願うはずだわ……。

　捨てゼリフを言って家を飛び出したけど、オペレッタには行かなかった。環状通り《プランティ》を歩き回った。霧が濃くて、糠雨《ぬかあめ》だったかしら。わたしに一生を「カティン以後」として過ごすように命じる権利など誰にもない――ニカはそう確信していた。ママが、わたしの良心への責めになるなんてイヤ！　あのときはまだ、ママの言い分がわたしの耳には届いていなかった――そのうちにわたしにもわかるときがくる、全生涯にたった一度しか与えられない、そういう人を得るということの意味が……。

あの日から一年しか経っていない。けれども、わたしは生まれ変わった。

ブシャは、恒例どおり、息子の名の日のために、大好物の二度焼きケーキ《ビスコット》作りに余念がなかった……。

ニカはどこにも出かけなかった。

アンナは、アンジェイのシガレット・ケースをテーブルに載せた。テーブルにはケーキが置かれていた。並んだ大皿は四枚。一枚は「不意の客」に備えて。写真アルバムが置かれていた。女性ばかり三人が席に着いた。そのとき、毎年の習いで、ブシャは手を嫁の手に重ね、こう言った――「アンジェイは戻ってきますよ、アンナ。わたしたちと一緒にこのテーブルに着きますよ」

アンナは、秋の枯れ葉のようにか細いブシャの手を掌に包み込んだ。そのとき、ニカはふと思った――死ぬとは存在しなくなることではない、と。存在しなくなるのは想い出の持ち主がいなくなったときだ。

ニカの目に映る祖母と母親との姿が、望遠鏡を逆さまにして覗くようににわかに空間のなかを遠のき、ふたりとも次第に小さくなり、静かになった。それでも、アンナに向けられたブシャの問いは聞こえた。

「ところで、アンジェイの手紙はどうなったの?」

ブシャは復習をサボった女生徒を見るような目で、アンナを見た。

「返してくれませんでした。でも平気。全文、暗記していますから」

アンナは軽く瞼を閉じると、手紙の文面を暗誦し始めた。「スモレンスク州　私書箱十二号　コジェルスク　一九三九年十二月十五日。最愛なるアンナとヴェロニカ。わたしは抑留の身だ。体調はほぼ良好。全員で励まし合っている……」

ブシャは、お祈りの途中のように、目を閉じた。ニカは、暗誦できるようになりたさから、母の言う一つ一つのことばを声には出さずに繰り返した。「連日連夜、君に焦がれている。過去の暮らしのなかで、君に言えなかったすべての愛のことばを、ぼくは、ここに繰り返して言う。ニカが、今では、君の支えとなっているように、ぼくは願っている。あの子の扁桃腺は、すっかり恢復したかな。戦争が終わったら、みんなでアイスクリームを食べに行こう……」

71

「夜ごと、夢でみんなに会うんだ……どうか、みんなも、ぼくの夢を見てほしい——現実に会えるその日までは……そのときは、きっと来る。どこにいようとも、ぼくは、いつもみんなと一緒だ」

ヴェロニカは頭のなかで読み終える、二十世紀前半に書かれたテキストを。半世紀以上経った現在、それを記憶しているのは彼女だけである。考古学者にとっての半世紀とは蝶々にとっての一分間である。かつて、教授の口からそう聞かされたことがある。彼女の旅も終わりに近いが、本当は、この旅はけっして終わらない。あれほどの数の人たちにとってこの場所で止まってしまった時間、その深奥に向かう旅。

彼女は門の前にいる。どこにつながる門か？　森か？　永遠か？　空虚か？　手帳を見るまでもない。最後の二つの記述が、頭にこびりついている。「我々が連行された先は森。夏場の保養地を思わせる……」

森が始まる。松の木の幹が、陽光を篩《ふるい》にかける。正教の十字架の脇を通る。虐殺されたロシア軍人五百人を追悼する塚である。虐殺された——だが誰によって？　それについては一言も記されていない。僧侶に訊ねてみようか？　今彼は十字架の前に立ち、大仰な身振りで十字を切っている。赤毛の髪が、黒い僧服の上に流れ落ちている。ヴェロニカはカメラを取り出して、写真を撮る。僧は疑わしげな目を返し、祈りへ戻る。

彼女は、林間の空き地への道を辿る。周囲を見回す。これは、ここへ連れ出されたあの日あのとき、父の目に見えたのと同じ林ではない。

どうやって連行されたか？　囚人移送車には、何人ずつが詰め込まれたのか？　通称「黒いカラス」の外見なら、今はもう知っている。その名のとおり「死の黒い鳥」。車のなかはぎゅう詰めだった。鉄格子に押し付けられるほどに。父は、あの冬外套《シューバ》を着ていた。手帳に記されたあの瞬間まで――「冬外套没収。所持品検査。ベルト、腕時計も没収。読みとった時計の針は六時三〇分。この後どうなる？」

これが、手帳への最後のメモだ。彼女はもう知っている――その後何があったかを。何があったかは知っているが、どのようにそれが進んだかは知らない。死者に口はなく、目撃者もない。これからは彼女が目撃者だ。最新の墓坑《はかあな》を研究する考古学者。その坑に行き着くとき、彼女は父の辿った最後の道を歩むことになる――こうして、手帳に欠けている記述が補われるだろう。木々の間を歩いていく。これは、父にとって見納めとなった木々ではない。その後、新しい木が植えられたから。もうすっかり古い森になってしまった。森は、父が手帳ごと埋められた坑の上に生い茂った。

セメントの道を歩いていくが、足裏には砂を感じている――あのとき父は、砂地を歩かせられたのだから。両側から内務人民委員部《NKVD》の監視兵に睨まれながら歩いた。何かことばをかけてきただろうか？　父は何か尋ねただろうか？

ヴェロニカは、今、森のなかで鳥の囀《さえず》りを耳にしたいと思う。けれども、この森に鳥はいない。木々の間の静寂に監視兵の怒号だけが届く。男たちは、ばらばらにされた。列から抜かれ、手を引っ張られた。坑までの距離は十数メートル。今、坑には雑草が生い茂っているが、彼女には、掘り上げたばかりの坑が見えている。父は、ふたりがかりで手を捩じ上げられる。三人目が太紐で両手を縛る。身体を回転させて、何かを叫ぼうとするが、首回りの紐が喉に食い込む。もがいたに違いない。けっして諦めなかった。銃撃音が聞こえる。ワルサー拳銃の連続発射の音……。

鳥たちは、轟音に怯えたはずだ。いや、当時、きっと鳥はここにはいなかったのだ。しかし、なぜ今もいないのか？　森もこれとは違った。犯行を忘れぬための十字架もなかった——今、そこでは供養のミサが行われている。そして、今のように坑の跡がセメントの枠で囲まれてはいなかった。彼女にとって、坑はいつまでもこの大地に空けられた傷痕である。いつごろからか、ヴェロニカの夢に現れるようになった坑がそうであるように——彼女は、坑の底深く投げ込まれていて、底から見上げると、空が見える……それは、あるときは曇り空、あるときは、忘れな草の花と同じ青紫だ……。かくて、坑はない。しかし、ヴェロニカにはそれが見える。目を瞑《つむ》らなくとも、何者かの手が父の頭に向けて差し伸ばされるのが見える。ピストルを握っている。一瞬後、引き金が引かれる。そのとき、轟音は耳に入るものなのか？　父の瞳に映った最後の映像は何か？　ブルドーザーの排土板《ブレード》で断ち切られた草の根か？　父の前に射殺された兵の片手が砂から突き出ているところか？　父の頭蓋を射貫いた弾丸の薬莢は、どこに落ちたのか？

ヴェロニカは、バッグからハンカチに包んだ薬莢を取り出す。口径7・65ミリ拳銃の銃弾の薬莢は、かつてヤロスワフがこの場所で拾い出した。彼は一九四三年冬にここに来た。そのとき彼は、自分はどうして後頭部への銃撃を免れ得たのか、自分でもわからない、と考えた。生き延びた記念品として、この薬莢を拾ってきた。いや、与えられた生命には値段がつけられないほどの価値があるということを、二度と忘れないためだったのかもしれない。それが、カティンの嘘と引き換えにもらった生命だとしても。不意にヴェロニカの脳裏をよぎる――ヤロスワフが生きているのは、彼女の思い出のなかでしかないのだ。アンナが彼の記憶を留めているはずがない。アンナ自身、ヴェロニカの記憶のなかにしか生きていないのだから。ヴェロニカはヤロスワフの写真を一枚も持っていない。形見として、小さな薬莢だけが残った。この薬莢を見せたころのヤロスワフは、まだ、自分自身、アンナ、そして全世界に対して、無理矢理信じ込ませようとしていた――ときには沈黙が勇気の証左であり、彼の戦友の死をめぐる秘密のすべては、歴史に委ねるべきであると。ところがその後、歴史はヤロスワフの死を、秘密として置き残した……。

ヴェロニカは、ハンカチから薬莢を取り出し、十字架の下の壁に置く。噴水を訪れた旅行者が、もう一度ここを訪れることができますようにと願をかけながら、コインを投げ込むように。スモレンスク行きの列車で同室になった乗客が思い出された。

「観光ですか?」と訊ねられた。ヴェロニカは、打ち消すように首を振って答えた。

「違います、わたしの父は……」

森に視線を移す。日光がその間を貫いている。彼女は森の奥を見ているが、あるいは毛皮に裏打ちされた黒い冬外套《シューバ》をまとった将校の軍服姿が現れるのを心待ちにしていたのかもしれない。アンナの夢に現れるアンジェイも、そんな姿だった――いつも森を抜けてこちらに近づいてきた、いやそれと一緒に、遠のいていくようでもあった。だんだん小さくなり、やがて消えた。吹き飛ばされて、土中に埋もれてしまったかのように……。

カティン事件

久山宏一

〔背景〕

一九三九年八月二十三日、ドイツとソ連は不可侵条約を結び、付属秘密議定書で東ヨーロッパにおける両国の勢力範囲を確定した。条約発表後、ドイツは九月一日にポーランド侵攻を開始、イギリス、フランスがドイツに宣戦布告して第二次世界大戦が勃発した。

九月十七日にソ連が東からポーランドに攻め込んだ。同月二十八日、モスクワで「友好と国境に関する独ソ協定」が結ばれ、(十八世紀末の三度の分割から数えると) 四度目の「ポーランド分割」完了。両占領地域の面積にほとんど差はなかったが、人口はドイツ占領地が二千二百万人に対して、ソ連占領地が千三百万人だった。

ソ連の捕虜になった将校は、ソ連奥地・西部などの各地の収容所に抑留された。

十月、旧ポーランド領のうちドイツに隣接する地域がドイツに併合され、それ以外の地域は「ドイツ総督府」と呼ばれた。クラクフがその首都、ハンス・フランク総督はかつての王宮ヴァヴェル城で執務に当たった。

一九三九年十一月六日、クラクフ・ヤギェロン大学の教員百八十三人が一斉に逮捕され、同月末にザクセンハウゼン強制収容所へ送られた（作中アンジェイの父も犠牲者の一人）。

〔事件〕

ソ連は「戦時捕虜の待遇に関するジュネーヴ協約」（一九二九）に加盟していなかったため、将校の待遇に関する法律的拘束がなかった。コジェルスク、スタロビェルスク、オスタシュクフの三収容所には、計一万五千人（十数名の将官、九千二百名の下級将校、数千名の将校を含む）が囚われた。他に、千二百名の将校を含む計一万一千名がモスクワ、キエフ、ハルキフなどに送られた（本文では、地名はその国の公用語による読み、収容所名はポーランド語読みで表記した）。収容所では、捕虜への徹底的な尋問が行われた。ソ連政府にとって重要な情報を集め、協力者になり得る者を選抜する目的だった。その結果、計三百九十五名の捕虜が死を免れた。

一九四〇年三月五日に下されたソ連共産党政治局の決定により、内務人民委員部《NKVD》（後の国家保安委員会《KGB》）が同年四～五月にソ連内収容所に抑留されていた戦争捕虜（ポーランド人将校）一万数千人を虐殺した。これは、ポーランド軍に属する将校の約半数にあたる。犠牲者の遺体は、次の三か所に埋められた。

①カティン（現ロシア共和国西部・スモレンスク近郊）コジェルスク収容所の捕虜四千四百十名

②ピャチハトキ（現ウクライナ共和国北東部・ハルキフ近郊）スタロビェルスク収容所の捕虜三千七百三十九名

③メドノエ（現ロシア共和国西部・トヴェリ近郊）オスタシュクフ収容所の捕虜六千三百十五名

彼らは、なぜ虐殺されたのか。ポーランド・ソ連関係の「過去」と「未来」に関わる二つの理由が指摘されている。

「過去」――ポーランド・ソ連戦争（一九二〇～二一）でソ連は敗れ、スターリンは、ポーランド軍人に対して強い不快感を持っていた。実際、虐殺された捕虜の中には、ポ・ソ戦争に従軍した者が多かった。

「未来」――ポーランドの軍人と知識人の精華である捕虜たちを肉体的に破壊することで、ポーランドに指導力を失った真空状態を作り出し、将来的にそこへソ連仕込みの連中を転入させるため（戦後、一九五六年までのポーランド共産化は、この通りに展開した）。

一万数千名の将校が行方不明になった事実は、虐殺一年後すでに明らかになっていた。一九四一年六月にドイツが不可侵条約を破ってソ連に攻め込んだ。ソ連は連合国側に加わり、イギリスと同盟して共同の敵ナチス打倒を約束した。その結果、四一年八月にソ連奥地に抑留中のポーランド軍捕虜は釈放され、モスクワの監獄に拘禁されていたアンデルス将軍の指揮下、「在ソ連ポーランド軍」を編成した（十一万五千名）。将軍は部隊編成のために将校を必要としたが、ほとんど集まらなかった。彼らが一九四〇年春まで、コジェルスク、オスタシュクフ、スタロビェルスクの三収容所にいたことが確認された。アンデルス将軍は「捜査部」を設置し、画家のユゼフ・チャプスキ大尉などが情報収集にあたった。ポーランド側からソ連への問い合わせへの回答は、沈黙か言い逃れ（「全員満州に逃亡した」など）だった。

捜査継続中の一九四三年四月、一時的にナチス・ドイツによって占領されていたカティンで、遺体を埋めた穴が発見された。ここから、「カティンの森」事件の名称が定着した。

次ページの年譜は、（ここまで説明してきた）「カティン事件」の経緯、その後の「カティンの嘘」捏造と真相解明の過程を簡単にまとめたものである。

なお、この事件の全貌を解説した日本語主要参考文献として、以下の併読をお勧めする。

J・K・ザヴォドニー（中野五郎訳）『カティンの森の夜と霧』読売新聞社、一九六三年
渡辺克義『カチンの森とワルシャワ蜂起　ポーランドの歴史の見直し』岩波書店、一九九一年

年　月	★1	★2	事　件
	ドイツによる占領（ポーランド総督府）	ソ連領	捕虜を殺害して、フィルムに収めたという）。「41年秋にドイツが虐殺した。彼らは、43年の調査の際、死体の衣類から1940年4月以降の日付のある一切の記録文書を取り除いて、再び死体を墓に戻した」（ソ連側調査報告書）
1944年8－10月			ワルシャワ蜂起
1945年1月18日	ソ連による解放		クラクフがソ連により解放される以前に、カティン犠牲者の遺品がソ連軍の手に渡らないよう、ドイツへ運ばれたが焼失
1945年5月8日			ドイツ無条件降伏
1945年	ポーランド人民共和国		ポーランドはソ連衛星国となり、カティンの「真実」追究がタブーになる
1976年			ロンドンにカティン記念碑が建てられ、「1940」（すなわち犯人はソ連）と記される
1981年			「連帯」革命のさなか、ワルシャワにポーランド最初のカティン記念碑が建てられるが、その夜のうちに「不特定犯人」が撤去
1983年			ソ連がカティンの森に建てた記念碑に、「カティンの地に眠る、ヒトラーのファシズムの犠牲者・ポーランド兵のために」と記される
1986年			カトリック団体がカティンに木製の十字架を建てたが、虐殺の日付を刻むのは許されず
1990年	ポーランド共和国		ゴルバチョフ・ソ連大統領が自国の犯行と認めポーランドに謝罪
1991年			ピャチハトキとメドノエの発掘調査が行われる

久山宏一・作成

カティン事件略年譜

年　月	★1	★2	事　件
1939年9月	ドイツによる占領（ポーランド総督府）	ソ連領	独ソによるポーランド分割占領。ソ連の捕虜となったポーランド将兵は138か所の監獄と強制収容所に抑留される
1940年4－5月			ソ連内務人民委員部（NKVD）がポーランド将校を虐殺
1941年6－7月			ドイツ、不可侵条約を破ってソ連に侵攻。ソ連と亡命ポーランド政府間で外交協定が結ばれ、ソ連に抑留中のポーランド軍捕虜に大赦が与えられる
1941年8月			モスクワでソ連捕虜のアンデルス将軍が釈放され、ポーランド軍を編成。九月戦役の捕虜一万数千名の将校が行方不明になっていることに不審を抱いた将軍は、翌年ソ連を去り米英軍に合流
1941年秋		ドイツ占領下	ドイツがカティンを占領
1942年			39年九月戦役でソ連捕虜となったベルリンク将軍が、モスクワでソ連に忠実なポーランド第一軍司令官に任命される
1943年4月			ドイツ、カティンで虐殺された数千人のポーランド将校の遺体を発見。国際委員会等による調査が行われる。「40年春にソ連が虐殺した」との結論。記録映画撮影
1943年6月			独ソ戦線が西に移動し、ドイツ、墓の調査を中断。遺体から発見された（遺）品がクラクフ法医学研究所に運ばれる
1943年9月		ソ連領	ソ連、カティンを解放。ソ連側調査委員会による調査開始
1944年1月			記録映画撮影（一説によると、新たに千名の

★1　本作品の主たる舞台クラクフの状況　　★2　カティンの状況

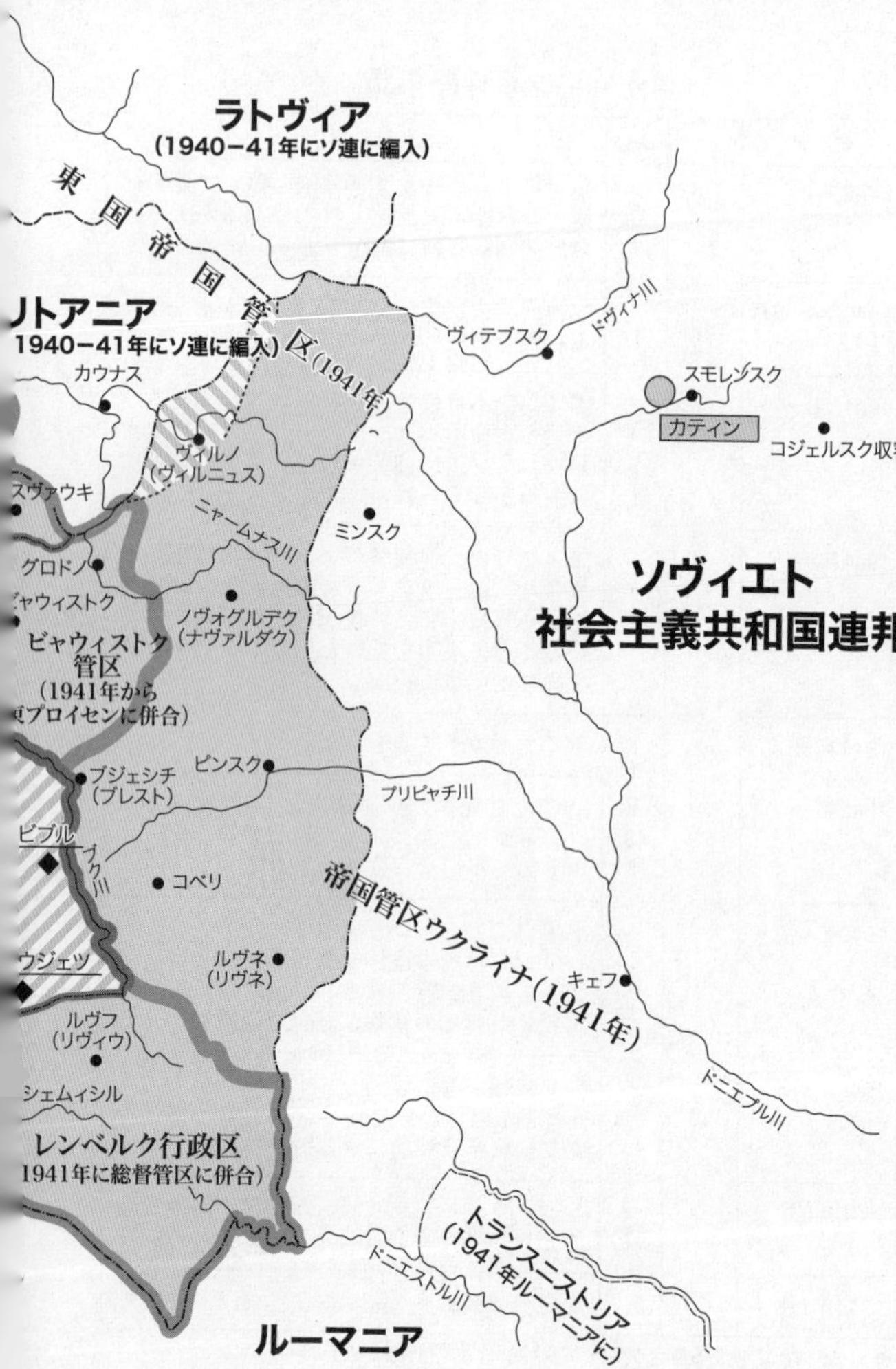
ラトヴィア
(1940−41年にソ連に編入)
東国帝国管区(1941年)
リトアニア
(1940−41年にソ連に編入)
カウナス
ヴィルノ
(ヴィルニュス)
スヴァウキ
グロドノ
ビャウィストク
ビャウィストク管区
(1941年から
東プロイセンに併合)
ニャームナス川
ミンスク
ノヴォグルデク
(ナヴァルダク)
ヴィテプスク
ドヴィナ川
スモレンスク
カティン
コジェルスク収容所
ソヴィエト
社会主義共和国連邦
ピンスク
ブジェシチ
(ブレスト)
プリピャチ川
ビブル
ブク川
コベリ
ルヴネ
(リヴネ)
ウジェツ
ルヴフ
(リヴィウ)
シェムィシル
帝国管区ウクライナ(1941年)
キェフ
ドニエプル川
レンベルク行政区
(1941年に総督管区に併合)
トランスニストリア
(1941年ルーマニアに)
ドニエストル川
ルーマニア

1939年に第三帝国に併合された地域
1939年の総督管区
1939年にソ連に併合された地域
1939年にソ連によりリトアニアに譲渡された
ヴィルノ（ヴィルニュス）地区
1939年9月1日のポーランド国境
1939年9月から1941年6月までのドイツとソ連の国境
1942年の「大ドイツ」
「ヴァルテラント」はドイツ占領下のポーランド（1939−44年）
及び東部地域（1941−44年）のドイツ行政地域名
N
メーメル
グディニャ
ダンツィヒ
シュトゥットホーフ
ダンツィヒ・
西プロイセン
東プロイセン
シチェチン
ドイツ
ブィドゴシチ
（ブロムベルク）
ベルリン
ポズナン
（ポーゼン）
ヴァルテラント
ヘウムノ
ワルシャワ
オドラ川
ヴァルタ川
ウッチ
（リッツマンシュタット）
ラドム
ブレスラウ
チェンストホヴァ
上シロンスク
ヴィスワ川
カトヴィツェ
（カトヴィツ）
クラクフ
ボヘミア・モラヴィアの
ドイツ保護領
アウシュヴィッツ
スロヴァキア
ナチスの主な強制収容所や
絶滅収容所（アウシュヴィッツなど）
1940年4月−5月にソ連の秘密警察NKVDにより
ポーランド人将校、警官、政府関係者が処刑された場所

『ポーランドの歴史』（創土社　2007年刊）より転載

訳者あとがき

1

この小説はカティン事件で死んだアンジェイ・フィリピンスキ少佐を待ちつづける三人の女性、母ブシャ、妻アンナ、娘ヴェロニカ（ニカ）の物語である。夫ヤンを失った母は息子帰還の夢を捨てきれず、妻は夫への未練を残し、娘は父との再会をほとんど諦めている。

戦後混乱期のポーランドの古都クラクフで暮らす人々の生活が活写される。アンジェイの手帳に記された死の直前までのメモ、俘虜収容所からの唯一の手紙に滲む家族愛が泣かせる。アンジェイには、カティンを生き長らえた部下があり、戦後（ポーランドでは、終戦はベルリン陥落の一九四五年五月八日）に一家を訪れる。彼ヤロスワフ大佐から、一家はアンジェイの詳しい消息を知るとともに、ソ連赤軍に従属した新編成のポーランド軍団に加わるまでの大佐の苦労話も聞くことになる。やがて彼は、アンナに思いを寄せるようになる。

ニカは一九二八年生まれ。終戦時は高校生、彼女の記憶にある幼少時の懐かしいシーンは、馬上の父の参加した重砲聯隊の行進風景、父に抱かれてのダンスの手ほどき、それと父の愛馬の鞍に跨っての騎乗訓練など。大学受験を前にして、イェジというボーイフレンドもできる。彼は美術大学に入り、ニカをモデルに肖像画を描く。

この青年は戦時を「森」ですごした抵抗運動の若き戦士。パルチザン時代の変名はユル。国内軍同志としてともに戦った兄（拘禁中）の生命を救ってやるという警察の口車に乗せられ、ヤロスワフの行動を密告する――「親ソ連派のはずの大佐が、カティン事件の真犯人（すなわちソ連）追及にのりだした」と。そうとは知らぬ大佐は、元上官アンジェイの手帳を見つけるために……。一方、ユルの期待も空しく、兄「死亡」の通知を受ける。悔しさと裏切りの罪への自責の念から彼は……。

2

登場人物の命名に工夫がある。

女性たち――アンジェイ Andrzej とアンナ Anna 夫妻の名の綴りはともにＡＮで始

まるが、娘ヴェロニカ Weronika の綴りは、Aを二つ並べてひっくり返したWで始まる。また、愛称 Nika はNで始まりAで終わる。このようにして、一人娘の名には両親の名が幾重にも織り込まれている（第29章参照）。同居する三女性の中で、アンジェイの母だけは固有名が明かされておらず、「お祖母ちゃん（バブシャ babusia）」の愛称形から派生したブシャ Busia と呼ばれる。このことが、ブシャとアンナの間に血縁がないこと、一方アンナとヴェロニカは血のつながりが濃厚な母娘であることを示している。

男性たち――女性三人の生涯において大きな役割を果たす四人の男性のうち、ヤン Jan とアンジェイ Andrzej の父子の名はANによって鎖状につながっている。また、アンジェイ Andrzej の死後、女性たちの人生に登場するヤロスワフ Jarosław とイェジ Jerzy（ユル Jur）の名では、Jが鎖の輪の役割を果たしている。死者からの継承を象徴するかのように……。

『カティンの森』は、四人の男性（一人のAと三人のJ――アンジェイの愛称形はイェンドルシ Jędruś だから、全員の頭文字がJであるとも言える）を待つ三人の女性の物語である。夫Jを失い、息子Aの生還を信じるブシャ。夫Aの死が確認された後、もう一人のJに惹かれつつもAに貞節を尽くすアンナ。父Aの死を運命として受け容れ、三人目のJとの恋に全身全霊を傾けるヴェロニカ。男性四人がすべて姿を消し、「待つ女性」だけがあとに残される……。

3

これは、二〇〇七年六月十九日に刊行された『Post mortem: Katyń – opowieść filmowa（死後《ポスト・モルテム》　カティン――映画物語）』の全訳である（ただし、本文中にもラテン語のまま繰り返し登場する「死後《ポスト・モルテム》」には、より説明的な「カティン以後」の訳語を当てた）。

著者は、一九三〇年六月十三日にポーランドの首都ワルシャワで生まれた作家アンジェイ・ムラルチク。父ユゼフはポーランド軍将校。九歳年上の兄ロマンは、ワルシャワ蜂起などを舞台に多数の小説を執筆した一九五〇～八〇年代の人気作家ロマン・ブラトヌィ（姓は「兄弟《ブラト》」からの筆名）。

アンジェイ・ムラルチクは、ワルシャワ経済大学を中退後、四九年からルポ小説を書きはじめた。五〇年代半ばから創作の中心を脚本に移し、ラジオやTVドラマのために八十本近く、映画のために十五本ほどのシナリオを著した。八〇年代末から小説にシフトし、本書以前に長篇小説を五冊出版している。ポーランド人が、アンジェイの著作として最初に思い出すのは、隣同士のパヴラク家とカルグル家の対立を描いた人気喜劇映画三部作（六七～七七　シルヴェステル・ヘンチンスキ監督）のシナリオ、終戦直後のワルシャワを舞台にアパート住人の人間模様を描いた人気TVドラマ『家』(八五〜〇〇　ヤン・ウォムニツキ監督)の脚本、または現代史に翻弄された人々の運命をとりあげた記録小説集『ポーランドの愛さまざま』(九八)だろう。『カティンの森』(〇七)の成立には、作者アンジェイ・ムラルチク以外に三名のアンジェイが関わっている。

第一に、映画監督のアンジェイ・ワイダである。本書は、同監督の映画『カティンの森』(〇七)(原題『カティン』)の「原作」として執筆された。「独りでは、この主題を取り上げる勇気はなかったと思います。わたしは『事実の文学』から出発した人間であり、創作は現実に生きている人間の運命に忠実であるべきだと考えています。カティンについて虚構の物語を書くと考えただけで、身が震える思いでしたよ。でもそれが映画の原作となれば、別です。俳優が演じるわけですから、仮構も可能になるのです」「ワイダと約束しました——彼には映画監督として独自のヴィジョンを創造する権利がある。わたしは自著で自分のヴィジョンを守ると。映画版が交響曲なら、小説版は室内楽です。でも、映画と小説は理想的に補い合っていると考えています」(ムラルチク)

映画版の試写は本書刊行の三か月後、二〇〇七年九月十七日に催された。九月十七日は、一九三九年、ヒトラー・ドイツとの密約に従い、ポーランド分割を目論むソ連邦が、ナチスに呼応してポーランドの東国境を侵した日である。

作者は、小説を準備するために、多くの「カティンの森」事件関係者にインタビューを行っているが、その過程で最も貴重な「事実」を提供したのは、別荘の隣人で親友のアンジェイ・シラスキ（一九三六～二〇〇七）の一家である。『カティンの森』は刊行を待たずに死去した第二のアンジェイに捧げられている。

Slaski シラスキ家は、ワルシャワ近郊の士族の家柄で、十六世紀以来、著名な知識人・軍人を輩出している。ヤン・シラスキ（一八九五～一九四〇）はポーランド・ソ連戦争（一九一九～二〇）で「軍事功労勲章」を受け、後に、国会議員に選出された。三九年九月戦役に四十四歳の上院議員として出征し、ソ連軍の捕虜としてコジェルスクに収容された。四〇年春にカティンで虐殺され、マリア夫人と子どもたちは、父の生還を待ち続けた。

「シラスキ家の人々の感情を追体験できたとき、わたしはそれを他の犠牲者とその遺族に関する資料を使って拡大させることにしました。そして、自分の『共感』を通して、これらの人々のドラマを我がことのように追体験できるようになりました。そうなってからようやく、このドラマの表現方法を探しはじめたのです」（ムラルチク）

こうして、主人公アンジェイ・フィリピンスキが造形され、その娘ヴェロニカ（考古学者）が二十一世紀初頭に六十年以上前の事件を回想するという作品構造ができあがった。

「待つ女性」たちの物語は錯綜しながら展開し、やがて、劇的なクライマックスへと収束していく。その果てに知らされるのは、「真実を知らないこと、それは耐えること。真実を知ること、それは不幸せになること」（第24・第42章）という「真実についての悲しい真実」である……。

映画にインスピレーションを与えた「原作」であり、史実に則った記録文学であり、人間の普遍的な行動と心理を描いた小説でもある『カティンの森』は、「脚本家、ルポ作家、小説家」アンジェイ・ムラルチクの六十年に及ぶ創作活動を総括する傑作である。

4

『カティンの森』は、ポーランドとロシアの文学作品を多数翻訳した工藤幸雄（一九二五～二〇〇八）の「翻訳人生」掉尾《ちょうび》を飾る作品となった。邦訳の進行は、〇七年九月から翌年三月までの半年間、訳者がネット上に公開していたブログと原書の余白に赤いボールペンで記したメモから如実に知られる。

工藤が『カティンの森』映画版を観たのは〇七年十二月三日、「原作」翻訳に着手したのが大晦日近くだった。訳了は、翌年三月七日午後一時一四分である。その日の午後十一時に更新されたブログに、「シナリオ・ライターの作品だけあって、細かな人間描写に優れ、映画以上の迫力を感じさせる」とあり、そのあと『カティンの森』のあらすじ（「訳者あとがき」の1は、実はその引用である――ただし、一部手を入れた箇所がある）を述べる。その後に書き留められたのは、「個人的には朗報と悲報と交々」という謎めいたことばだった……。「朗報」が翻訳の完成であるのは明らかだとして、「悲報」とは……？　実は年末から徐々に身体に変調を感じていた工藤は、二月二十九日（〇八年は閏年）に診察を受け、三月四日に肺癌の診断を受けていたのだった。

「明後12日に入院します。／しばらくというか、当分の間か、ブログは休みとなります。ご挨拶まで。／入院中の用意に、初めてケータイを買いました。末尾の数字『4771』に気をよくしています。／では、みなさま、ごきげんよう／工藤幸雄拝」（三月十日に更新された最後のブログ記事）

四か月後の二〇〇八年七月五日、工藤幸雄はこの世を去った。

以下に認めるのは、工藤幸雄の遺稿に訂正・加筆・削除を行った共訳者が、作業中に抱いたとりとめのない感慨である。

『カティンの森』は、工藤幸雄のために書かれたような作品だったと思う。彼は、事件の真相が公然と語られるようになった八九年前後から、事件に関する論説を次々と発表している。一歳年下の映画監督アンジェイ・ワイダの創作に一貫して強い共感を抱き、優れた論考を執筆した（監督とは、実生活でも親しかった）。作中のヴェロニカ、そしてユルと同世代の彼は、物語の舞台となった時代を肌身に経験している。また、多摩美術大学教授だった彼は、クラクフ美術大学学生ユルをあたかも教え子の一人のように感じていた可能性がある……。

自分は日本の読者に『カティンの森』を紹介する義務がある――そう直感したからこそ、八十三歳の工藤は万難を排してもこの翻訳に没頭したのではないか。そして、生命に残された時間との競争に打ち勝った。

作中のヤロスワフはこう言う――「不思議なことですが、人間には、何かしら痕跡を残したいという要求があるのです。……少佐殿は、毎日手帳にメモをとっておられました。重要な出来事はすべて。……この手帳は少佐が心を打ち明ける友でした」（第28章）

本作終盤で、アンナとヴェロニカは手帳からアンジェイの生の最後の痕跡を追っていく。工藤氏の訳稿（に加え、ブログと原書余白へのメモ）を読みながら、共訳者は、母娘の思いを自ら体験する思いだった。そのことを付記しておきたい。

『カティンの森』刊行にあたって、ご協力、ご指導を賜ったすべての方々にお礼申し上げます。共訳者がワルシャワで行ったインタビューで、本作の成立、自身の創作活動などについて率直に語ってくださったアンジェイ・ムラルチクさん、工藤幸雄氏の遺稿・蔵書の閲覧をご許可いただいた梅田芳穂さん、訳稿の整理に際してご助言をいただいた綜合社の永田仁志さんには、特に記して感謝いたします。

二〇〇九年秋

訳者を代表して　久山宏一

集英社文庫

カティンの森《もり》

2009年10月25日　第1刷　　定価はカバーに表示してあります。
2022年7月13日　第4刷

著　者　アンジェイ・ムラルチク

訳　者　工藤幸雄《くどうゆきお》
　　　　久山宏一《くやまこういち》

編　集　株式会社　集英社クリエイティブ
東京都千代田区神田神保町2-23-1　〒101-0051
電話　03-3239-3811

発行者　徳永　真

発行所　株式会社　集英社
東京都千代田区一ツ橋2-5-10　〒101-8050
電話　【編集部】03-3230-6095
【読者係】03-3230-6080
【販売部】03-3230-6393(書店専用)

印　刷　図書印刷株式会社

製　本　図書印刷株式会社

フォーマットデザイン　アリヤマデザインストア　　マークデザイン　居山浩二

Printed in Japan
ISBN978-4-08-760590-7 C0197